문학과 미술의 대화

지은이 박신자

성신여자 대학교 및 동대학원 졸업. 독일 쾰른 대학교 철학부(독문학 박사) 졸업.
성신여대, 외국어대, 천안대에 출강하고 있으며 성신여대 인문과학연구소 연구원으로 있다.
번역서로『로버트 발저:프리츠 콕의 작문시간』을 펴냈으며, 주요논문으로「로버트발저의 산
문과 세기말의 조형미술」「유럽의 양식미술 – 유겐트슈틸」「로버트 발저, "타너가의 형제자
매"에 나타난 예술가 상」「그림 동화: 라푼첼의 구성과 모티프」등이 있다.

청동거울 문화점검 37

문학과 미술의 대화

2004년 11월 20일 1판 1쇄 인쇄 / 2004년 12월 1일 1판 1쇄 발행

지은이 박신자 / 펴낸이 임은주 / 펴낸곳 도서출판 청동거울 / 출판등록 1998년 5월 14일 제13-532호
주소 (137-070) 서울 서초구 서초동 1359-4 동영빌딩 / 전화 02)584-9886~7
팩스 02)584-9882 / 전자우편 cheong21@freechal.com

주간 조태림 / 편집장 하은애 / 편집 문효진 / 영업관리 김형열

필름 출력 (주)딕스 / 표지 인쇄 금성문화사
본문 인쇄 이산문화사 / 제책 광우제책

값 13,000원

ISBN 89-5749-027-2

청동거울 문화점검 37

문학과 미술의 대화

박신자 지음

청동거울

머리말

　문학과 미술의 상호관계에 대해 관심을 가지기 시작한 것은 대학원 시절 토마스 만의 작품을 읽을 때부터였다. 안삼환 교수님께서 그 당시 만의 작품에 격앙된, 그리고 길고 세밀한, 또는 격정적이고 반복된 글의 묘사 분위기는 리카르트 바그너의 음악 〈트리스탄과 이졸데〉의 주선율과 비교될 수 있다고 하셨다. 그때 나는 토마스 만의 두서 개 다른 작품을 읽으면서 음악적인 것보다 오히려 글 속에 무언지 모를 그림들을 본 것 같았다. 그 외 19세기 독일문학 강독시간을 접할 때마다 회화들이 내 머릿속에 펼쳐지곤 했다.

　퀼른 대학 시절 부전공으로 택한 서양 미술사 세미나 시간에 유겐트 슈틸에 대해 구체적으로 공부할 수 있었다. 우리나라에서 주로 인상주의에 대해서는 많이 들었던 나로서는 이 양식에 대해 공부하는 것이 새롭고 구체적인 경험이 되었다. "말초신경을 자극하리만큼의 아름답고 히스테리컬한 예술", 유겐트슈틸에 대한 구체적인 경험은 결국 중세의 트리스탄과 이졸데 전설과 바그너 음악에 영감받아 쓴 토마스 만의 작품 「트리스탄」에서 데카당스적인 세기말 분위기, 여주인공의 기묘하고 아름답지만 미성숙한 성의 왜곡에서 오는 야릇한 분위기는 바로 유겐트슈틸의 분위기와 상통하고 있음을 알게 되었다.

발터 파페 교수의 '세기 전환기 문학 세미나' 시간에 교수님과 강의에 참석한 학생들은 니체에 대해 이야기 나누고 있었다. 니체의 고전으로 향하고자 하는 열망에 대한 것만 토론하고 있는 중이었다. 나도 모르게 손을 들었고 말했다. "고전을 향한 노스탤지어도 현대성에 속하지만 이 부분에서는 분명 유겐트슈틸의 동적인 언어의 장식성을 보게 되므로 동시대 미술과 연관하여 니체를 해석해야 될 것 같습니다" 라고 말하고 수업에 찬물을 끼얹지 않았을까 하는 순간적인 염려로 주위를 둘러봤다. 그때 교수님과 학생들이 내게 던진 친절하고 정다운 눈빛들을 잊을 수가 없다! 다음 시간 파페 교수님은 1900년대 예술 현상에 대해 상세하게 준비하셨고 앞으로 문학과 미술의 관계에 대한 논문을 쓰고자 하면 내게로 오라는 간접적인 허락도 받았다.

나도 대학에서 강의하게 되었고 교양학부와 문학수업 시간에 가끔 두 예술의 상호 관계에 대해 강의했을 때 학생들이 흥미 있어 하는 걸 보면 나 자신도 함께 즐거웠다. 그래서 지금까지 쓴 글들을 모아 한 권의 책으로 엮고 싶었다. 괴테의 작품과 사실주의를 지나 인상주의 문학과 유겐트슈틸, 그리고 20세기의 로버트 발저의 독특한 문체의 작품에 이르기까지 전통적인 문학 해석 방법으로 문학의 시각적인 측면을 소재, 모티브, 그리고 구성상의 비교로 연구 정리한 것들이다. 현대문학인 이상 독문학에만 국한된 것만이 아닌 영미문학을 비롯한 서구문학에 공통적으로 해당되는 것일 수도 있다고 생각된다. 특히 불어권 문학과 문화에는 이와 비슷한 연구에 관한 더없이 많은 자료가 있으리라 확신한다.

20세기 이후의 문학은 작품 속에 더 이상 회화적인 성격을 유추해낼 수 있는 것이 아닌, 글과 그림이 경계 없이 서로 침투하는 현상이 다다 예술에서부터 포스트모더니즘에 이르기까지 보이고 있다. 그래서 문학의 본질에 대한 새로운 해석, 즉 문학은 더 이상 글로만 내면이 표현되는 것이 아닌 새로운 문학의 본질과 그 표현 수단을 생각하기에 이르렀다. 그리고 컴퓨터와 결합된 시각적 표현의 무한성으로 의미와 체험이 늘 다시 바뀌는 미술의 영역이 규명되고 정리되기 시작해야 할 시점에 다른 사람들이 계속 테크닉과 결합된 현대 예술들의 상호 관계를 밝혀 주었으면 하는 의존적인 바램을 가져본다.

책에 대한 비판을 비롯한 여러 견해들에 대해서는 아주 자연스럽게 받아들일 것이다. 왜냐하면 이 책은 내가 지내온 발자취의 한 부분이며 그 이상의 의미는 아니라고 보기 때문이다.

동행해 주시는 하나님께 감사 기도 드립니다. 그리고 이 책의 출판을 맡아 주신 출판사 사장님을 비롯한 여러 직원들, 그리고 마음으로 염려해 주시는 가족, 친지, 친구들, 그리고 주변의 모든 분들에게 감사드립니다. 무엇보다 독일 유학을 독려해 주셨고 끝까지 지원해 주셨던 외할아버님, 그분의 영전에 이 책을 바칩니다.

2004년, 겨울의 길목에서
박신자

차 례

문학과 미술의 대화

1
글과 그림

한 권의 책을 읽을 때 책 속의 묘사에 따른 그림 같은 장면을 독자의 머릿 속에 떠올릴 수 있다. 또한 그림을 감상하면서 그 그림에서 하나의 이야기를 구성해낼 수 있다. 그래서 그림은 감각의 시각적 형태인 반면 글은 종종 단순히 형태를 지닌 말로 간주되곤 한다.

이러한 글과 그림의 관계는 이미 아주 오래 전부터 논의되어 온 테마이다. 6·7세기 경 그리스의 서정시인 지모니데스 폰 케오스(Simonides von Keos)가 요약하기를 "회화는 말없는 시이며 시는 말하는 회화이다"라고 했다.[1] 이 말에서 조형미술과 문학은 서로 친척간의 예술로 수용될 수 있었다.

두 예술의 비교 가능성에 관해 가장 널리 알려진 것은 기원 전 1세기 이미 호라쯔(Horaz)의 시 중에서 유명한 구절인 "시도 그림처럼(Ut

---

1) "Die Malerei sei stumme Dichtung und die Dichtung ein redendes Bild."
   In: Pochat: Geschichte der Ästhetik und Kunstgeschichte von der Antike bis zum 19. Jahrhundert, S. 32.

pictura poesis)"에서 나타나고 있다.[2] 이것은 문학과 조형미술은 서로 비슷하다는 의미로 이해되어져 오고 있다. 하지만 여기서는 예술 서로 간의 관계에 관한 것이 고대의 시각에서만 해명될 뿐이다.

이 관계에 대한 기초이론에 대한 질문은 무엇보다도 미메시스 (Mimesis)라는 개념 앞에서 논쟁점이 되어 온 것을 염두에 두어야 한 다. 아리스토텔레스와 플라톤 이후로 예술의 개념은 자연의 모방이라 는 의견이 통례였다. 두 철학자는 미메시스에서 모든 예술들의 본질적 인 과제를 보았으며 문학, 조형미술 그리고 음악에 이르기까지 이 개 념을 적용시켰다.

플라톤의 의견을 따르자면 미메시스는 다만 복사의 복사본에 불과하 다는 것이었다. 플라톤에 있어서 예술 일체는 모방으로서 이념에 대치 되는 제 삼단계인 것이다. 한 예로 책상이라는 한 물건이 만들어질 경 우, 그렇다면 목수가 만든 책상이라는 물건은 단지 책상이라는 아이디 어의 두 번째 단계의 복사본인 셈이다.[3] 따라서 예술작품(플라톤에 따른 두 번째 단계의 모방)은 원래의 아이디어에서 한 단계 더 멀어진 물건이 된다.

아리스토텔레스의 미메시스에 대한 견해는 예술은 자연의 원초적인 모방이었다. 플라톤과는 달리 그에게 있어서 예술가의 표현 자체는 자 연의 첫 모방인 것이다. 예술가의 활동이 자연의 모방으로 정의되기는 하나, 동시에 오로지 인간의 감정의 영향과 정서의 움직임이 거의 그 토대를 이루어, 이해되고 그 기준이 설정되었다.[4]

---

2) Horaz; De arte poetica liber. In: Horaz: Sämtliche Werke Lat. u. deutsch, S. 250.
3) Vgl. Platon: Der Staat. In: Sämtliche Werke in 3 Bänden, Bd. 2, S. 369~370.

아리스토텔레스 이후 시학의 논의는 모방의 방법에서 그 대상으로 초점이 옮겨가 문학과 회화간의 유추하는 과정이 더 잦아지게 되었다. 내용이나 대상을 인지한다는 점에 초점을 두고 두 예술 모두를 생생하게 전달할 때 서로의 예술에 결핍되어 있는 특성들이, 즉 시에서의 시가 회화에서는 움직임 같은 것들이 근접하면서 서로 가까워질 수는 있다는 것이다. 이러한 우트 픽투라 포에지(ut pictura poesie)의 개념은 르네상스 이래 두 예술 사이의 관계를 탄탄하게 연결시켜 주고 있었다.

그러나 예술의 본질이 모방에 있고 이리하여 예술들 사이의 상호적인 교류가 합법적인 것이 될 때, 표현 매체의 차이, 즉 한 예술에서 다른 예술로서의 전이에 있어서의 매체에 대한 질문이 제기될 수 있다. 이때 미메시스 개념은 "Ut pictura Poesis" 원칙을 기본 개념으로 삼아 한 예술이 지닌 한정된 의미를 극복하고자 할 때 표현 매체는 확장될 수 있을런지 모르지만 예술가들이 이러한 서로 다른 표현 수단으로 예술을 표현함에 있어 똑같은 수단으로 같은 효과를 거둘 수가 있을까 하는 의문이 제기된다.

이러한 문학과 미술 간의 근본적인 차이점을 레싱(Lessing)은 그의 저서 『라오콘, 회화와 문학의 경계에 관하여(Laokoon oder über die Grenzen der Malerei und Poesie)』(1766)에서 취급하였다.[5] 그는 두 예술 사이의 차이점을 라오콘 작품을 예로 들면서 서술하였다. 라오콘 군상에서 보이는 고통과 절규를 가지고 조각가는 이 순간만을 포착할 수

---

4) Blumenberg: Wirklichkeitsbegriff und Möglichkeit des Romans. In: Nachahmung und Illusion. Hrsg. v. H. R. Jauβ, S. 9~27, hier S. 17.
5) Lessing, G. E.: Laokoon oderÜber die Grenzen der Malerei und Poesie. Hrsg. v. K. Wölfel. 1988.

있으며, 시에서는 이것을 매 순간마다 시간의 경과에 따라 묘사할 수 있다는 것이다. 문학에서는 이와 반대로 고통에 따른 거친 절규를 완화시킬 필요가 없다. 레싱에게는 각 대상이 말과 그림, 혹은 그림과 말로 단순히 전이될 수 있는 것이 아니라는 점을 강조하고 있다. 즉 그는 재현의 대상보다는 방법에 초점을 맞추어 예술은 각기 그 자신의 매체에 맞는 영역을 주제로 삼아야 한다고 주장했다.

레싱은 또한 조형미술과 문학 사이의 적용되는 묘사 차원의 차이점을 설명하고자 했다: 조형미술은 공간에서, 문학은 시간 속에 존재한다. 그렇기 때문에 각자의 예술은 그들의 형상과 색을 통해 공간 속에서 감지될 수 있다. 이러한 점은 시간 속에서는 소리와 행위로 표현된다. 레싱에 따르면 예술가들은 그리하여 그들의 예술을 그들의 각자 고유한 수단으로 표현해야하며 이런 점에서 두 예술은 서로 보충될 뿐이다.

레싱의 "라오콘" 이론 이후 당대 예술이론의 주요한 논쟁점이었던 우트 픽투라 포에지(UT PICTURA POESIE)가 힘을 잃는 듯하여 회화와 문학 사이의 유사성에 대한 관심은 더 이상 중점적으로 논의되지 않았다. 하지만 18세기 후반에 다시 문학과 조형미술의 상호작용이 문학이론과 예술이론의 중심 테마가 되었다. 두 가지 분야에 이중의 재능을 지닌 괴테가 특별히 이 분야에 관심을 보였다. 그의 자연묘사라든지 회화에 대한 묘사에는 강한 관조적인 인상을 주고 있다. 또한 그의 저서 『조형예술의 대상들에 관하여(über die Gegenstände der bildenden Kunst)』에서 문학과 미술의 밀접한 관계에 몰두하면서 시인과 조형미술가의 비슷한 역할을 암암리에 시인하고 있다:

조형 예술가들은 시작을 해야 하지만 시로 표현하라는 것은 아니다. 작품 창작 시에 상상력을 발동시키고, 감각적인 묘사를 할 때 또한 상상력을 일으키기 위해 작업하는 문학가처럼 되어야 한다는 뜻은 아니다.

Die bildende Künstler soll dichten, aber nicht poetisieren, das hei-βt nicht wie der Dichter, der bei seinen Arbeiten eigentlich die Einbildungskraft rege machen muβ, bei sinnlicher Darstellung auch für die Einbildungskraft arbeiten.[6]

레싱 이후 낭만주의 문학에서는 예술은 모방하기보다는 인간 내면의 표현에 치중하고 둘의 관계에 대한 관심은 모호해졌다. 이때 강한 가시적인 인상들과 감각인식적인 것이 증가했다. 낭만주의자들은 자연을 혼이 깃든, 생명이 있는 자연으로 이해하고 그것을 시적 감흥으로 옮겼다(poetisierung). 문학과 미술에서 묘사된 자연에다 새로운 종교적인 영감을 가미하였다. 회화를 통해 불려 일으켜진 분위기와 상상은 다시 시인의 작품에 영향을 끼쳤다. 그들은 마치 모든 예술들이 그들의 작품에 관여하기라도 하듯이 대상을 묘사하였다. 독자들은 이리하여 대상에 대한 그런 상상을 마치 그들이 그것을 보는 듯, 듣는 듯 혹은 그것을 느끼는 듯했다.

이것은 실제로 어떤 것을 혼합하는 것이 아니라 하나의 은유적인 진술방식일 뿐, 전이 즉 상상력 가운데서의 감각의 수용이 교환되는 것

---

6) Goethe: Über die Gegenstände der bildenden Kunst(1797). In: Goethe: Schriften zur Kunst (Jubiläumsausgabe. Bd. 33), S. 95.

이다. 이런 방법으로 예술가들은 다른 예술이 서로 이전될 수 있는 과정을 추구해보면서 서로의 예술가적 영감이 서로 유사하다는 점도 인식하였다.

19세기의 문학작품에서는 어떤 그림에 대해 설명해 주거나 작품 속에서 그림 같은 장면을 상상하거나 유추할 수 있는 데서 두 예술 사이의 관계를 말할 수 있다.

문학과 미술은 외부에 재현되는 것을 그대로 묘사하였다. 그래서 문학작품을 읽을 때 작품 속에서 환기되는 미술을 보게 된다.

1900년경의 문학작품은 미술과의 관계에 있어 새로운 토대를 마련하였다. 이 시대의 전반적인 정신사적인 분위기는 낭만주의 개념으로 새롭게 환기되는 듯한 움직임으로 문학과 미술에서 인간의 삶과 영혼을 묘사함에 있어 충동과 심리적인 것을 강조하였다. 이와 관련된 소재, 모티프, 또는 상징적인 것들은 동시대의 동일한 시대정신에서 나온 조형미술에서 영향을 받고 있었음을 그 시대의 문학연구에서 해명되고 있다. 특히 인상주의 미술은 동시대의 인상주의 문학적 특징과 비교되어서 그의 위상이 올라감과 동시에 도래하는 아방가르드의 주선율이 되었다.

계속 아르 누보(유겐트슈틸)에서도 그림과 언어의 동일한 시대정신에서 발원한 문학과 미술의 고유한 영역을 그대로 유지하면서 두 예술의 분위기의 유사하였다. 이렇게 19세기까지의 예술은 완전 새롭게 합성된 종합예술이 아니라 레싱의 이론이 아직 지배하는 가운데 예술가와 예술의 전통과 전통적 개념이 아직 남아 있었고 따라서 문학과 미술의 고유한 영역도 유지되고 있었다.

1910년경부터는 사회적 현실을 직접적으로 표현해내고자 하는 아방가르드 예술의 주무대라고 말할 수 있다. 이 예술 그룹은 무엇보다 종래의 예술적 형태를 깨고 표현주의자들처럼 현대세계의 내면적 진실을 추구하였다. 이렇게 예술 자체의 자율성이 강조되면서 예술들 간의 비교, 논의보다는 매체의 독립성이 중시되었다. 다시 말해 현대 예술에서 이제 예술품은 더 이상 보이는 인상의 재현이 아니라 사물의 본질적인 것의 인상을 표현하려 하였다. 아방가르드 예술들은 문학에 있어서도 방법론적으로나 테마 면에서 여러 다양한 수단이 사용되었다.

아방가르드는 완전히 새롭게 시도하는 한 예술로 특히 문학의 언어가 조형미술 속으로 침투하는 현상도 보였다. 현대 예술을 특징짓는 꼴라쥐, 몽타쥬, 추상예술과 전위예술 등을 통해 특히 현대미술에서 현실감이 변형되어서 완전 새롭게 창안된 작품들은 지금까지의 예술 작품에 대한 시각에 비추어 보면 당혹할 만큼의 낯선 분위기기 연출되고 있다. 현대미술과 아울러 문학에서도 예술의 역사적 발전과정에 그들의 형태와 표현이 급격하게 변화하고 있음을 볼 수 있다. 이것은 20세기 이후의 몇몇의 개개의 문학적 호기심에서 우러나온 시도가 아니라 문학 일반의 성격과 내용이 미술에서와 마찬가지로 시각적인 구성으로 즉 시간, 공간, 형태, 색, 소리 등의 역동적 전개가 종합적으로 이루어진 현실화가 현대 문학을 구성하는 비중 있는 요소로 주목받게 되었기 때문이다.

이러한 현상을 띄우고 20세기 초반 아방가르드 예술운동은 새로운 예술 창작 기법으로 향하고 있었다. 큐비즘, 미래파, 다다, 추상예술, 초현실주의 등의 아방가르드에서 창작과정의 전통과의 분리에서 기발한 창작기법이 생겨나고 동시에 철학, 실존 문제에의 관심보다는 일상의 한 관심거리가 중심 소재로 떠오르게 되었다. 문학과 미술의 관계에서도 서로의 독립된 두 예술 사이의 관계로 보기보다는 문학과 조형미술의 상호적 침투를 보게 된다. 전통적으로 문학과 미술의 경계를 구분짓던 시간과 공간의 개념이 무너졌다. 이제 시공은 서로 배타적인 것이 아닌 혼합체로 나타나기 시작한다.

피카소를 비롯한 추상화가들 그리고 레네 마그리트 같은 화가의 작품 속에서 단어와 알파벳 또는 글들이 발견된다. 또는 문학 속에서 그림과 시가 같이 삽입되거나 구체시처럼 글자체가 도상학적인 구조를 이루고도 있다.

이제 20세기 이후의 문학과 미술의 매체혼합 현상에 직면하여 문학이 시각적인 것과 관계되고 있는 한 문학의 현대적인 변화는 모방이라는 고전적 이론에서 탈피되고 있다고 말할 수 있으며, 나아가 이제 문학이라는 표현 수단을 매개로 무엇을 더 표현할 수 있는지 하는 질문이 제기될 수가 있다. 이리하여 문학은 또 한번 그의 매개의 한계점과 정의에 대해 논해져야 할 단계가 왔다. 이런 점에서 문학과 미술의 본질을 현대 예술의 특징 가운데서 규명해 보아야 하는 과제를 남기고 있다.

■ 참고문헌

Blumenberg, Hans: Wirklichkeitsbegriff und Möglichkeit des Romans. In:
Nachahmung und Illusion. Hrsg. v. H. R. Jauβ, München, 1964.

Faust, wolfgang Max: Bilder werden Worte. köln, 1987.

Goethe, Johann Wolfgang von: Über die Gegenstände der bildenden Kunst
(1797). In: Goethe: Schriften zur Kunst (Jubiläumsausgabe. Bd.
33). Stuttgart und Berlin, 1902~1912.

Lessing, G. E.: Laokoon oder Über die Grenzen der Malerei und Poesie. Hrsg.
v. K. Wölfel. Frankfurt a. M., 1988.

Platon: Der Staat. In: Sämtliche Werke in 3 Bänden, Bd. 2.

Pochat, Götz: Geschichte der Ästhetik und Kunstgeschichte von der Antike bis
zum 19. Jahrhundert. Köln: DuMont, 1986.

강태희: 글과 그림. 열린 지식 224~244쪽. 서울: 교수신문사 1999.

2
문학과 미술, 상호작용의 카테고리

1.

미술과 문학이라는 두 예술에서뿐 아니라 인문과학 분야에서도 두 예술의 상호관계가 다루어졌다. 독일에서는 처음으로 하인리히 뵐프린(Heinrich Wölfflin)이 1915년 미술사의 기본 개념을 문학에 적용시켰다. 2년 후 오스카 발첼(Oskar Walzel)의 문학과 미술의 상호관계에 대한 연구가 계속된다.[1] 발첼의 예술의 상호해명, 예술사의 기본 개념의 평가에 관한 논문을 디트레(Dieterle)는 문예학 분야의 한 기획된 초석으로 보고 있다.[2]

프릿츠 슈트리히(Fritz Strich)는 「독일 고전주의와 낭만주의 완성과 무한성(Deutsche Klassik und Romantik. Vollendung und Unendlichkeit」

---

1) Walzel, Oskar: Wechselseitige Erhellung der Künste. Berlin. 1917.
2) Dieterle, Bernard: Erzählte Bilder. Zum narrativen Umgang mit Gemälden und Stichen in der deutschen und französischen Literatur seit dem 18. Jahrhundert. Marburg. 1988.

(1922)라는 논문을 오스카 발첼의 연구에 접속시켰다. 그러나 역사적인 관계를 제시한 것보다는 순수 인문학적이며 이상주의적인 방법으로 접근하였다. 그럼에도 넓은 의미로 발첼과 슈트리히는 순수한 형식에 입각한 양식의 시작을 알리는 첫 통보자로 받아들여졌고, 이들의 연구로 독문학 분야에서도 두 예술 사이의 관계를 유미주의적인 성향을 지닌 연구로 수용되었다. 이후로 여러 독문학자들이 두 사람의 예술 간의 상호 해명에 관한 기본 개념들을 차용하여 연구해 오고 있었으나 보다 명확한 해명이라기보다는 대부분 두 예술 사이에 보이는 순수한 소재상의 상호관계만을 언급하였다.[3]

고트프리드 빌렘스(Gottfried Willems)의 저서 『관조(Anschaulichkeit)』(1989)에서 우선 문학은 본질적으로 관조(응시)될 수 있는 대화라는 논제를 설정한 후 역사적인 조망 아래서 조형미술에서부터 연극과 영화에 관련된 말과 그림의 관계를 정리하였다. 두 번째 장에서는 'Ut pictura poesis'와 레싱의 '라오콘' 이론과 함께 계몽주의에서부터 현대 문학에 이르기까지 이 새로운 문학이론의 전환기를 다루고 있다. 빌렘스는 여기서 처음으로 현대 문학에서 예술들 간의 상호관계가 소위 예술의 조립화가 이루어지는 과정에서 탈미메시스, 말과 그림의 창조적인 활동 공간에 대하여 체계적이며 상세히 다루고 있다.[4]

1992년 울리히 봐이스슈타인(U. Weißstein)은 그의 편저 『문학과 조형미술(Literatur und Bildende Kunst)』[5]의 서문에서 통사론적으로 문학

---

3) Hermand, Jost: Literaturwissenschaft und Kunstwissenschaft. Methodische Wechselbeziehungen seit 1900. 2. Aufl. Stuttgart, 1971. S. 18.
4) Willems, Gottfried: Anschaulichkeit. Tübingen, 1989. (Studien zur deutschen Literatur 103).

과 미술이 어떻게 서로 관여하고 있는지를 밝히고 문학작품 속에서 미술의 기능을 설명해 보고자 하였다. 즉 소재와 모티프의 비교에서부터 공감각에 이르기까지 비교 문학의 영역에서 다루어 보고자 했다. 그 다음 각 학자들의 문학과 미술의 상호적 관계 즉 삽화와 우의화 (Emblematik)에서부터 구체시에 이르기까지의 분석, 또는 예문을 들었다.

그러나 20세기 초 큐비즘 예술에서부터 갑자기 활자가 필체조각으로서, 또는 신문조각들을 그림에 붙이는 등의 제작이 이루어졌다. 그래서 그림에 나타난 활자들은 더 이상 글의 기능이 아니라 인지할 수 있는 언어의 시각적인 기능과 관계된 전체 그림의 형식적 구성요소로 이해되어진다. 콜라쥬, 몽타쥬 기법으로 이루어진 그림과 문학작품은 그로테스크한 이질적인 세계 내지 동화 같은 세계로 나타난다. 다다에서는 더 과격한 방법으로 예술과 비예술의 경계를 파괴했다. 그리고 예술가들의 작업 대상과 일상적인 것들을 낯선 방법으로 표현하면서 예술과 삶의 경계를 허물고자 했으며 이런 목적을 위해서는 예술은 우연의 원리에 따라 창작되어야 한다고 주장했다.

문학작품 내에서 서로 다른 매체를 혼합시키는 것과 같은 현대적인 변화는 문학이 고전적인 서술이론인 모방으로부터의 탈피를 의미하고 있다. 다시 말해 문학의 잠재적인 해체를 의미한다고 볼 수 있다. 계속적인 문학 형식의 변형은 1960년 경 대두한 구조주의와 기호학의 공헌으로 언어와 이미지의 관계는 종전과 완전히 다른 측면에서 연구 분석

---

5) U. Weisstein(Hrsg.): Literatur und Bildende Kunst. Berlin, 1992.

의 대상이 되고 있다.[6] 이에 따라 문학의 개념 확대를 위해서도 텍스트와 그림의 연관성은 오늘날 문학과 회화를 함께 기호적 텍스트 체계로 관찰하게 하는 예술 기하학의 사고 확장에 대한 분석이 요구되고 있다.

이리하여 한 예술을 다른 예술과 구별하고자 하는 발상은 무너지고 시공은 서로 배타적인 개념이 아니었다. 이제 문학과 미술은 이전 레싱이 주장했던 관점과는 다르게 더 이상 시간과 공간이라는 각자의 위치에 서 있는 것이 아닌 시공을 초월한 새로운 개념, 즉 시공은 서로 배타적인 것이 아니라는 현대 예술 이해에 대한 새로운 시각을 열게 된다.

하지만 지금까지의 연구 보고서에서 한 예술이 다른 예술과 어떠한 관련을 가질 수 있는가라는 질문으로 시작하여 미술의 어떠한 개념이 문학작품 속으로 전이될 수 있는가에 대한 일반적인 분석이 시도되었다. 그런 의미에서 지금까지 이루어져 온 문학과 미술의 관계에 대한 통례적인 범주를 간략하게 정리해 볼 필요가 있다고 본다.

---

6) 참조: 권오욱, 『문학과 미술의 상호 텍스트성』, 양문각 1999.
  김광균 시의 회화성을 밝혀 보기 위해 기호로서의 언어 연구를 한 논문이다. 문학과 미술의 상호 텍스트성이란 제목으로 김광균의 시세계와 현대 구조주의 미술과의 연계성에서 김광균 시의 깊은 이해를 도모하려한 시도에서는 시의 언어 기호와 시각 기호는 예술 기호에 포함되는 것으로 기호는 상징적인 체계라는 공통적인 전제하에 시와 회화의 관련성을 김광균의 시에서 심층 분석하여 어떻게 시인이 20세기 서양 미술의 영향을 받았는가를 밝혀 보려 했다. 그의 시 텍스트를 언어 기호로 그려낸 그림으로 보고 그의 시그림 텍스트 내에서의 시각적 기호의 의미 구조 및 의미 작용을 조형 기호학적인 방법으로 어떤 고정된 의미를 지닌 재생의지를 주제로 한다.

2.

어느 시대를 막론하고 문학가들이 미학적인 과제를 직접적 혹은 비유적으로 다루기 위해, 그들의 창작과정을 작품 주제로 삼기 위해, 또한 그 자신의 작품의 구성과 테마를 다른 매체의 도움으로 반영시키기 위해 이미 심미주의적인 눈으로 다양한 작품세계를 전개시켜 간다. 현실을 묘사한 부분에서 한 폭의 그림을 환기시키는 능력과 가시성 등에 대한 끊임없는 문제 제기는 마치 이것이 문학적 현상의 시적 규명을 위한 주된 소개인 양 그들의 작품 속에서 끊임없이 회화적인 요소를 다시금 가미시키고 있다.

문학과 미술의 관계에 있어 제일 일반적으로 나타나는 모습은,

① 문학작품이 실제의 혹은 허구의 예술품을 묘사하는 것이다. 그림과 건축물을 설명하고 묘사하는 것뿐 아니라 보석 또는 공예품 나아가 의복을 묘사하며 서술하는 예를 일상적으로 볼 수 있다.

② 전기적인 배경에서 문학과 미술의 개인적인 접촉 즉 시인과 화가들의 친교관계를 들 수 있다. 문학가와 미술가들의 친분으로 서로의 작품세계에 영향을 줄 수 있다는 점이다. 실례로 릴케(Rilke)의 시에서 조형미술의 특징 즉 로댕(Rodin) 조각의 영향을 받아 사물시가 등장하는 예에서 시인인 릴케와 조각가 로댕의 관계에 대한 너무도 잘 알려진 이야기를 상기시킨다.

③ 가장 일반적이자 자주 등장하는 예로는 두 예술 사이의 소재와 모티프의 비교 나아가 테마와 구성상의 유사성을 들 수가 있을 것이다. 하인리히 만(Heinrich Mann)의 「여신들(Die Göttinen)」에서 마치 한 장의 바로크 양식의 그림 또는 근대 회화를 감상하는 듯한 가시적인 분위기를 불러일으키고 있다. 양식이나 구조적인 면에서 두 예술 사이의 관계가 성립될 수 있는 예를 마이어(C. F. Meyer)의 「로마의 분수(Der römische Brunnen)」라는 시에서 볼 수 있다. 로마시대의 한 예술품이 안티케(Antike) 미술의 묘사 형식에 따라 써내려간 것으로 간주된다.

④ 문학작품이 미술에서 다루어지는 모티프나 테마를 취하는 경우가 있다. 어느 특정한 시대적 그리고 비중 있는 정신사적 관계에서 설정될 수 있는데 예를 들면 인상주의 회화에 자주 등장하는 소재 양귀비꽃, 또는 흰 옷 입은 여인, 그리고 햇빛 찬란한 밝은 주변의 분위기의 표현이 문학작품에서도 그런 묘사를 통해 한 폭의 인상주의 그림을 연상시키기도 한다. 이것은 표현주의처럼 문학이 동시대적으로 조형미술의 미술사조와 일치하여 소화해내는 경우이다. 또한 문학이 동시적으로 조형미술과 일치하는 작품의 예술 프로그램 또는 예술 선언을 통해 묶어진 경우가 있다. 초현실주의의 환상적인 장면이나 미래주의의 기술 선언 내지 기계 문명에 대한 열광 등이 문학작품에서도 비칠 수 있다.

⑤ 무엇보다도 예술가의 타고난 두 분야의 이중적인 재능(Doppelbegabungen)에서 문학과 미술 사이의 밀접한 관계를 볼 수 있

다. 문학가로서 화가로서 다재다능한 능력을 지닌 괴테가 그 대표적인 작가일 것이다.

⑥ 예술 공생에 대한 심리적인 상호관계로서 문학작품이 독자의 촉각, 시각 등에 호소하여 시각, 청각 그리고 낭독이 서로 어우러지는 묘사가 문학작품 속에 등장하는 경우이다. 미세한 냄새, 듣기, 느낌, 촉각, 예감, 인식 그리고 환유 감정과 추상적인 개념이 서로 확장되어 어우러지는 이른바 공감각(Synästhesie)의 표현이다.

⑦ 예술가가 주인공으로 등장하는 예술가소설(Künstlerroman)에서 예술가의 삶과 예술 사이에서의 존재 문제와 창작과정이 다루어지는데 여기에 특정한 미술작품이 등장하지 않을지라도 미술사적으로 풍부한 중요한 예술에 관한 지식이 이야기로 나열되는데서 두 학문 사이의 관계가 성립될 수 있다. 낭만주의 작품이나 사실주의 문학에서 주로 볼 수 있다.

고트프리히 켈러(G. Keller)의 『녹색의 하인리히(Der Grüne Heinrich)』에서 주인공이 그리스의 조각가 아가시아의 모조 대리석상 보르게제 가문의 검투사 앞에 선 주인공이 이 작품에서 삶에 대항하고 있는 한 용사의 모습을 의식한 후 이제 자신의 미술 수업을 포기할 것을 결심한다. 이 조각 작품이 주인공으로 하여금 그의 삶을 스스로 결정하게끔 유도하는 역할을 맡고 있다. 이런 방법으로 문학 속에서 등장인물이 그 자신을 미술 속의 주인공과 동일시하거나 미술 작품을 사용하여 개인의 인생방향을 결정짓게 하는 등 미술이 등장인물들

의 삶 속으로 깊이 침투하고 있다.[7]

⑧ 만약 시인이 그의 시를 삽화로 직접 도안했을 경우 여기서 그림과 말이 일치된 상상력과 생각 내지 이념을 볼 수 있을 것이다. 이런 서적의 삽화는 말과 그림의 관계의 기초적인 변형으로 대부분 텍스트의 이해를 반복한 경우이다.

⑨ 시각적인 요소가 주로 지배하는 만화나 그림 이야기에서 또는 공생하는 장르로서의 그림시도 언급해 볼 수 있다. 만화는 공존관계이자 중계 역할자로서 그림에 대한 상보적인 역할을 하고 있다.

⑩ 서정시에 그림이 들어간 형태는 고대에서부터 16, 17, 19, 20세기에 이르기까지 그 전성기를 이루고 있다. 또한 글과 나란히 다른 사물에 빗대어 그 뜻을 풍자한 우의화(Emblematik)도 있다. 우의적인 성격을 띤 언어 내지 미술 표현이 여러 방법으로 문맥 속에 묻혀 있다.

⑪ 구체시는 20세기 후반에 등장한 장르로 도상시, 또는 물시라 칭할 수 있는 것으로 전체적인 그림의 구성이 상형문자나 표의문자처럼 나타나기도 한다.

글과 그림, 이 둘이 하나로 합성된 이코노 텍스트의 경우 정체성과 독자성을 유지하면서도 분리될 수 없으며 서로에 대해서도 종속적인

---

7) Vgl. Heide Eilert: Das Kunstzitat in der erzählenden Dichtung. Stuttgart. S. 28.

기능을 갖지 않는 것으로 이미지 텍스트와 유사하다. 그러나 20세기의 혼합구성은 20세기 초 큐비즘 예술에서 갑자기 활자 조각이나 신문조각들을 그림에 붙이는 등 그래서 그림에 나타난 활자들은 더 이상 글의 기능이 아니라 인지할 수 있는 언어의 시각적인 기능과 관계할 뿐이다. 즉 전체 그림의 형식적 구성요소로 이해되어진다. 예술에서 그로테스크한 이질적인 세계 내지 동화의 세계가 나타난다.

이상 열거한 문학과 미술의 상호관계에 대한 가장 보편적이고 일반적인 연구방법의 예를 가지고 다음 장에서 그 구체적인 실례들이 제시될 것이다.

문학작품과 조형미술의 소재와 모티프와 비교에서부터 테마와 구성상의 비교 연구가 이루어질 것이다. 두 예술 사이의 관계를 다각적인 연구방법을 통해 보다 더 효과적인 문학작품의 이해에 접근하고자 한다.

■ 참고문헌

Dieterle, Bernard: Erzählte Bilder. Zum narrativen Umgang mit Gemälden und Stichen in der deutschen und französischen Literatur seit dem 18.Jahrhundert. Marburg, 1988.

Eilert, Heide: Das Kunstzitat in der erzählenden Dichtung. Stuttgart, 1991.

Hermand, Jost: Literaturwissenschaft und Kunstwissenschaft. Methodische Wechselbeziehungen seit 1900. 2. Aufl. Stuttgart, 1971.

Kranz, Gisbert: Das Bildgedicht in Europa. Zur Theorie und Geschichte einer literarischen Gattung. Paderborn, 1973.

Walzel, Oskar: Wechselseitige Erhellung der Künste. Berlin, 1917.

Weisstein, Ulrich (Hrsg.): Literatur und Bildende Kunst. Berlin, 1992.

Willems, Gottfried: Anschaulichkeit. Tübingen, 1989. (Studien zur deutschen Literatur 103).

고위공, 「문학예술과 형상예술」, 독일문학 77집(42권 1호). 2001

권오욱, 『문학과 미술의 상호텍스트성』, 양문각, 1999.

3
문학적 인상주의의 가능성과 그 실례*

머리말 | 인상주의 미술 | 문학적 인상주의의 특징 | 인상주의적 삶의 방식 | 맺음말

1. 머리말

19세기 말 급변하는 사회적 상황에서 대부분의 예술가들은 산업사
회에서 부상하고 있던 시민계급과는 소외된 채 그들만의 공간 속에서
예술가 그룹을 형성하고 있었다. 자연주의 문학이 오로지 사회의 부당
한 현실을 적나라하게 묘사하고 고발하려는 것에 반발한 일련의 예술
가들은 그들만의 정련되고 유미주의적인 예술을 삶의 의미와 더불어
강조하였다. 특히 그들은 사회 전반의 변화로부터 성장한 현대 도시와
자연에 대한 새로운 감각을 그들의 예술에 재현하고자 하였다.

바로 이 시점에 전개된 여러 예술 양식들 중의 하나인 인상주의를 다
른 예술 장르와 서로 비교해 가면서 접근해 보고자 한다.

1900년경의 문학, 특히 독일문학은 자연주의가 부당한 현실 고발에

---

* 1996년 12월 14일 독어독문학회 학술발표회에서 발표한 원고를 수정 보완한 것임.

앞장서고 있을 때 한편에서는 그 시대의 일반적인 삶의 의미와 정련된 유미주의적인 감각이 일련의 작가들에 의해 표출되고 있었다. 그리하여 이 시대의 전반적인 정신사적인 분위기는 낭만주의 개념으로 새롭게 환기된 듯한 움직임으로 문학과 미술에서 인간의 삶과 영혼을 묘사함에 있어 충동과 심리적인 것을 강조하였다. 이와 관련된 소재, 모티프, 또는 상징적인 것들은 동시대의 동일한 시대정신에서 나온 조형미술에 영향을 받고 있음을 본 연구가 진행되는 동안 구체적으로 해명되어 감에 따라 1900년경의 문학작품은 미술과의 관계에 있어 새로운 토대를 마련하고 있었음을 볼 수 있다.

따라서 본고에서는 19세기 시대정신에서 발원된 예술의 한 분파인 인상주의를 문학작품과 미술에서 관찰해가는 가운데 인상주의 예술이 특히 국내에서 알려져 온 바와 같이 빛과 색의 조화를 이룬 분위기 예술이자 세련된 도회적인 감각의 예술 그 이상의 의미들이 내포되고 있음을 알게 될 것이다.

왜냐하면 이 시대의 문학가들이 미학적인 과제를 작품에 반영할 때 구성과 테마 면에서 한 폭의 그림을 환기시키거나 문학의 가시성 등에 대한 끊임없는 문제가 제기되고 있기 때문이다. 다시 말해 마치 이것이 문학적 현상의 시적 규명을 위한 주된 소개인 양 그들의 작품 속에서 끊임없이 회화적인 요소로 치환되고 있기 때문이다.

그래서 원래 미술에서 유래한 인상주의를 가지고 대부분의 예술가들이 어떻게 회화의 표현기법을 문체 분석에 응용하여 소재, 모티프와 주제의 공통점뿐 아니라 작품 구성상의 일치점을 찾으면서 나아가 그들이 표현한 인간을 주제로 하는 작품들을 감상해 가면서 그 시대를 주도했던 인간의 모습과 시대의 색채를 구체적으로 규명해 보고자 한다. 이를테면 인상주의 예술이 아직도 현실을 있는 그대로 재현하는 미메시스적인 성격을 완전 탈피하지는 않았을지라도 문학과 미술에서 '삶과 예술의 관계'라는 중심테마가 어디까지나 본능적이며 심리적인 차원에서 다루어지고 있다. 그리고 동일한 삶의 감정에서 발산된 동일한 예술 감정이 미술과 문학 속에서 나타나고 있기에 호프만스탈 (Hofmannsthal)은 동시대의 문학작품이 오히려 그림 같다고 언급하였다.[1]

이렇듯 문학과 미술이 같은 시대감정에서 발로된 공통된 예술 감각을 재현할 수 있음으로 두 예술 사이에서 유사한 표현이나 평행하는 소재나 모티프가 어떻게 묘사되고 있는지를 비교하면서 문학적 인상주의의 미적 구성을 알아보고자 한다.

2. 인상주의 미술

지금까지의 자연주의와 사실주의 회화에서 자연의 묘사가 중간색이나 다갈색을 사용하여 실제의 자연을 자연스럽게 표현되지 못했던 데

---

1) Vgl. Hugo von Hofmannsthal: Mann hört nicht selten die Rede: ein Dichtwerk sei mit bildlichem Ausdruck geziert, reich an Bildern. Dies mu β eine falsche Anschauung hervorrufen, als seien die Bilder-Metaphern-etwas allenfalls Entbehrliches, dem eigentlichen Stoff, aus welchem Gedichtes besteht, äu β erlich Aufgeheftetes. Vielmehr aber ist der uneigentliche, der bildliche Ausdruck Kern und Wesen aller Poesie: jede Dichtung ist durch und durch ein Gebilde aus uneigentlichen Ausdrücken. In: W. Killy (Hrsg.): 20. Jahrhundert: Texte und Zeugnisse 1880~1933. München, 1967. S. 285.

에 반하여 인상주의자들은 이 자연에 새로운 느낌을 불어넣고자 했다. 본래의 자연광선은 그 광선이 내려쬐이는 여건에 따라 대상의 표면이 미묘하게 변화해가고 있다. 이것을 회화에서도 당연히 추구해야 할 과제임을 선언하고 이 새로운 미술을 전개시킬 의욕을 지닌 화가들 즉 Monet, Pissarro, Sisley, Degas, Bazille, Renoir 등이 모여 색의 새로운 경지를 개척하려는 창작활동이 시작되었다. 이들은 어두운 화실에서 나와 대기 속에서 빛나는 광선의 작용으로 미묘하게 변하는 색을 표현하려 했기에 초기에는 이 일파를 외광파(Pleinairsm)라고 불렀다. 1874년 이 그룹의 첫 전시회 때 모네가 출품한 작품 「인상. 해돋이(Impression. Sonnenaufgang)」에서 인상주의(Impressionismus)라는 말이 시작되어 자진 이 그룹을 인상파로 칭하기 시작했다. 독일에서는 베를린 세쩨시온(Berlin Sezession, 베를린 분리파)을 중심으로 리버만(Liebermann), 코린트(Corinth) 또는 슬레복트(Slevogt) 등이 활약하면서 프랑스의 주요 인상주의 미술을 독일에 소개하였다.

인상주의 화가들이 선택하는 소재는 획일적으로 구성되는 의도적인 것보다 우연히 파악된 현실세계를 별다른 의미 없이 수용하고 있다. 그들은 대도시의 파노라마, 예를 들면 대도시의 분주한 삶, 대로의 가로수, 카페나 술집의 축제 분위기, 교외의 산천 등을 느낀 그대로 즉시 묘사한다. 즉 종래의 그림처럼 스케치, 초벌, 완성과 재수정의 단계를 거치지 않고 그린다. 이때 그들은 자연 속의 빛처럼 빛나게 하기 위해 빛의 연출에 따른 여러 색들을 표현해 보려 한다. 따라서 빛이 색을 운반한다고 말해도 과언은 아니다. 인상주의자들은 모든 어두운 색감을 구축하고 대상의 그림자까지도 색을 넣어 표현한다. 그러나 오로지 빛에 따라 변해 가는 대상의 순간적인 인상에만 중점을 두기 때문에 형태의 윤곽에는 신경을 쓰지 않아 대상의 형태가 뚜렷하지 못하다는 지적도 받는다. 한 번에 스치는 붓의 터치로 대상을 대충 묘사하기 때문에 정확한 사물의 형태가 드러나지 않고 전체 속에서 그림의 내용이 파악될 뿐이다. 그래서 인상주의의 이러한 특성은 선과 면을 중시하는 건축 분야에는 적용될 수 없는 것이다.

나아가 태양 광선의 효과를 최대한 살리기 위해 화면 전체를 작은 색점으로 채워 표현하는 점묘법(Pointllismus)이라 이름하는 기법도 사용하기에 이른다. 한 예로 쉬락(Seurat)의 작품 「그랑자떼의 어느 일요일 오후(Ein Sonntagsnachmittag auf den Grande Jatte)」(1885)에서 그는 태양의 빛을 순수원색으로 분활하고 그 원색의 작은 반점을 캔버스에 병렬적으로 혹은 대조적으로 점묘하여 우리의 망막에 닿는 순간 혼합된 어지러움으로 대상 전체가 반짝이는 새로운 효과를 기대했다.

조각 부분에서는 순간적인 동작이 포착되어 즉흥적으로 움직이는 듯한 인상이 표현되고 있다. 로댕(Rodin)의 작품에서 이런 움직임을 감상할 수 있다. 그의 조각상들은 이제 고전적인 받침대 위가 아닌 덩어리진 불분명한 기저 위에 세워져 있고 각자가 독립된 완성된 형태로서가 아니라 서로 역동하는 듯한 제스츄어로 다음 단계의 동작으로 옮겨 갈 것 같은 느낌을 준다. 더구나 조각 몸체의 거치른 처리는 오히려 빛의 난반사를 이루어 빛과 그림자가 회화적인 효과를 꾀하게 되는 이른바 뉘앙스의 효과를 살리는 인상주의적 조각을 대변하고 있다.

인상주의 예술의 후기에 이르러서는 고갱, 세잔느 같은 화가들이 초기 인상주의가 광선의 묘사에만 너무 치중한 나머지 풍경화를 비롯한 그 대부분의 그림에서 오로지 피상적인 것만 표현되었지 사상이나 주제가 결여된 점을 지적하고 색과 광선을 지금보다 더 뚜렷이 표현하고 대상의 공간을 간략히 하면서 그 대상의 이미지를 분명하게 부각시켜 그 실체 내지 본질을 찾고자 했다. 그래서 고갱이나 고호에게서 색과 선은 오히려 대상이나 물체의 내면 상태를 조명하는 거나 다름없었다.

이렇게 전개되어 온 인상파 예술운동이 1890년경 유럽 화단에 압도적인 영향으로 서양 회화사에 한 획을 그었으며, 특히 인상주의 미술의 형태의 상실 내지 간략은 계속 도래해 오는 추상예술을 다양하게 변화시키는 계기를 마련하였다.

3. 문학적 인상주의의 특징

인상주의 개념이 처음으로 문학에 적용된 것은 1879년 프랑스의 브루네여뛰에르(Brunetiere)의 「소설에 나타난 인상주의(L' Impressionisme dans le roman)」에서이다. 여기서 자연주의 문학에서 파생된 한 부분적인 문체로서의 문학적 인상주의를 의미하였다. 이와는 달리 독일의 헤르만 바아(H. Bahr)와 같은 문예비평가에 의하여 자연주의와 관련 없는 인상주의의 독자적이고도 미학적인 특징이 강조되었다. 이에 따라서 독일에서 릴리엔크론(Liliencron), 케이즈링 (Keyserling), 다우텐다이(Dauthendey)와 알텐베르크(Altenberg)와 같은 작가들이 자연주의와 비교됨이 없이 인상주의 문학의 영역에 소속될 수 있었다.[2]

인상주의 예술에서 핵심을 이루는 것은 일반적으로 대상의 순간적인 장면이 재빨리 포착되어 주관적이고도 개성적인 분위기가 미술에서는 색의 뉘앙스로 문학에서는 감각의 뉘앙스로 재현되는 것이다. 우연히 포착된 이러한 분위기 있는 세계가 문학에서는 언어와 문자로는 그림에서와 같은 인상주의적 색의 아름다움을 나타내기에 불가능한 것처럼 보인다. 그래도 그림에서 독특하게 투영되는 색감과 색의 강도를 가능한 한 문학에서 언어로 비슷하게 묘사해 보고자 한다. 즉 색감을 불러일으키는 다양하고 적합한 형용사의 사용과 순간적이고도 단편적인 장면 장면의 나열로 거의 인상주의 그림이 소유한 표현테크닉에 가까워지려 한다. 그러나 문학에서 순간적인 인상이 그때 그때 나열되듯이 표현되므로 인과관계가 있는 긴 이야기의 구성이라든지 논리적이고도 정신적인 테마를 다루기가 부적합해 보인다. 피상적으로 스치면서 받아들여진 감각들이 어떤 특정한 주제나 내용이 없이 세련된 감각과 정선된 화려한 형용사의 사용으로 묘사되고 있다.

다음에서는 회화에 등장하는 모티프와 소재 또는 테마가 어떻게 문학속에서 그 미학적인 기능을 수행하고 내적인 구성을 이루는지를 관찰하면서 문학적 인상주의로 접근해 보기로 한다.

1) 빛과 색의 강도(Licht- und Farbintensität)

인상주의 회화에서 빛과 그림자의 구별을 뚜렷이 나타내기 위하여

---

2) Vgl. Horst Fritz: Impressionisnus. Stuttgart 1979. S. 186.

햇빛이 비쳐지는 곳이 명확히 표현될 뿐 아니라 시간의 경과에 따라 이 빛깔이 어떻게 변해가는가가 관찰된다.

문학작품에서도 색의 뉘앙스를 의미하는 초록의 원색이라든지 '푸른 그늘' 같은 표현이 시간에 따라 변하는 햇살의 강도에 따라서 바로 그 순간적이며 다시 반복될 수 없는 한 번뿐인 푸른색을 언어로 창조해 간다. 인상주의 화가가 마치 파스텔화 같은 부드러운 색감으로 마차가 지나가고 있는 산천의 분위기를 문학에서도 다음과 같이 한 폭의 그림으로 상상할 수 있다: 마차가 들판을, 평탄한 원색의 푸른 대지를 지나고, 이 위로 비단결 같은 푸른 그늘이 윤기를 내고 있다.[3]

이와 같이 무의식적으로 포착된 개별적이고도 주관적인 감각의 수용 예를 들면 햇빛이 반사된 한 순간의 장면이나 도시의 일상적인 모습의 한 단면이 묘사된 것을 보기 위해 로버트 발저의 소설 『타너가의 형제자매(Geschwister Tanner)』에서 한 단락을 발췌하였다. 이 소설은 에피소드 형식으로 구성되어 있으며 주인공의 방랑과 산책을 통해 스치는 주변의 풍경들이 서로 연관성이 없이 작가의 눈에 비친 그대로, 느낀 대로 인지되면서 나열되고 있다:

여기 다시 다른 새들이 날고 이곳에 사람들은 조용히 서서, 하늘전체가 연한 하늘색의 아침 망또인 양 멀리 멋있고도 하얀, 거의 보일 것 같지 않은 산 정상에 매달린 산봉우리와 푸른 저 너머를 쳐다보고 있다[……]. 태양이 나뭇잎들 사이로 길에, 잔디위에, 어린 소녀가 유모차를 이리 저리 굴

---

3) Eduard von Keyserling: Harmonie. In: Werke. Hrsg. v. Rainer Gruenter. Frankfurt a. M. 1973, S. 219.

리는 벤치 위에, 부인들의 모자 위에, 신사들의 어깨 위에 밝은 얼룩을 던졌다. 모두가 서로 잡담하고, 쳐다보고, 눈길을 주고, 인사하고, 산책한다. 나으리들의 마차가 거리위로 굴러가고, 전차가 가끔 딸랑 딸랑 소리를 내며 지나친다. 그리고 증기선이 연기를 품어내고 사람들은 나무사이로 증기선의 연기가 두텁고 무겁게 흘러가는 걸 본다. 바깥 호수에서는 어린아이들이 멱을 감는다. 사람들이 푸르름이 우거진 녹음아래서 산책하면서 그들을 보았다. 하지만 저기 알몸들이 흘러가는 푸르름 속에 이리로 수영해 오고 저리로 빛내며 가는 것을 알지 못했다. 오는 실제로 빛나지 않는 것이 어디 있으랴? 모든 게 찬란하고, 반짝이고, 반사되고, 색깔 속에서 어른거리고 눈앞에서 울리는 음조에 몽롱해진다.

[…] hier flogen wieder andere Vögel und Menschen standen hier still, die die blaue, weiβliche Ferne und die Berggipfel betrachten, die am fernen Himmel wie köstliche, weiβe, beinahe unsichtbare Spitzen herunterhingen, als ob der ganze Himmel eine hellblaue Morgenmantille gewesen wäre […]. Die Sonne warf durch das Blätterwerk helle Flecken auf den Weg, auf den Rasen, auf die Bank, wo Kindermädchen Kinderwägelchen hin und her rollten, auf die Hüte der Damen und auf die Achseln der Männer. Alles plauderte, schaute, blickte, grüβte und promeniertedrucheinander. Die vornehmen Karossen rollten auf der Straβe, die elektrische Straβenbahn sauste ab und zu vorbei, und die Dampfschiffe pfiffen und man sah durch die Bäume ihren Rauch dick und schwer davonfliegen. Drauβen im See badeten junge Menschen. Die sah man allerdings, unter dem Grün auf- und abspazierend, nicht, aber man wuβte es, daβ dort nackte Leiber im flüssigen Blau herumschwammen und herausleuchteten. Was leuchtete eigentlich heute nicht? Was flimmerte nicht? Alles flimmerte, blitzte, leuchtete, schwamm in Farben und verschwamm zu Tönen vor den Augen.[4]

우선 "태양이 나뭇잎들 사이로 길에 ……밝은 얼룩을 던진다(Die Sonne warf durch das Blätterwerk helle Flecken auf den Weg)"라는 문귀에서 언뜻 인상주의 화가 막스 리버만의 작품 「비어가르텐」 속의 나무 그늘 또는 명암이 뚜렷이 표현된 가로수 길을 기억나게 하고 있다. 실제 발저는 리버만의 비서로 얼마간 일한 경력이 있음으로 발저의 작품에 나타나는 회화적인 분위기는 우연이 아닐 것이다. 계속 이곳에 묘사되는 도시 한 모퉁이에서 산책하는 사람들과 커피숍, 그리고 전차가 다니는 거리의 풍경과 강위의 증기선 등의 묘사는 인상주의 예술이 곧 현대 감각의, 즉 문명사회의 묘사임을 말해 주고 있다. 묘사된 마차, 전차나 기선의 모습은 여기서 마치 우연히 촬영된 한 스냅사진의 한 단면 같은 인상을 준다. "어린이들의 벗은 몸이 흐르는 푸르름 속에 이쪽으로 헤엄쳐 왔고 저리로 반짝거린다(…daβ dort nackte Leiber im flüssigen Blau herumschwammen und herausleuchteten)"에서 묘사된 그

---

4) Robert Walser: Geschwister Tanner. Sämtliche Werke in Einzelausgaben. Hrsg. v. Jochen Greven. Zürich u. Frankfurt/M., 1986, S. 252~253.

대상 그 자체에 빛의 강도를 부여하면서 대상의 순간적인 감각을 더욱 강조하고 있다. "모든 게 찬란하고, 반짝이고, 반사되고, 색깔 속에서 어른거리고 눈앞에서 들려오는 음조에 몽롱해진다(Alles flimmerte, blitzte, leuchtete, schwamm in Farben und verschwamm zu Tönen vor den Augen)"에서 바로 인상주의 그림의 빛이 면에 닿을 때의 그 현상을 분명한 밝음과 어두움으로 강조하여 대상 전체를 반짝거리는 인상으로 유도하는 한 폭의 인상주의 회화가 언어로 재현된 거나 다름없는 표현이다.

인상주의 예술의 색과 빛에 대해 더 언급하자면 인상주의자들이 만약 눈 내린 장면을 묘사할 때 종래의 고정관념에 따라 눈을 흰색으로만 표현하지는 않는다. 경우에 따라 약간 푸른빛으로(blaulich-kalt), 또는 화가의 주관적인 감각에 따라 불그스레한 온기(rosig-überhaucht)가 느껴지듯이 묘사되고 있다. 문학작품에서 이러한 느낌이 각종 뉘앙스를 나타내는 형용사를 사용함으로 대상에 대한 시각적 효과가 구체화되고 따라서 감각적인 수용력도 높아간다. 다우텐다이(Dauthendey)의 글 속에서 자주 볼 수 있는 형용사들, 예를 들면 "보라빛의 푸르스럼한(violettblaulich)", "바랜 듯한 붉은 색의(mattrötlich)" 등은 거의 환상적이고도 신비한 감각을 주면서 순수한 색감 그 자체를 표현해 보고자 한다.

사물의 표면에 반사되는 빛의 연출은 보석이나 유리를 포함하는 광물 또는 집기에서 더욱 더 반짝이는 인상을 받는데 금속, 광물, 보석이나 촛불 같은 발열체와 연관을 지워 광체 효과가 극대화될 수 있다. 아래 다우텐다이의 예문에 나타난 풀잎의 묘사에서 시각적이고도 감각

적인 효과가 오히려 금속이나 광물과 혼합한 형용사의 사용으로 발광체 효과를 내고 있다:

쟀빛의 회색과 보랏빛이 섞인 갈색 잎이, 미세한 금속광을 띄우며, 어둡게 변색된 은처럼 땅을 덮고 있다.

Ashgraues und purpurbraunes Laub, mit feinem Metallschimmer, wie tiefes gedunkeltes Silberdeckt den Grund.[5]

윗글에서 작은 풀잎 같은 자연의 소재가 회색과 보라와 같은 화려한 대비색으로, 나아가 금속과 은과 같은 광물에 대입되고 장식되어 현란한 느낌을 한층 더 높이고 있다. 마치 프랑스 신인상주의의 점묘법으로 그린 그림이 집중적이고도 분화된 현란한 시각이 우리의 망막에 와 닿는 것처럼 다우텐다이의 시에서 여러색의 혼합을 여러 형용사로 나타내어 우리의 지각에 불러 일으켜진 감각으로 눈의 자극을 받는 듯하다. 이러한 광물이나 색을 비유하여 장식되는 글은 인상주의 특유의 표현 감각을 넘어서서 발광된 색이나 식물의 모티프로 다시 재현되는 로코코 예술의 인상으로까지 환원되고 있다. 이 점은 그 시대 예술가들이 일상의 틀을 벗어난 보다 특이한 것, 진기한 것을 추구해보고자 했던 지고의 심미적인 욕구도 아울러 작용하고 있다.

인상주의 미술에서 빛과 그림자의 뚜렷한 표현뿐만 아니라 어디서인

---

5) Max Dauthendey: Blütenleben. In: H. Marhold (Hrsg.): Gedichte und Prosa des Impressionismus, S. 182.

가 소리가 들릴 듯한 아니면 향내가 날 듯한 느낌을 그 시대의 까페나 목로주점의 실내에서 또는 도회 사람들이 우연이 만드는 순간적인 몸짓에서도 느껴진다. 카페에서 부딪히는 술잔의 반짝임을 붓터치로 그려 투명하고도 깨끗한 유리의 질감을 보여준다. 분홍빛으로 그려진 샨드리에의 따뜻한 불빛 아래서 손님들의 웅성거리며 하는 대화가 무대 위의 연주음악과 섞여 들려오는 듯하다. 한편의 그림에서 직접 보일 수 있는 그 대상을 넘어선 주변에서 효과를 돋우는 시각적, 후각적 또는 청각적인 모든 감각이 한 예술품에서 한꺼번에 스며 나오는 듯하다.

문학에서도 음영과 색감의 묘사뿐 아니라 여러 기관에 호소하는 듯한 기분으로 대상을 표현할 때가 있는데, 즉 들릴 것 같은, 향내를 맡을 수 있는 듯한, 그 색깔을 볼 수도 있을 법한 이른바 공감각이 나타날 때가 있다. 다음의 서정시에서 매 순간마다 감지될 수 있는 총체적인 감각이 전 기관에 호소되고 있다:

깊은 노래 가락은 노랑: 피리소리

파동 치는 울림으로 널리 퍼지다.

붉은 빛의 팡파레: 푸름을 연주하다;

유쾌한 초록빛이 밝은 피리소리로 부풀다.

Gelb ist des Liedes Tiefton; breit

Flutet es unter dem Klanggewelle:

Fanfaren in Rot; das Blau schalmeit;

Ein lustiges Grün schwillt flötenhelle.[6]

여기서 "파도치는 울림(Klanggewelle)"라든지 "밝은 피리소리 (flötenhelle)"와 같은 한 농축된 언어로 시각적이며, 청각적인 그리고 촉각적인 것들이 섬세하게 표현되고 있다. 색과 울림, 느낌 등을 나타낼 수 있는 적절한 형용사나 동사의 사용으로 심리적으로 예민한 감각을 높일 뿐 아니라 모든 감각 능력이 어우러져 한꺼번에 전달되는 이른바 공감각을 형성하고 있다. 그러나 그때 그때의 감각이 나열만 되어 내용의 연결이나 깊이는 측정될 수 없는 피상적인 재현에 그치고 있다는 인상도 받는다.

분위기의 묘사와 대상의 주관적인 느낌이 시각, 청각 등의 기관에 한꺼번에 호소되는 것 이외에도 현실의 순간 순간의 인상이 단계적으로 잇달아 묘사되는 경우를 알텐베르크(Altenberg)의 작품에서 읽을 수 있다. 「내가 보는 바로는(Wie ich es sehe)」에서 시인의 주관적인 감정이 시간에 따라 변하고 있는 산천의 뉘앙스를 추적한다:

5시: 전쟁에서의 날카로운 톨레도 칼의 부딪힘처럼 번쩍 빛난다. 횔렌산맥이 투명하게 반사되고 있다.

6시: 푸른 연못과 청동색 수면에 띠가 둘린다. 횔렌산맥은 붉은 유리처럼 변한다 [……]

7시 30분: 호수는 조려진 납 같다. 횔렌 산맥은 한 실신한 여인같이 잿빛이다.

8시: 멀리 호숫가 한 작은 둥근 연못이 은빛으로 빛난다: 달의 밤 인사

---

6) Otto Julius Bierbaum: Irrgarten der Liebe. Leipzig 1905. S. 118.

가 —

5 Uhr: Blickend wie scharfgeschliffene Toledanerklingen im
       Gefecht.

       Das Höllengebirge ist wie leuchtende Durchsichtigkeit.

6 Uhr: hellblaue Teiche und Streifen in bronzefarbigem Wasser.

       Das Höllengebirge wird wie rosa Glas [···].

$8\frac{1}{2}$: Der See ist wie Blei, wie eingedickt. Das Höllengebirge ist

       wiessgrau, wie eine ohnmächtige Jungfrau.

8 Uhr: ein kleiner runder Teich fern am See flimmert wie Silber:

       "Bonsoir" des Mondes - - -. [7]

저녁 노을이 지기 시작하는 시간부터 달이 뜨는 시간까지 어떻게 대지의 분위기가 변해 가는지를 알텐베르크는 특별한 의미나 테마에 억매이지 않고 또한 서로 서로 연관성 없이 다만 스케치해 가듯이 그때그때의 순간적인 장면만을 재현하고 있다. 그러나 이 장면들은 어떠한 특정한 내용을 이야기하지는 않는다. 한 장면 다음에 다른 장면이 잇따라 연결되면서 스쳐가는 자연에 대한 피상적인 느낌만이 묘사되고 있다.

---

7) Peter Altenberg: Wie ich es sehe. Berlin, 1918, S. 96~97.

2) 표현기법상의 일치(Erzähl- und Malereitechnik)

알텐베르크가 느낀 산천이 석양빛이 닿는 면에서 밝고도 어두운 색깔로 변해 가는 풍경화의 단편적이고 시적인 나열과는 약간 다르게 한 대도시가 끊임없이 변화하는 것이 장면 장면 속에 나타나는 경우도 있다. 블라이프트로이(Karl Bleibtreu)의 「런던의 저녁과 아침(Nacht und Morgen in Londen)」은 런던의 아침 6시부터 한밤중까지의 생활이 묘사된다. 도시의 전체 인상이 시간에 따라 단계적으로 나열되면서 기술되고 있다.

7시! 〔……〕 피카딜리 자체는 느긋한 인상을 담고 있다. 아직 그들의 가게들이 진열과 장식으로 번쩍거리지 않으면 그리고 걸맞는 음악이 수레바퀴 소리를 죽이면, 이 도시는 이제 막 첫 시절을 맞는 젊은 미녀처럼 아직 신선하고 활기차다. 풀밭과 하이드 공원의 향기가 아직 도로교통으로 완전히 포화되지 않은 분위기를 씻고 있다 〔……〕

8시! 학생들의 무리가 그리고 같은 무리중의 "너무 늦었음"이나 "반성문"을 써야 할 이미 결판난 떼가 거리를 가로질러 질주한다. 대영박물관 주변이 깨어났고 〔……〕

Sieben Uhr!〔…〕 Piccadilly macht selbst jezt einen angenehmen Eindruck. Wenn sie auch nicht im Glanze und Putze ihrer Läden strahlt und die harmonische Musik ihrer

Wagenräder ertönen läßt, so atmet sie doch Frische und
Lebendigkeit, wie eine junge Schöne in ihrer ersten
Season. Der Duft des Green und Hyde Park reinigt die
Atmosphäre, die nicht von dem Dunst des Straßenverkehrs
duchsättigt ist [···].

Acht Uhr! Haufen von Schuljungen rennen durch die Straßen
und eine entschlossene Schar derselben, die es auf "Zu spät
kommen" und "Entschuldigungszettel" ankommen läßt[···]. Das
Revier um das Britische Museum ist wach[···].[8]

여기서 한 도시의 아침이 시작되어 길거리의 모든 움직임과 풍경이
시간이 지남에 따라 어떻게 고조되어 가는지가 리듬감 있게 기술된다.
이러한 묘사에서 우선 느낄 수 있는 것은 어떠한 개인적인 체험이나
어느 특정한 이야기를 서술하는 것이 아니라 한 도시의 아침의 이미지
가 다양하게 변화해 가는 것에 초점을 맞추고 있다:

11시! 해변, 체링 크로스, 트라팔가 광장은 의사당 거리와 더불어 교통
이 붐비고 빅토리아역까지 쉬임 없이 연결되고 있다. 포트랜드 성 주변은
마차로 덮히고, 베커 거리는 쇼핑하는 부인들로 일상적인 몫을 담당한다;
레겐트 거리는 꽉 찼다 [······]

---

8) Karl Bleibtreu: Nacht und Morgen in London. In: H. Marhold(Hrsg.): Gedichte und
Prosa des Impressionismus, Stuttgart, 1991, S. 46~47.

도시의 활동이 더 이상 힘있고 신선한 것이 아니라, 열병 걸린 것 같았고, ― 증기선이 콧숨 들이키고, 기차가 푹푹 거리며 달리고, 차들이 굴러가고, 수많은 인파가 움직이고 ― 이것으로 런던이 정점에 달아올랐다!

Eilf Uhr! Der Strand, Charing Cross, Trafalgar Square steht in vollem Verkehr mit Parliament Street und diese ist in rastloser Verbindung mit Victoria station. Portland Place bedeckt sich mit Kutschen, Baker Street hat ihr gewöhnliches Kontingent von "Schopping" ― Ladies; Regent Street ist voll [⋯]. Die Tätigkeit der City scheint nicht mehr energisch und frisch, sondern fieberhaft, ― Dampfer schnauben, Züge pfeifen, Wagen rollen, Millionen setzen sich in Bewegung- und es ist Mittag und London auf seiner Höhe![9]

군중의 무리와 혼잡한 교통지옥이 증대해가고 이런 것들과 혼합된 도시의 모습은 영화필름의 한 장면처럼 묘사되고 있다. 특히 밤의 도시는 전등 아래의 빛 속에서 더 집중적으로 묘사된다. 인상주의자들이 묘사한 밤의 도시는 광선의 효과가 낮과는 또 다른 강도로 묘사된다. 문명사회는 가스등과 전등을 제공했고 가로등 아래의 밤의 공원, 도심의 쇼윈도우 불빛과 샨드리에가 있는 홀의 내부 분위기는 자연 속에 달이 떠오른 산천의 분위기와는 완연히 다른 새로운 차원에서 밤의 인

---

9) Ebenda, S. 49.

상이 다양하게 연출되어 있고 아울러 도시인의 생활의 리듬도 바꾸어
놓았다:

8시! 세련된 군중들이, 2막에서 비로소 출연하는, 런던의 이어빙 포싸트
를 들으려 하고 뚫고 나갈 수 없는 군중의 무리가 이태리식 오페라하우스
의 기둥을 위로 떠밀고 있다. 커피숍은 낯선 사람들로 우글거리고, 공원은
저녁 산책자들로 가득 차다. 도시는 비어 가고 〔……〕.

10시! 지금 런던은 절정을 이루는 시간이다. 거리의 전기조명이, 특별히
피카딜리의 중앙에, "요정 같은 인상을 야기시킨다, 상투어 그대로 야기시
킨다" 〔……〕.

12시! 하이마케트의 시간이다. 이곳은 로텐로우에 있는 매일의 데이트
장소와는 다른 오싹한 풍자화를 그려낸다. 비록 사랑이라는 것은 같을지라
도〔……〕.

한밤중은 유령과 사기꾼의 시간이다. "빛이 푸르게 타고 있네, 한밤중이
지나지 않았을까?" — 시계가 친다 〔……〕.

Act Uhr! Das feinere Publikum will London᾽s Possart, Irving, der
erst im
zweiten Stück auftritt, hören und die Kolonnade von der
Italienischen Oper schiebt sich eine undurchdringliche

Menschenmasse hinauf. Die Cafes wimmeln von Fremden, die
Parks von Abendspaziergängen.

Die City ist leer [⋯].

Zehn Uhr! Jetzt ist London auf seiner Höhe. Die Illumination der
Straβen, besonders in Mitte von Piccadilly, "ruft einen
feenhaften Eindruck hervor", um eine tradionelle Phrase
"hervorzurufen" [⋯].

Zwölf Uhr! Das ist die Stunde von Haymarkt. Ein scheuβliches
Zerbild von dem täglichen Heiratsmarkt in Rotten Row, obwohl
die Tendenz dieselbe ist [⋯].

Mitternacht ist die Zeit der Geister und Gauner. "Das Licht
brennt blau, ist 's nicht um Mitternacht?" — Es schlägt [⋯].[10]

블라이프트로이는 이러한 단계적인 서술 테크닉을 사용하여 명백한
현실의 상을 제시해 주는 것이 아니라 관망하기가 어려운 혼돈스럽고
모호한 도회의 삶의 단면 단면을 제시하고 있는 것처럼 보인다.
시각에 따라 변해 가는 대상의 묘사라는 관점에 착안하여 하루의 도
시에서 일상적인 삶이 펼쳐지는 모습을 빛의 변화에 따라 색깔이 변해

---

10) Ebenda, S. 51~53.

그림 1 : 모네, 〈루앙성당〉, 아침 · 낮 · 밤.

가는 모네(Monet)의 그림과 비교해 볼 수 있다. 모네는 1890년과 1900 년 사이에 그린 연작들인 「건초더미(Die Schober)」, 「포플라나무(Die Pappeln)」, 「로앙성당(Die Kathedralen von Rouen)」 등에서 여러 빛의 상태를 보여주고 있다.

브라이프트로이가 런던의 끊임없는 움직임과 빠른 상황의 변화를 자세히 묘사하고 있는 반면 모네는 야외에서 단순한 대상을 분위기 있게 묘사하고 있지만 하루의 시각과 태양광선에 따라 대상이 변해 가는 것을 표현해 보려는 의도는 같은 것이다.

모네의 유명한 연작중의 하나인 「로앙 성당(Kathedrale von Rouen)」 (1892~93)에서 그는 빛이 퍼듯거리는 듯이 반짝이는 효과를 살렸다.[11] 성당 정면, 즉 정문과 탑 부분이 하루의 때와 빛의 강도에 따라 변하는 분위기를 그렸다. 모네는 다양한 뉘앙스와 빛나는 투명한 색감으로 이 그림을 대략 28개 정도 제작했다. 모네는 이른 아침부터 한낮을 지나 황혼이 질 때까지의, 그리고 사계절의 성당 정면을 캔버스에 담아 보았다. 여명에서부터 황혼이 질 때까지 빛을 끊임없이 관찰한 결과 아

---

11) 그림 1

침에는 푸르름, 정오에는 흰색 그리고 저녁 노을이 질 때 쯤의 성당 건물의 색깔은 오렌지 빛을 띄운 갈색과 회색으로 나타났다.

그러나 모네가 여기서 주장하고자 한 것은 로앙 성당의 모습이 아니라 날씨와 낮의 시간에 따라 달라지는 성당 벽의 색감인 것이다. 그래서 중요한 것은 화가에게 전달되어 오는 색의 변화이지 건물의 묘사는 아닌 것이다. 빛의 변화로 연출되는 색의 유희는 따라서 건물 존재의 형태도 바꾸고 있다.

이와 똑같은 방법으로 다른 연작 「노적가리(Heuhaufen)」(1891~1893)에서 하루의 때와 계절에 따른 변화되고 있는 색감을 표현해내고 있다. 밭 한가운데 서 있는 노적가리를 여러 각도에서 관찰한 결과 빛의 반사를 받은 짚더미의 색과 분위기가 어떻게 변해 가는지를 말하려고 했다.

블라이프트로이의 런던 시가지가 하루의 때에 따라 변하는 상황과 모네의 햇볕에 따라 변화해 가는 성당 건물의 그 순간의 색깔이 단면 단면의 필름처럼 묘사되는 점에서, 그리고 실제로는 대상 자체의 묘사가 아닌 그 대상의 뉘앙스의 변화를 재현해 보려는 데에서 두 사람의 의도가 일치한다.

3) 물의 반영(Wasserspiegelung)

햇빛에 투영된 색과 더불어 물의 반사 또는 물에 비추어지는 풍경 묘사는 인상주의 예술에서 빠질 수 없는 전유물로서 회화와 문학작품에서 자주 등장하고 있다. 다음 글에서 제시되는 풍경은 수련이 물 위에

피어 있는 한 폭의 인상주의 그림을 상상할 수가 있다. 그러나 여기서의 호수는 아래 주어진 단편적인 예문만으로는 나르찌스적인 기본구성을 상상할 수 있다기보다는 오히려 흰 장미 또는 수련을 담은 장식적인 공간으로 나타나고 있다:

흐트러진 덤불이 해안 아래로 끌리어 물속으로 떠간다. 곳곳에 갈대가 자라고, 그리고 흰 장미가 투명한 푸른 반사경 위 가운데 놓여 있다.

Verworrenes Gestrüpp zog sich das Ufer hinab und tauchte ins Wasser. An vielen Stellen wuchs Schlilf hinein, und groβe weiβe Rosen lagen davor inmitten der durchsichtig grünen Reflexe [12]

모네의 「수련, 그리고 물의 풍경과 구름(Nympheas, paysage d'eau, des nuages)」(1903)란 그림에서[13] 하늘과 식물이 푸른 그리고 뚜렷한 초록색으로 재현되어 있다. 맑고 전혀 움직이지 않은 물 속에 구름과 수목들이 반영되어 있다. 떠 있는 수련들은 동시에 물 속에 이중으로 다시 반영되고 있다. 이 Nympheas보다 2년 늦게 그려진 다른 그림에서는 수면이 거울의 기능을 하고는 있지만 하늘, 구름과 나무들은 흐릿한 색감으로 반사될 뿐이다. 여기의 수련들은 상대적으로 아주 크게 그려져 있다. 빛의 강도에 따라 호수의 주변이 시시각각 다른 인상을 주고 있다. 수련은 여기서 주제가 아닌, 물표면의 장식일 뿐이며 물 속

---

12) Heinrich Mann: Das Wunderbare. In: H. Mann: Novellen 1. Hamburg 1982, S. 16.
13) 그림 2 비교.

그림 2 : 모네, 〈수련 그리고 물의 풍경과 구름〉 (1903).

에 떠 있는 것으로서 공간 확정에 기여하게 된다. 호수와 꽃이 하루의 시간과 기후 조건에 따라 변하는 색으로 표현되어 있다. 여기서 보여지는 것과 실제의 상의 차이점이, 즉 수용된 주관적 인상과 실제의 현실적 대상 사이에서 다르게 나타나는 상이 빛의 반사과정을 통해 해소되어 가고 있다.

물 속에 자연이나 대상이 반영되는 묘사는 1900년경의 문학에서 주로 나르시스 모티프와 결합되어 있다. 그러나 더 깊은 의미로는 한 개체의 내성적이고도 외부와 차단된 내면의 모습이 물에 반영되는 형식으로 표현될 수 있다. 이 시대의 인간들의 모습은 도시와 산업의 발달로 웅성거리는 외부와는 오히려 대조적으로 인간의 내부에서는 각자가 홀로 있고 싶어하는 성향을 지니고 있다.[14]

제각기 홀로 있기를 원하는 사람들은 실내에 앉아 유리창이나 또는 다른 반사물을 통해 타인을 수동적으로 관찰하는 모습이 이 시대의 예술작품에 적지않게 나타나고 있음을 보게 되는데 다음의 예문, 베어

---

14) Vgl. Volker Rittner: Handlung, Lebenswelt und Subjektierung. München 1976, S. 51.

호프만(Beer-Hofmann)의 「게오르크의 죽음(Der Tod Georges)」에서 물 그림자를 매개로 외부와 차단되고 있는 주인공의 모습을 볼 수 있다. 이 작품은 주인공이 홀로 방랑하면서 독백하는 것처럼 쓰여진 산문이다. 주인공이 혼자 서 있는 분수 곁으로 누군가 오는 모습이 묘사된다:

그는 뒤 자갈위로 끄는 걸음으로 점점 가까워 지는 발자국 소리를 들었다. 한 그림자가 물 위로 가라 앉는 것 같아 보였다; 그리고선 그는 어두운 거울 속에 있는 두 여인을 보았다. 그는 몸을 돌리지 않았다. 그들은 바로 그의 옆에 아주 가까이 있음이 틀림없다; 분수의 돌 테두리에서부터 약간 그와 멀었을 뿐이다. 그들은 검은 옷을 입고 있었고 그들의 얼굴을 구별하지는 못했다. 어린 여자가 약간 피곤한 듯한 소리로 말했다: "이리 주세요, 어머니!" 좁다란 손, 그 손의 가는 손목이 짧은 소매에서 자유로이 뻗어 물에 비추어져 높이 나타났다. 그리고선 물수면 위로 흰 모이가 떨어졌고, 흐르는 파문이 그들의 그림을 흐트렸다. 깊은 곳에서 물고기들이 올라와 가운데로 떠가는 모이 주변으로 모여들었다.

Er hörte hinter sich auf dem Kies langsam schlürfende Schritte, die immer näher kamen. Ein Schatten schien über das Wasser zu sinken; dann sah er in dem dunklen Spiegel zwei Frauen. Er wandte sich nicht um. Sie mussten ganz nahe bei ihm stehen; nur ein wenig weiter weg als er, vom steinernen Rand. Sie trugen dunkle Kleider; ihre Züge unterschied er nicht. Eine junge, leicht müde Stimme sagte: "Gieb her, Mutter!" Eine schmale Hand,

deren dünnes Gelenke ein zu kurzer Aermel frei lieβ, spiegelte sich
noch, hocherhoben im Wasser, dann fielen weisse Brocken auf die
Fläche, und immer weiter verrinnende Kreise zerrissen ihr Bild.
Aus der Tiefe stiegen Fische und drängten sich gierig um die
Brocken, die gegen die Mitte trieben.[15]

여기서 물과 물의 반영은 한 남자와 두 여자라는 이 그룹의 공간적인
간접 차단을 의미한다. 비록 두 부인과 한 남자는 서로 아주 가까이 곁
에 서 있지만 물그림자로 인해 그들은 오히려 대질되어 있는 느낌이
다. "그는 몸을 돌리지 않았다"에서 사람과 사람 사이의 분리를 의식적
으로 시도하고자 했으며 이들의 차단은 분수 돌 가장자리를 기점으로
더욱 심화되고 있다. 남자는 우선 물 속에 비친 검은 옷을 입은 두 자
태와 분명치 않은 얼굴을 물 속으로부터 관찰하고 그들이 말하는 소리
도 듣는다. 그리고 가는 손의 한 부분도 보게 되지만 이 두 여인의 실
제 모습을 결코 쳐다보지는 않는다.

이와 비슷한 현상이 다음 문장에서도 드러나고 있다. 물 속에 비쳐진
또 다른 너와 나를 보고서 서로가 혼자인 것이 분명히 드러난다. 사람
과의 사귐의 어려움과 고독이 물그림자의 영상에서 더 깊어지고 있다:

그의 눈이 하지만 물 속을 들여다보고 있네. 그가 나를 쳐다보지는 않아.
하지만 전체 이 넓은 물이 그의 눈빛과 더불어 나를 바라다보네.

---

15) Richard Beer-Hofmann: Der Tod Georges. In: W. Iskra: Die Darstellung des
Sichtbaren in der dichterischen Prosa um 1900. Münster, 1967, S. 6~7.

Wie doch seine Augen ins Wasser blicken. Mich sieht er nicht an. Aber das ganze, weite Wasser blickt mich mit seinen Augen an! [16]

윗부분은 두 사람이 호수 위 작은 보트에 앉아 있는 장면인데, 이들은 그 좁은 보트 속에서도 이야기도 나누지 않으며 서로 자신들 속으로만 빠져들고 있다. 이때 소녀는 나르시스적인 반대편의 남자를 단지 물그림자를 통해서만 바라다볼 뿐이다. 이때도 "게오르크의 죽음"에서처럼 물과 물의 반영에서 두 사람의 실제적인 소외가 암시되고 있다.

호수의 물의 반사와 마찬가지로 유리창 또는 거울을 통해 반사된 영상에서 인간 소외를 암시하는 몇 가지 예를 인상주의 회화에서도 볼 수 있다. 마네(Manet)의 「폴리에 베르제레의 한 주점(Un Bar aux Folies-Bergere)」(1882)에서 인간의 무관심한 심리 묘사가 뚜렷하게 나타나고 있다.[17] 그림의 정면에 바아 소녀가 서 있다. 소녀의 뒤에 거울이 걸려 있고, 이 거울 속에 전체 주점 안의 장면이 비쳐지고 있다. 둥근 등 아래서 손님들이 마시거나 이야기하는 장면이 비치고 있다. 활기 있는 사람들의 분위기와는 달리 그림의 중심 인물인 소녀는 여기서 멍하고도 피곤한 모습으로 서 있다. 이때 소녀 뒤편의 큰 거울은 주점 안의 손님과 시중드는 일로 분주하지 않은 소녀와 대비를 이룬다. 중앙의 소녀는 다른 사람과 전체 바아의 분위기와 비교하여 완전히 고립

---

16) Robert Walser: Geschwister Tanner. Sämtliche Werke in Einzelausgaben. Hrsg. v. J. Greven. Zürich u. Frankfurt/M., 1986, S. 139.
17) 그림 3 비교.

▶ 그림 3 : 마네, 〈폴리에 베르재의 한 주점〉 (1882).
◀▼ 그림 4 : 드가, 〈압생〉 (1876).

된 모습이다.

또 다른 인간의 대립과 소외를 나타낸 장면이 거울을 통해 나타나고 있다. 드가(Degas)의 「압생(Absinth)」(1876)에서 두 사람의 관계의 단절이 유리 같은 반사를 통해 암시되고 있다. 그림 속에 한 기이한 부부가 실내에 앉아 있고 둘 다 무뚝뚝한 표정이다. 그들의 내면적인 차단 내지 대화 단절이 두 사람의 머리 뒤에 나타나는 그림자 같은 반사에서 더 뚜렷해진다. 뒷편 거울을 두 쪽으로 나누게 하는 수직의 축이 무엇보다도 두 사람의 내적인 단절을 결정적으로 강조시키고 있다.[18]

이런 방법으로 인상주의 예술에서 현대 인간들의 냉담함과 수동적인

삶의 모습이 거울의 영상이나 물의 반영이라는 미학적인 표현 수단을 통해 간접적으로 제시되고 있다

4. 부설(Excurs): 인상주의적 삶의 방식

지금까지 인상주의를 다른 매체, 즉 인상주의 미술의 기법을 토대로 하여 문학적 인상주의를 규명해 보고자 했다. 특히 인상주의 회화에서 빛의 강도에 따른 시각적 효과 내지 감각의 상승을 문학은 어떠한 방법으로 대처하고 있는지를 그리고 빛과 시간의 변화에 따라 대상의 주관적인 인상을 단계적으로 나타내는 표현기법이 문학과 미술에서 공통적으로 사용되고 있음을 보았다. 또한 문학과 미술에서 공통적으로 현대 인간들의 모습이 나르시스적인 기본 구성을 가지고 어떻게 심화되어 가는지, 즉 현대 인간들의 냉담함과 수동적인 삶의 모습을 다음 부록된 장에서 계속 살펴볼 수 있다. 즉 문학과 미술에서 공통적으로 보이는 현대 인간들의 모습에서 어떠한 주제를 찾을 수 있는지를 관찰해 보고자 한다.

1) 예술가 환경

세기 전환기는 커다란 사회적 변혁기의 하나로 특징 지워진다. 경제

---

18) 그림 4 비교.

적인 성장과 자연과학의 진보는 오랫동안 그 사회를 조정해 오던 사회 관습과 교회에 대항하게 되는 새로운 세계관으로 이끌었다. 이러한 급격한 변화의 면전에서 대부분의 인간들은 오히려 불확실성과 불안을 느꼈다. 도래하는 시대의 문지방에서 이러한 추세를 사회가 타락하고 있는 징조라고 느꼈기 때문이었다.

문화적 영역에서는 인간들은 그들의 희망을 변화하고 있는 사회에서 기대했으며 이것이 한편으로는 시대에 대한 회의가 예술에 동시에 표현되었다. 그러나 일반적으로는 영향력 없는 의지 박약을 시대의 한 전형적인 현상으로 돌리게 되었다. 이러한 것들은 19세기 말에 팽배해 있던 데카당스 감정의 한 현상이었다. 따라서 희망과 회의가 문학에서 유미주의적인 예술 감각과 데카당스의 개념이 함께 평행하고 있었다.

그 당시 자연주의 문학이 부당한 현실을 적나라하게 묘사하면서 사회를 고발하고 있을 때, 이와는 달리 다른 일련의 예술가들은 그 시대 전반적인 삶의 의미를 부여한 여러 유미주의 예술양식을 다양한 예술 운동으로 전개시키고 있었다. 이런 다양한 예술양식들이 나름대로의 특징을 지니면서도 서로 평행하거나 교차하는 한 예를 문학뿐만 아니라 회화에서도 볼 수 있다. 인상주의 미술의 대표적인 화가 르노와르(Renoire)의 그림에서 자연주의적 비판, 즉 시대비판이 아직 남아 있음을 볼 수 있다.[19]

『우산(Les Parapluies)』(1883), 일명 『푸른 옷을 입은 소녀』에서 거리의 많은 사람들이 지나가고 있으며, 비가 갑자기 내리기 시작하고 모

---

19) 그림 5 비교.

두 우산을 쓰고서 그들의 길을 재촉하는 거리의 통행자들의 모습들이 보인다: 실크햇을 쓴 신사들, 귀부인과 그녀의 어린 딸들, 지나치는 복잡한 사람들 사이, 그림의 전경에 푸른색의 간소한 옷에 바구니를 든 소녀의 모습이 보인다. 이 소녀만이 우산이 없다. 약간 슬퍼 보이는 얼굴에 몽상적인 표정으로 역시 바삐 걷고 있다. 왼쪽을 스치는 한 남자가 딸들의 어머니인 듯한 아름다운 부인을 묘한 눈길로 순간 힐긋 쳐다본다. 여자 쪽으로 미묘한 시선을 주는 이 남자, 지나치는 사람들, 부인의 우아한 거동, 어린 소녀들, 바구니를 든 전경의 여자, 이 모두가 다 스냅 사진의 한 컷처럼 순간적이자 무의식적인 동작으로 그려져 있다. 비가 내리고 모든 사람들이 우산을 쓰고 간다. 미쳐 비 피하지

못하는 소녀에게서 당혹감보다는 원래부터 그녀가 지니고 있는 듯한 슬픈 표정이 더 강조되는 것 같다. 소녀의 옷차림, 바구니를 든 모습에서 일하러 가는 소시민 또는 하인인 듯한 신분을 느끼게 한다. 우산은 여기서 사회적 보호와 안정을 의미하는 상징으로 생각해볼 수 있는데, 갑자기 비 내리는 날 보호받지 못하는 이 소녀에게

그림 5 : 르노와르, 〈우산〉 (1883).

아무도 관심을 가지지 않는다. 거리를 무심히 스치는 통행자들을 대상으로 순간 포착의 그림을 그린 인상주의 그림에서 자연주의의 색채인 사회 비판이 아직 나타나고 있다.

독일의 경우에 사회는 빌헬름 2세의 치정 아래 경제적, 정치적 부흥기를 이룩하고 있었으나 사회 분위기는 전반적으로 공격적이며 과장된 애국주의를 표명하고 있었고 사회를 주도해 가는 시민계급은 속물근성에 젖어 피상적인 삶을 영위하고 있었다. 이에 회의를 느끼는, 결코 시민사회에 속할 수 없는 일련의 예술가 그룹과 일부 부유층 시민들은 피상적이고 타성에 젖은 사회를 도피하여 구속받지 않는 그들만의 영역에서 찰나적인 감각적인 삶을 즐기거나 또는 데카당스적인 삶의 박약한 의지 속으로 함몰되었다. 빌헬름 2세의 힘의 정치 아래서 이런 시민계급의 경제적 위치가 계속 보장되었다. 하지만 경제적 팽창의 결과 시민계급은 초기의 성취력을 잃어 버렸고 포만감에 젖은 피상적이자 속물 근성의 지도층이 되어 버렸다. 많은 작가들과 화가들은 천박해진 정신과 획일화된 사회 그리고 경제적인 변화와 함께 성장한 문명사회를 비판하기 시작하였다. 시민산업사회의 사회 비판적인 면을 되돌아보자면 자연주의자들을 첫 현대 예술의 운동으로 볼 수 있다. 자연주의자들은 그들의 작품에 산업사회의 부정적인 결과를 주제로 삼았다. 자연주의 작가들은 마치 자연과학적으로 인식하듯이 현실을 그렇게 자세히 묘사하려 했다. 사회 비판적, 선동적인 자연주의 예술가들과는 반대로 일련의 동료 예술가들은 시민사회로부터 도피하고자 했다. 그들에게 비친 시민사회는 신선한 것이 아니었다. 시민계급에는 피상적인 속물들만 살고 있다고 생각했다. 삶에 대한 신선한 의지가

결여된 시민계급의 한 단면을 호프만슈탈의 산문에 직접적으로 묘사되고 있다:

아주 잘생겼고 부모는 없는 상인 집안의 젊은 아들은 25세 되던 해에 즉시 사교와 잔치 같은 인생에 실증이 나 버렸다.

Ein junger Kaufmannssohn, der sehr schön war und weder Vater noch Mutter hatte, wurde bald nach seinem fünfundzwanzigsten Jahr der Geselligkeit und des gastlichen Lebens überdrüssig.)[20]

그러나 이런 시민 계급에 속하지 못하는 계층은 사회의 변두리에 머물고 있었으며 많은 예술가들도 그러했다. 시민계급의 외형적이며 정신적 수준이 낮은 생활을 수긍할 수 없고 그 사회의 견고한 벽도 넘을 수 없는 대부분의 예술가들은 스스로 고독하여 시민사회로부터 고립되어 있다고 느꼈다. 예술가들과 시민계급사이의 깊은 굴곡이 벌어졌으며 이때 일련의 예술가들은 도피하여 보헤미안적인 삶을 영위했다. 다른 그룹은 그들의 독자적인 환상의 세계로 도피해 버렸다.

결코 예술가 그룹과 시민계급이 화해될 수 없다는 사실이 특히 소설 『부덴부록크家(Buddenbrooks)』에서 나타나고 있다. 이 소설에서는 세상과 삶에 대한 시대의 전형적인 피로감이 묘사되고 있다. 예술가 그룹과 시민계급 사이의 모순이 크리스티안이나 한노와 같은 강한 예술

---

20) Hofmannsthal: Das Märchen der 672. Nacht. In: Gesammelte Werke, Die Erzählungen S. 7.

가 기질을 지닌 등장인물을 통해 강조되고 있다. 그들의 예술적 감각이 섬세하면 할수록 그들을 둘러싼 외부적인 시민적 환경에서 그들은 퇴락되어 갔다. 이 두 계급 사이의 깊은 굴곡은 예술가들의 상황을 더욱 우울하고 퇴폐적으로 이끌지만 그럼에도 예술가와 그리고 예술적 기질을 지닌 사람들은 마치 그들은 천박한 시민계급과는 어울릴 수 없는 선별된 존재인 양 더욱 교만하게 비치고 있었다.

예술가들의 이런 병적인 소외 외에 예술가들의 고립은 자기 발전에로 향하는 가능성으로 제시된다. 그들의 고립은 자기 자신을 발견하기 위한 필수적인 것이 된다. 자신과 자기 예술에 대한 스스로의 자각을 릴케는 어느 젊은 예술가에게 말했다. "너 자신 속으로 가라(Gehen Sie in sich)."[21]

릴케는 예술가의 생활은 방해받지 말아야 할 그 자신 속에서 반영되는 것이다라고 그 자신의 외적 보호보다는 예술가의 창작 환경을 더 요구하고 있다.

소외된 채 다른 사람들과는 소통되지 않는 세계 속에서 예술가는 그들의 개성을 감정적이며 미학적인 욕구로 배양시켜 가고 있었다. 겉보기에는 약한 예술가들의 삶은 그들의 고립된 세계 속에서는 삶의 환희와 미학적인 삶의 감정을 체험하고 있었든 것이다. 이런 방법으로 세기말의 예술가들은 그들의 삶을 즐기고 치유해 나가고 있었다.[22]

독자적인 섬에서 예술가들은 삶을 취한 것 감각적인 그리고 자유로

---

21) Rainer Maria Rilke: Ein Brief eines Dichters. In: Tagebücher aus der frühen Zeit. S. 39.

운 것으로 체험했으며 삶을 가장 가치 있는 미학적인 요소로 인식했다. 이런 의미에서 예술창조는 그 자체가 삶의 표현이자 창조력의 활동이라고 이해할 수 있다. 이러한 새롭고도 포괄적인 삶의 경험이 이제 그들의 예술에 재현되고 있었다.

2) 인간과 예술

바로 이 시점에서 새로운 예술, 즉 인상주의 예술은 세기 전환기의 예술가들이 처한 사회적 상황을 떠나서는 생각해 보기 어려울 것이다. 시민사회에서 소외된 예술가들은 그들이 주변사회와 자아의 부딪힘이라는 명제를 넘어서서 찰나적이자 수동적인 그리고 무관심과 목적 없는 삶을 구속받지 않는 자유로움으로 인식한 채 그들의 도피처를 유미주의로 자리매김 하려 하였다. 외부로는 냉담하며 내부로는 예술의 향유에 몰입하는 이러한 격리된 삶의 방식은 그 당시 인상주의적인 인간상의 주도적인 그림이 되었다. 수동적인 예술가들의 모습은 기계문명 사회인 도시문화에서 구속받지 않는 보헤미안적인 삶을 살고 있었다. 그러나 이들이 누린다는 무한한 자유는 아주 특별한 것은 아닌, 인간관계에서 무관심한 태도 등에 제한되는 것 등이다. 예술가들이 추구하는 것은 그들 자신의 독자적인 인간성이 완전한 향유를 누릴 수 있도

22) 『비극의 탄생(Die Geburt der Tragödie)』에서 니체(Nietzsche)의 예술관은 이 세대에게 강한 영향력을 주었다. 니체는 예술을 인생이라는 관점 아래서 예술의 현상을 삶의 영위하는 것과 삶의 고양의 중심 수단으로 보았다. 이리하여 인생과 예술의 개념이 1900년경 예술의 정신적, 미학적인 구조의 주선율이 되었다. 디오니소스적이며 힘있는 삶의 긍정에서 데카당스적인 삶의 감정이 극복되어질 수 있는 듯하였다.

록 방해받지 않는 것이었다. 인상주의자들의 방랑자와 같은 생활은 그들 인생에 특별한 목적이나 의무감 없이 배회하는 가운데 받아들이는 주변 환경에 수동적이자 덧없는 인상만 감지할 뿐이다.

예술가들의 이러한 무상한 생활방식과 그들 자신의 내면으로만 움직이는 덧없는 동작의 반복이라는 모티프를 릴케(Rilke)의 시에서 상응하는 예를 찾아볼 수 있다:

회전목마

〔……〕
그기다가 사슴 한 마리도 있네, 숲에서처럼,
사슴은 안장을 지니고 있고 그 위에
푸른 옷을 입은 소녀가 매달려 있다.

사자 위엔 흰 옷 입은 한 사내애가 타고서
작은 하얀 손으로 그대로 꽉 붙들고 있다,
사자가 이빨과 혀를 내밀고 있기 때문이다.

〔……〕
그리고 이따금 흰색 코끼리
그리고 저리로 가 빨리 끝내려고 한다.
그리고 회전하면서 목적 없이 돌고만 있다.
붉은, 푸른, 회색의 코끼리가 지나친다.

전혀 움직일 시작도 않는 작은 옆모습— 〔……〕

Das Karussell

〔…〕 Sogar ein Hirsch ist da, ganz wie im Wald,

nur da er einen Sattel trägt und drüber

ein kleines blaues Mädchen aufgeschnallt.

Und auf dem Löwen reitet wei ein Junge

und hält sich mit der kleinen weiβen Hand,

weil der Löwe Zähne zeigt und Zunge.

〔…〕 Und dann und wann einβwei er Elfefant

Und das geht hin und eilt sich, da es endet,

und kreist und dreht sich nur und hat kein Ziel.

Ein Rot, ein Grün, ein Grau vorbeigesendet,

ein kleines kaum begonnenes Profil— 〔…〕[23]

위의 시에서 뚜렷한 상황을 묘사하는 장면이 아니라 단지 회전목마
의 번갈아 가는 움직임을 통해 우연한 만남을 표현하는 그림 같은 장

---

23) Rilke: Das Karussel: In: R. M. Rilke: Sämtliche Werke 2. 1975, S. 530~531.

면이다. 한 개의 지붕, 그 아래 그늘에서 장난감 동물들의 군상이 있는 회전목마는 어린이들에게 즐겁고 환상적인 대목장의 풍물이다. 어린이들이 탄 회전목마의 돌고 있는 전체 모양이 각 각의 코끼리, 사자 등 동물에 알록달록하게 칠해진 색들과 조합되어 있다. 흰 코끼리가 다시 나타나곤 하는데서 목마가 그저 둥글게 돌고만 있는 빠른 움직임을 감지할 수 있다. 목적 없이 회전하는 움직임 속에 붉은, 푸른, 하양 등의 색들이 집약되어 색감을 드높이는 인상주의적 분위기의 한 전형이라고 볼 수 있다.

이렇게 그저 돌고 있는 회전목마의 모습은 덧없음, 소외, 목적 없는 방랑, 내면으로의 몰입 등의 테마와 일치하며 이러한 것들은 인상주의의 전형적인 성격들이자 세기말의 주체 중심의 개인주의적인 도시 문화의 한 부분으로 이해되어지고 있다.

이 시대 인간의 모습은 일반적인 인간관계 또는 군중 가운데에서의 자기 소외만이 아니라 가장 가까울 수 있는 연인, 두 사람의 모습에서도 서로가 서로를 수용하고 있지 못하는 피상적인 인간관계가 투영된다는 점을 볼 수 있다. 다음 호프만슈탈의 시에서 두 남녀의 무상하고 냉담한 관계가 긴장된 분위기로 묘사된 것을 읽을 수 있다:

두 사람

여자는 손에 술잔을 들고 있다.
— 여자의 턱과 입은 그와 닮았다 —,

여자의 걸음걸이는 가볍고 탄탄하여,
한 방울도 술잔에서 튀기지 않았다.

남자의 손은 가볍고 단단했다:
남자는 어린 말을 타고 있다,
그리고 냉정한 태도로
움직이는 말을 그대로 서게 했다.

하지만, 남자가 여자의 손에서부터
가벼운 술잔을 받아야 했을 때,
이건 두 사람에게는 너무 어려웠다:

두 사람의 손이 너무 떨려,
손과 손이 닿지 못했고
어두운 색 와인이 바닥에 흘러 내렸다.

Die Beiden

Sie trug den Becher in der Hand
— Ihr Kinn und Mund glich seinem Rand —,
So leicht und sicher war ihr Gang,
Kein Tropfen aus dem Becher sprang.

So leicht und fest war seine Hand:

Er ritt auf einem jungen Pferde,

Und mit nachlässiger Gebärde

Erzwang er, daß es zitternd stand.

Jedoch, wenn er aus ihrer Hand

Den leichten Becher nehmen sollte,

So war es beiden allzu schwer:

Denn beide bebten sie so sehr,

Da keine Hand die andre fand

Und dunkler Wein am Boden rollte[24]

호프만슈탈의 글은 한 그림을 보면서 설명해 나가는 듯한 느낌이다. 여자의 자태, 그녀의 턱, 입 그리고 잔에 담긴 포도주 등의 단어에서 그림이 연상된다. 그러나 전체적으로 하나 하나의 상황을 설명하려는 것이 아니고 별다른 의도 없이 상황을 건성으로 있는 그대로 열거하는 데만 그치고 있는 인상이다. 더구나 이곳에 등장하는 포도주는 일반적인 의미로 생산의 상징인데 이 두 사람이 마시고자 하는 포도주의 어두운 빛깔 "dunkel", 이 "어두운"이라는 형용사는 두 사람의 관계가 성스럽다거나 적절하지 못함을 암시하는 상징어가 될 수 있다. 남자에

---

24) Hugo v. Hofmannsthal: Gesamelte Werke. Gedichte. Dramen 1. 1891~1898 (Hrsg. v. B. Schoeller). Fischer: Frankfurt a M., 1979. S. 27.

게서 풍기는 차가
움, 의미 없이 긴
장하고 있는 여인
의 자태에서 느낄
수 있는 것은 성적
인 감흥으로 충족
된 사랑이 테마가
되기보다는 이들
의 순간적인 움직
임 속에 겉도는 사
랑이, 혹 충동이
있을지라도 이루
어지지 못하는 욕

그림 6 : 마네, 〈콘서트 카페〉 (1878).

구 등이 문제가 되

는 듯하다. 가장 가까운 관계를 가질 법한 개체의 소외 내지 고독감은
인상주의 회화에서도 감상할 수 있다. 마네가 1878년에 그린 〈콘서트
카페(Concert-cafe)〉, (1878)[25]에서 마치 사진의 한 장면처럼 순간적이자
무의식적인 연출이 보인다: 손님들로 가득 메워진 홀에 술 마시는 사
람, 멍하게 생각에 젖은 그리고 멀리 보이는 사람들이 밀집되어 있다.
왼편 거울에 노래하는 여자 가수의 모습이 비치고 있다. 그러나 그림
에서 거울을 통해서만 가수를 볼 수 있으며 아무도 가수의 노래를 경

---

25) 그림 6 비교.

청하고 있는 것 같지 않은 채 저마다 각기 행동한다. 그림의 정면에 실크햇을 쓴 남자와 그 곁의 젊은 여자가 주인공으로 보인다. 남자는 곁의 여자에게 관심 쏟고 있지 않다. 남자의 눈은 가수를 비추고 있는 거울의 반대편, 즉 노래하는 가수를 무관심한 듯 쳐다보고 있을 뿐이다. 남자의 눈이 거울 반대편으로 향하고 있는 것으로 보아 그림에서는 직접보이지 않는 무대 위의 가수를 보고 있는 것이 암시된다. 남자가 그렇기 때문에 곁에 앉아 있는 여자는 더 고독해 보인다. 홀 안의 두 사람과 뒤에서 맥주를 마시고 있는 여급 등 모든 사람들이 제각기 따로 따로 행동하고 있으며 모두 서로 서로 대화하지 않는 모습을 그들 자신조차도 알지 못한다. 이 광경은 순간적으로 포착된 우연한 한 단면이다.

여기서 거울은 가수가 노래하고 있음을 알리는 매개물이 아니라 그림 중심의 그 남자가 곁의 여자와 이야기하지 않아도 될, 즉 대화단절에 필요한 합리적인 하나의 수단으로 등장한다. 대부분의 인상주의 회화가 인간의 소외된, 서로의 대화가 결핍된 모습을 묘사하는데 그리고 이러한 모습을 거울이라는 매개체로 또는 거울 같은 반영을 통해 무의식적으로 순간적으로 나타난 장면처럼 보이지만 실제로는 이 시대 이러한 무심한 인간관계를 이루며 삶을 영위하고 있는 예술가 자신들의 개인주의적인 성향이 그림에도 반영되어 있다고 볼 수 있다. 즉 화가 자신이 의도적으로 개입한 구성으로 볼 수 있다. 대부분의 인간들이 술집에서 술 마시는 것과 같은 향락 외에는 별다른 인간관계가 없는 이런 평범한 사람들의 모습이 이 시대 회화의 한 소재로 도입되고 있다. 이 그림에서 논의될 수 있는 것은 대도시의 매력과 흥취가 아니라 대중 가운데서 오히려 잃어버린 인간관계가 19세기 말 한 전형적인 인간의 모습이라는 점이다. 제각기 홀로 있고 싶어 하는 사람들은 카페의 한 구석에서 다른 사람들을 말없이 관찰하거나 또는 함께 있어도 서로 대화하기보다는 각자가 자기 몰입으로만 빠져드는 모습이 이 시대 예술품에서 드물게 않게 나타나고 있다.[26]

5. 맺음말

지금까지 인상주의 회화의 영역 속에서 나타나는 기본 요소와 특징을 토대로 문학적 인상주의가 무엇인가를 고찰해 보았다. 특히 인상주의 화풍에서 빛의 강도에 따른 시각적 효과와 감각의 상승을 문학은 어떠한 방법으로 보충하고 있는지 알아 보았고 빛과 시간의 변화에 따라 대상의 주관적인 인상을 단계적으로 나타내는 표현기법이 문학과 미술에서 공통적으로 사용되고 있음을 보았다. 또한 문학과 미술에서 공통적으로 현대 인간들의 모습이 나르시스적인 기본 구성을 가지고 어떻게 심화되어 가는지를 살펴보았다.

이것으로써 문학적 인상주의의 특징을 다음과 같이 재정리해 볼 수 있다.

---

26) 마네(Manet)의 작품 〈발콘 (Der Balkon)〉(1868) 이라는 회화에서 보이는 발콘 위의 한 남자와 두 여자는 전혀 서로가 서로를 의식하지 않는 듯한 포즈를 취하고 있음을 보아 마치 서로 관련이 없는 사람들인 양 보인다. 좁은 발콘 위에 서로 붙어 앉거나 서 있지만 각자가 서로 몽상에 잠긴 듯 또는 꿈을 꾸듯이 다른 사람들을 보지 않고 각자 다른 방향을 주시하고 있거나 또는 자기 자신 속으로만 몰입하고 있는 것처럼 보인다.

첫째 문학적 인상주의는 전통적인 사실주의 문학 양식에서부터의 탈피를 의미한다. 인상주의 문학에서는 현실을 있는 그대로 묘사하려고 하지 않는다. 테마 면에서는 19세기의 역사적이며 종교적인 내용을 더 이상 다루지 않는다. 왜냐하면 여기서 인상주의의 핵심인 감각의 세계가 표현되기 때문에 종래의 사회, 경제적 그리고 정치적인 것들이 더 이상 중요하지 않다. 그 대신에 자연과 도시문화에서 온 소재를 주관적이고도 순간적인 인상으로 묘사하는 즉 새로운 현실의 체험을 다루고 있다.

둘째 인상주의 문학에서 묘사된 대상은 피상적인 성격을 드러내고 있다. 인상주의자들은 그때 그때 변화하는 현실과 대상의 미세한 차이점을 집중적으로 전달하기 위해서 짧은 시간 내에 느낌, 색, 소리, 움직임 등의 총체적인 인상을 한꺼번에 나열한다. 그래서 대상의 본질을 나타내는 것보다 상황에 따라 변하고 있는 그 순간의 외부현상을 표현하는데 더 비중을 두고 있다. 이러한 관점에서 인상주의 문학이 계획적이고도 치밀하게 구성된 문장으로 서술되지는 않는다. 그리고 인과관계를 다룬 포괄적이고도 분석적인 작품보다는 짧은 문장이나 시, 노벨레 등과 같은 소품에 일반적으로 더 적합하다는 평가이다.[27]

마지막으로 인상주의의 찰나적이고도 피상적인 묘사 특징이 인상주의적 인간상에도 그대로 적용되고 있다. 방황하고 수동적인 인물들은 그들만의 독자적인 공간 속에서 사물의 미세한 뉘앙스와 과도한 감각을 추구하게 된다. 이것이 인간의 본능적인 충동을 일깨우거나 인간내

---

27) Horst Fritz: Impressionismus. Stuttgart, 1969, S, 187.

부의 영적인 상태를 투시해 보려는 유겐트슈틸과 상징주의 문학에서 더욱 심화되고 있다.

　문학사적인 측면에서 인상주의 문학은 19세기 사실주의가 지향하던 예술 형태에서 완전히 벗어나고 있다고 볼 수 없으므로 반미메시스적인(Halbmimesis) 성격을 띄우고 있다. 다시 말해 인상주의가 여전히 실제의 현실을 의식은 하지만 주어진 현실을 간과하듯 스치면서 인지하고 있음을 의미하는 것이다. 그러므로 인상주의의 반미메시스적인 성격은 사실주의와 도래하는 20세기의 실험예술 형태로 이전하는 중간 과정의 교량 역할을 맡게 된 셈이다. 이것을 기점으로 계속 출현해 오는 여러 예술 양식들이 그 나름대로 이미 인상주의에서 비롯된 형식과 형태의 변이를 전제로 하여 발전한 것이므로 인상주의는 현대 예술의 첫 출발점을 마련하였다는 데 그 의의를 들 수 있다.

■참고문헌

1차 문헌

Altenberg, Peter: Wie ich es sehe. Berlin 1918.

Bierbaum, Otto Julius: Irrgarten der Liebe. Leipzig 1905.

Bleibtreu, Karl: Nacht und Morgen in London. In: H. Marhold (Hrsg.):
　　Gedichte und Prosa des Impressionismus. Stuttgart 1991, S. 46~53.

Dauthendey, Max: Blütenleben. In: H. Marhold (Hrsg.): Gedichte und Prosa
　　des Impressionismus, Stuttgart 1991, S.182.

Hofmannsthal, Hugo von: Bildlicher Ausdruck. In: Walther Killy (Hrsg.): 20.
　　Jahrhundert. Texte und Zeugnisse 1880~1933. München 1967.
　　S.285.

Keyserling, Eduard von: Werke. Hrsg. v. Rainer Gruenter, Frankfurt a. M.
　　1973.

Lessing, G. Ephraim: Laokoon oder Über die Grenzen der Malerei und Poesie.
　　Hrsg. v. K. Wölfel. Frankfurt a. M. 1988.

Mann, Heinrich: Novellen 1. Hamburg. 1982.

Rilke, Rainer: Sämtliche Werke 2. München. 1975.

Walser, Robert: Geschwister Tanner. Sämtliche Werke in Einzelausgaben.
　　Hrsg. v. Jochen Greven. Zurück und Frankfurt a. M. 1986.

2차 문헌

Bachteler, Ulrich: Die Darstellung von Werken der Malerei in der amerikanischen Lyrik des 20. Jahrhunderts. Frankfurt a. M. 1979.

Eilert, Heide: Die Vorliebe für kostbar-erlesene Materialen und ihre Funktion in der Lyrik des Fin de Siécle. In: Fin de Siecle. Hrsg. v. Roger Bauer u.a.. Frankfurt a. M. 1977, S. 421~441.

Fritz, Horst: Impressionismus. Stuttgart. 1969.

Hermand, J./Hermann, R. : Impressionismus. Deutsche Kunst und Kultur von der Gründerzeit bis zum Expressionismus. Bd. 3. Berlin. 1966.

Iskra, Wolfgang: Die Darstellung des Sichtbaren in der dichterischen Prosa um 1900. Münster. 1967.

Karthaus, Ulrich (Hrsg.) Impressionismus, Symbolismus und Jugendstil. Stuttgart: 1977.

Pochat, Götz: Geschichte der ästhetik und Kunsttheorie. Köln. 1986.

Rittner, Volker: Handlung, Lebenswelt und Subjektierung. München. 1976.

Thon, Luise: Impressionismus als Kunst der Passivität. München. 1927.

4
아르누보 문학과 미술*

머리말 | 미술과 문학에서의 유겐트슈틸 | 문학적 유겐트슈틸의 요소 | 맺음말

1. 머리말

미술에서의 유겐트슈틸을 문학작품 속에서도 그 가능성을 밝혀 보려할 때 미술사적인 개념으로 확정된 한 예술 양식이 어떻게 문학이라는 다른 학문의 분야로 도입되느냐 하는 문제에 우선 봉착하게 된다.

1900년경에 시대의 공통된 감각은 문학과 미술 이 두 예술에도 새로운 토대를 마련해 주었다: 낭만주의 예술이 지향했던 감각성과 충만한 분위기의 묘사뿐 아니라 삶과 예술의 일치라는 명제하에서 인간의 본능적이고도 심리적인 내면 상태가 유미주의적 관점에서 다루어졌다. 이러한 예술의 대표적인 양식 중 하나로 유겐트슈틸 예술을 들 수 있다.

유겐트슈틸은 그 당시 사회 전 영역에서 즉 건축, 회화, 공예, 실내

---

* 아르누보 예술을 독일어로 유겐트슈틸로 표현합니다.
  이 논문은 독일언어문학 제 6집(1996)에 실려 있습니다.

디자인, 그리고 책 도안에 이르기까지 응용되어 유행하였다. 조형미술에서뿐 아니라 문학의 언어 표현에도 장식적인 분위기를 띤 많은 묘사를 읽을 수 있었다. 그 시대적 상황, 즉 삶의 환희와 동시에 삶의 회의가 교차되는 시대 감정이 미술과 문학에 나란히 표현되고 있었다.

문학 속에 나타난 언어의 장식적인 표현이 미술의 유겐트슈틸과의 비슷한 분위기를 불러일으킨다는 점에서 문학적인 유겐트슈틸이 언급되어지기 시작했다. 1969년 도미니카 요스트(Dominika Jost)의 저서 「문학적 유겐트슈틸(Literarischer Jugendstil)」[1]에서 회화에서 나타날 수 있는 분위기와 이 양식 특유의 소재와 모티프를 가지고 비교하면서 문학적인 유겐트슈틸을 정의 내려 보려 시도하였다. 그녀의 논문에서 어디까지나 두 예술을 비교하는 듯한 인상에 그치고 있다가 하예크(Hajek)의 「문학적 유겐트슈틸」[2]에서는 도미니카 요스트의 방법을 우선 그대로 수용하면서도 이 양식의 개념 설정 및 연구 방법상의 문제점을 제시하였다. 우선 그녀는 한 예술을 다른 분야의 예술과 비교하는 것에서 일어나는 문제점을 언급한 뒤 오스카 와일드(Oskar Wilde)와 호프만슈탈(Hofmannsthal)의 작품에서 유겐트슈틸의 가능성을 제시하였다. 이 논문에서도 문학 속에서의 유겐트슈틸의 회화적 요소를 주로 해명 하고있다. 두 사람 이후에 나타난 비슷한 많은 논문에서도 회화와 문학에서의 소재와 모티프들이 어떻게 서로 일치되고 있으며 문학 속에서의 유겐트슈틸의 가능성과 기능을 밝혀 보려 했다.

본 논고에서도 미술의 유겐트슈틸이 어떻게 문학에서도 똑같이 적용

---

1) Domonik Jost: Literarischer Jugendstil. Stuttgart 1969.
2) Edelgard Hajek: Literarischer Jugendstil. Düsseldorf 1971.

될 수 있느냐 하는 기본 입장을 다루면서 문학작품에서의 그 구성상의 특징과 기능을 밝혀 보고자 하였다. 동시에 이것은 문학과 다른 학문과의 비교를 통한 해석 방법상의 다양성에 한번 접근해 보려는 시도이기도 하다.

2. 미술과 문학에서의 유겐트슈틸

세기말의 짧은 기간 동안, 즉 1890~1910년 사이에 전 유럽에 확산된 유겐트슈틸이 프랑스에서는 Art Nouveau, 오스트리아의 Sezessionsstil, 영국의 Modern Style, 미국의 Tifany Style 등 다양한 이름을 가지고 국제적인 예술 양식으로 전개되었다. 독일에서는 München에서 출간된 문예잡지 『유겐트 Jugend』에서 이 예술의 이름이 유래되어 회화, 공예, 건축, 실내장식, 그리고 책 삽화에 이르기까지 곡선과 평면구도를 특징적으로 사용하는 유겐트슈틸이 독일 전역에 유행하였다. 종래의 미술의 색감, 음영이나 형태의 표현을 중시해 온 전통적인 미술기법과는 완전히 다르게 유겐트슈틸은 평면에다 오로지 선의 움직임으로만 표현되는 예술이다.

실제로 이 시기의 예술가들에 의해 제작된 가구와 책상 또는 집기나 꽃병의 모습에서 그대로 유려한 선의 연결로 이루어진 유기적인 감각을 느낄 수 있다. 끊임없는 선의 힘있는 연결은 한없이 뻗어가고 생장하는 자연의 원초적인 모습을 상기시킨다. 이 시대의 예술 감각은 자연에 대한 그리움이 산업과 대도시의 팽창에 대한 혐오감의 반작용으

그림 1 : Th. 하이네, 〈굽이굽이 춤추는 댄스 (Servinent)〉, 1900.

로 나타나, 생활 전 영역 ― 집기에서 현관의 문고리에 이르기까지 ―에서 창조된 이 예술품에서 식물의 모티프로 장식된 선의 흐름을 보게 된다. 특히 건축 분야에 있어서는 유려하고도 역동하는 듯한 선의 구성은 유기적인 인상을 준다.

회화에서도 가늘고 섬세한 선의 유희가 자연히 여린 꽃줄기, 연못의 표면에 엷게 파동치는 파도와 물그림자, 그리고 그 위를 유유히 헤엄쳐 가는 백조의 그림자와 그 새의 가느다란 형태의 선 등이 좋은 소재로 응용되고 있다. 또한 흘러내리고 생기 있는 부드러운 선을 표현하기 위한 최상의 소재로서 여인의 길다란 몸매가 다양한 형태로 변형되고 있다. 아직 소녀티가 있는 여인의 가는 자태와 어깨 위에 내려드리운 긴 머리카락이나 춤추는 자태에 휘감기는 무희복의 선의 묘사는 유겐트슈틸에서 율동적인 선의 효과를 최대한으로 살릴 수가 있는 것이다.[3]

이와 같은 율동적인 선의 흐름은 평면 위에서 유려하게 나타내어지

---

3) 그림 1 비교

그림 2 : F. 호트러, 〈봄〉
(1901).

는데 오로지 흰 면
에 검은 선의 연결
로서만 형태가 표
현되는 것에서 입
체감이나 그림자조
차도 전혀 느낄 수
없는 데서 공간적
이나 조각적인 환상이 일어나지 않는다.

완전히 선으로는 도안화되지는 않았지만 공간에 대한 감각이 배제된
유겐트슈틸의 대표적인 미술작품인 페르디난트 호트러(Ferdinand
Hodler)의 "봄(Frühling)"에서 시절의 훈훈한 향기를 맡으려는, 두 청소
년의 자태가 자연 속에 그려져 있다.[4]

여기서 만약 두 사람의 배경을 이루고 있는 꽃들과 땅을 표현한 듯
한 흰색과 검은색에서 의도적으로 검은색 부분을 삭제시켜 본다면 흰
표면만 남게 될 것이다. 공간이라는 개념이 이 그림에서 감지되지 않
고 있다. 왜냐하면 흰 종이에 검은 붓 터치와 선의 연결만으로 이루어
진 그림이기 때문이다.

선과 평면의 이차원적인 구성으로 특징지어지는 이 미술은 이리하여
아름답고도 율동적인 분위기만이 강조되는 장식적인 효과를 연출하게

---

4) 그림 2 비교.

된다. 이런 점에서 유겐트슈틸 예술은 장식적 기능에 가장 적합한 분야로서 이에 실내 장식과 공예 부분이 해당한다. 장식적인 기능으로서의 유겐트슈틸은 건물 벽면을 치레하고 회화나 판화 작품 자체의 장식적이고도 도안적인 효과를 뛰어넘어 가구, 실내 장식, 포스터나 책의 삽화에 이르기까지 삶의 전 영역에 다양하게 응용되어 아름다운 삶의 현상으로서 삶과 예술의 일치라는 모토를 담당하게 되었다. 이리하여 이 시대의 화가들은 이제 홀로 그의 창작에만 전념하는 것이 아니라 인간의 일상적인 욕구를 아름다운 형태로 연출시켜야만 하는 장식 미술가로서의 그 역할도 떠맡게 되었다.

삶의 전 영역에서 활동하려는 화가들과는 달리 문학가들은 고립된 영역에서 그들만의 내면의 소리에 귀를 기울이려는 경향이 있었다. 극도의 예민하고도 정제된 미를 동경하면 할수록 점점 현실과는 소외되어 시민사회와는 단절된 삶을 살았다.

실제 이들 예술가들은 시민사회의 신선한 청교도적 기운이 결여된 피상적인 삶의 방식과 산업사회의 혼탁함에 염증을 내고 자연을 동경하고 새로운 것을 기대하려는 삶의 감정에 동조하고 있었다. 이런 예술가들의 감정이 또 다른 한편으로는 현대사회의 혼란과 속물 근성의 시민사회와 대립된 채 이중적인 삶의 감정을 낳고 있었다. 그러기에 바로 그들의 문학작품 속에서 이러한 현대사회의 내용 없는 모순된 현실이 일그러진 퇴폐적 감정을 동반한 채 표현되거나 현실 부정, 자기 고립과 자기 몰입 속에서만 솟아나올 수 있는 독자적인 삶의 열광이 표출되고 있었다. 때마침 니체는 삶의 관점에서 본 예술관, 즉 전통적인 종래의 사회적 모든 가치를 배격하고 구원하는 치유하는 힘으로서의 예술의 기능을 새롭게 해명하였다. 니체는 예술의 기능을 삶의 고양과 삶 자체를 유지하는 중심 수단으로 보았고[5] 이런 예술관은 이 시대 모든 예술 창작의 주도적인 모티프가 되었다. 예술을 통한 삶의 환희 내지 활기로운 삶에 대한 긍정이 이 시대에 팽배했던 데카덴트적인 삶의 감정과 병약한 삶의 의지를 극복시키는 계기가 되었다.

이렇듯 삶을 취한 것, 자유로운 것으로 본 관점에서 예술 창조는 절대적 삶의 표현이요, 창조를 위한 원초적 활동으로 이해될 수 있었고 이 새롭고도 포괄적인 삶의 체험이 다시 그들의 작품 속에 재현되었다.

특히 조형미술에서 즐겨 다루어지는 소재들이 ― 휘어지는 곡선으로 도안된 식물들, 고도의 수풀림, 인적이 없는 공원과 호수, 아니면 비현실적으로 가늘고도 긴 여인의 몸매 그리고 그녀의 춤추는 모습 등 ― 문학작품 속에서는 언어라는 표현 수단을 매개로 더욱 야릇한 마적인 분위기를 고조시킬 수 있고 마치 위협받는 세상에서 방어된 듯한 외딴 섬의 지극한 고요 등이 더욱 심화되어 표현될 수 있었다.

유겐트슈틸의 회화에서 즐겨 쓰이는 모티프인 호수와 물은 결코 밖으로 흘러넘치지 않는다. 또 다른 주된 모티프의 하나인 섬은 수풀로 쌓인 고도로서 쉽게 도달할 수 없는 물 가운데 태고의 신비처럼 떠 있다. 이러한 소재들은 다른 한편으로는 유겐트슈틸 예술가들의 내면적이고도 내성적인 세계가 상징화되어 있다고도 볼 수 있다.

이런 관점에서 유겐트슈틸의 회화를 상기시키는 듯한 분위기와 요소

---

5) Theo Meyer: Niezsches Kunstauffassung. In: Aufsätze zu Literatur und Kunst der Jahrhundertwende. Hrsg. v. Gerhard Kluge, S. 37.

가 실제 문학작품 속에서도 감지될 수 있는 곳에서 두 예술의 비교 내지 보완점에 착안한 유겐트슈틸의 연구가 가능해진다. 문학과 미술에 나타나는 동시대의 예술 감각과 시대정신, 그리고 미술의 구성요소와 모티프가 문학작품에서는 어떻게 농축되어 엮어져 있으며 아울러 어떻게 그 문학적인 기능을 담당하는지 알아보고자 한다.

3. 문학적 유겐트슈틸의 요소

1) 소재와 모티프 – 여인과 물

문학적 유겐트슈틸이 먼저 미술의 유겐트슈틸의 개념에서 온 점을 착안할 때 문학에서 언어라는 수단을 매개로 독자에게 유겐트슈틸 특유의 예술적 분위기를 상상하게끔 할 수 있다. 오히려 문학작품의 소재와 모티프는 미술에서의 극도의 아름답고도 환상적인 분위기의 연출과는 달리 표현되는 대상의 내면의 상징화가 시대감각과 더불어 표출된다고 볼 수 있다. 이 시대는 삶의 표현이 다른 어느 시대보다도 다원적이고도 해방되고 자유스러운 것으로 추구 되었던바 특별히 춤을 통한 자태의 자유스런 해방감과 환희가 주도적인 시대의 감각으로, 예술에서 유동하는 표현의 주된 모티프로 움직임을 통하여 삶에의 해방과 원초적인 갈구를 나타내었고 또한 물가의 파도치는 그림도 움직이고 있는 삶의 상징어로서 다양하게 변형되고 응용되었다. 나아가 그 물가에 떠 있는 연꽃 내지 백합들은 덧붙여 삶의 비밀스럽고도 묘한

아름다움으로 삶의 수수께끼 같은 특징으로 의미가 부여되었다.[6]

유겐트슈틸의 유려하게 움직이는 선을 다양하게 표현할 수 있는 식물의 줄기와 물의 파동뿐 아니라 여인의 가는 자태의 몸매의 선이 또한 최상의 소재로 선택된다: 이 여인들의 몸매는 지나치게 길고 마르게 표현되어 비현실적인 느낌과 더불어 파손될 듯한 우려를 주고 있다. 이런 가늘고도 휘영청 휘어지는 듯한 유동적인 소녀의 모습에서 순진함과 청순, 그리고 그 시대 자연친화적인 섬세한 식물의 아름다움에서 연상되는 삶의 즐거움과 순수한 미에의 추구가 있는 반면, 한편으로는 이렇게 약하고 곧 깨어져 버릴 듯한 힘없는 허상적인 존재의 묘사를 통하여 그 시대에 팽배한 삶의 불안 내지 긴장감이 부정적으로 동시에 반영되고 있다. 이리하여 이런 소녀들에 대한 전형적인 형용사들이 다음과 같이 자주 나열되고 있다: "깨어질 듯한(zerbrechlich)", "병약한(krank)", "창백하고도 푸르스럼한 몸매(blaβ blaue kleine Gestalt)", "순진무구한(keusch)", "극히 섬세한(überfeinert)", "육신이 사라져 버린 듯한(körperlos)", "승화된 듯한(sublimiert)" 등등이다.

하인리히 만(Heinrich Mann)의 「그녀인가?(Ist sie's?)」라는 작품에서 유겐트슈틸의 한 전형적인 여인의 모습이 묘사된다:

그녀는 키가 크고 마르고, 허리 부분에서는 몸이 약간 앞으로 휘어져 있고, 좁다란 어깨와 가는 목위로 연한 금발머리가 풍성히 드리워져 있다. 약간 위로 쳐진 콧날을 가진 얼굴은, 좁고 부드러운 입술과 확실하지 않은,

---

6) Adalbert Schlinkmann: Einheit und Entwicklung. Freiburg 1974, S. 430.

빛나는 바다 빛 푸른 눈빛과 더불어 창백하였다.

약간의 곱슬머리로 가볍게 덮힌 하얀 이마의 오른쪽 관자놀이에 진한 갈색점 옆에 푸른빛이 감도는 혈관도 보게 된다.

Groβ und schlank, in der Taille leicht nach vorn geneigt, trug sie auf schmalen Schultern und zarten Halse die überschwere Fülle ihren mattgoldnen Haares. Ihr Gesicht, mit der ganz leise aufgeworfene Nase, den schmalen sanften Lippen und dem ungewissen, schimmernden Blick ihren meerblauen Augen, war bleich.

Man gewahrte die blaulichen Adern auf ihrer weiβen Stirn neben dem gelben Mal, das dicht an der rechten Schläfe von einer vereinzelten Locke leicht verdeckt ward.[7]

여기에 묘사된 여자의 모습은 가는 몸매와 좁은 어깨, 길고 가는 목에서 아직 성숙치 않은 청소년의 앳된 자태로 나타난다. 그녀의 창백하고도 이마의 실핏줄이 드러날 정도의 투명한 피부에서 오히려 병약한 인상을 준다. 건강하고 숙성해가는 사춘기의 소녀들의 모습과는 대조적으로 곧 부서져 버릴 듯한(Femme Fragile) 청순가련한 소녀는 언제나 꽃 속에서 또는 가는 꽃줄기와 조화되어 식물의 한 부분처럼 어우러져 묘사되곤 한다. 언제나 그녀의 몸매처럼 휘영청 휘어지는 꽃줄

---

7) Heinrich Mann: Ist sie's? In: Heinrich Mann: Novelle 1. Hamburg 1982. S. 87.

그림 3 : A, 회퍼, 〈장식테〉, 1978.

기의 아름다움이 소녀의 섬세하고도 정제된 아름다움과 병행되어 그려진 내용을 담은 많은 회화를 볼 수 있다.[8]

특별히 가는 꽃줄기는 소녀의 가는 신체를 연상시킬 수 있기에 이들의 몸이 유동하듯 흐르는 선으로 연결된 꽃의 형상으로 재현되거나 또는 꽃줄기와 잎과 합일하는 듯한 분위기를 자아내는 회화도 자주 볼 수 있다. 이것은 꽃과 소녀의 몸, 즉 둘이 같은 본질로서 변형되었음을 암시해 주고 있다.

이들의 모습은 꽃과 관련지어진 것뿐만 아니라 호숫가 혹은 분수를 곁들인 '물과 여인'이란 주제로 등장하고 있다. 계속 「그녀인가?」에서 그녀의 막연한 동경이 호숫가를 배경으로 전개된다:

제너는 빈 방의 창가 구석에 외로이 놓여 있는 낮은 궤짝에 앉아 있다. 약간 피곤한 듯 어두운 빛깔의 벽지에 기대어 밤의 뿌연 푸른 안개가 내려 깔리는 호수 너머를 응시하고 있다.

---

8) 그림 3 비교..

Jeanne saβ auf der niederigen Truhe, die einsam in der Fensternische des leeren Gemaches steht. Ein wenig müde gegen die dunkle Wandtafelung gelehnt, blicke sie hinaus auf den See, der in abendlichen mattblauen Schleiern lag.[9]

아직 소녀인 젊은 부인 쟌느(Jeanne)에게 창 밖으로 펼쳐지는 호숫가는 아직도 피어오르는 동경의 대상처럼 나타나고 있다. 여인과 물을 관련지은 '멀뤼진느(Melusine)' 모티프는 이 시대 문학과 미술에서 오히려 내면적이고도 영적인 움직임을 상징화한다고 간주될 수 있다. 그러나 호숫가의 소녀의 모습은 나르시즘 내지는 물과 곧 병합되어 버릴 듯한 무존재로 또는 허상적인 어떤 것으로 상징되고 있다. 계속 하인리히 만의 「콘테시나(Contessina)」에서 분숫가를 맴돌던 어린 콘테시나의 행방불명이 말해지고 있다:

그녀가 사라진 깊은 곳에는 어떠한 것도 움직이지 않는다. 파문이 그녀를 삼켜 버렸을지도 모르는 호수조차도 고요하다. 설령 그녀가 바다의 거대한 자유 속에서 죽어 버렸다고 한다면 그 바다의 음성은, 가련한 콘테시나가 그토록 기꺼이 이해했던 삶의 소리였던 것이다.

In der Tiefe, in der sie verschwunden, rührt sich nichts. Es ist ja nicht einmal ein See, der Kreise über ihr zu ziehen vermochte. Und

---

9) Ebd., 89.

viel weniger hat sie in der groβen Freiheit des Meeres sterben
sollen, dessen Stimmen, die Stimmen des Lebens, sie so gern
verstanden hatte, die arme Contessina.[10]

십륙 세의 콘테시나는 세상과 격리된 채 어머니와 단둘이 아버지의
유산인 백작의 성에서 살고 있는데 어느 날 아버지의 동상을 세우기
위해 프렌렌스에서 온 미술교수를 알게 된다. 활달하고 긍정적인 인생
관을 지닌 교수에게서 콘테시나는 세상과 삶에 대해 많은 것들을 듣게
된다. 그러나 이것들은 한꺼번에 감당할 수 없고 갑작스러운 삶의 공
포로 그녀를 엄습한다. 콘테시나, 그녀는 자기의 가냘픈 육체 이외의
것 즉, 삶 자체를 감당할 수 없는 지극히 연약한 존재로 물가에서 증발
되어 버리는 것처럼 묘사되어 있다.

1900년에 그려진 그림 에젠느 그라쎄(Eugene Grasset)의 "정원의 소
녀(jeune femme un jardin)"에서 가는 육체와 삶을 지탱하기 힘겨워 하
는 한 소녀의 모습에서 콘테시나를 연상시킨다. 그림 속의 소녀는 가
는 육체를 간신히 지탱시킨 채 불안하고도 막연한 동경으로 호수의 물
을 응시하고 있다. 그녀의 뒤로 정원의 줄지은 조각상들이 그녀의 신
체와 나란히 진열되어 있다. 이 소녀도 얼마 후 이 조각상들처럼 생명
없는 빈 존재로 화할런지도 모른다. 그래서 그녀를 비호하는 듯한 조
각 군상들은 마치 호수에 영혼을 던져 버린 소녀의 빈 신체가 이들과
곧 합류하리라는 것을 암시하듯 평행하여 줄지어 기다리고 있는 것처

---

10) Heinrich Mann: Contessina. In: Man: Novelle. Bd. 1. Berlin. S. 66.
11) 그림 4 비교.

그림 4 : F. 그라세, 〈정원
의 소녀〉, (1900
년경).

그림 5 : J. 에브레트, 〈오
펠리아〉, (1852).

럼 보인다.[11]

　이렇게 지탱할 수 없는 이 작은 육체의 고뇌가 결국 물 속에서 사라
져 버림을 나타내는 내용을 다룬 테마가 회화에서도 자주 나타나는데
한 투명하고도 가는 신체를 지닌 여인의 죽음을, 그 시대 대표적인 작
품으로 죤 에베레 밀라스(John Everett Millais, 1829~1896)의 〈오펠리아
의 죽음(Ophelias Tod)〉에서 볼 수 있다.[12]

　밀라스는 한 궁정의 나무로 우거진 정원의 한 연못 속에 빠져 죽은

한 귀족 부인을 묘사하고 있다. 길고도 마른 몸이 흰 비단옷에 싸여 물에 반쯤 떠 있다. 그녀의 머리카락은 물에 펼쳐져 있고 창백한 얼굴은 벌려진 입과 뜬 눈으로 고통을 하소연하는 듯 보인다. 그녀의 벌린 양팔은 힘없이 물 위에 떠 있고 오른손에 쥔 라일락꽃 한 다발이 물 위에 흩어져 있다.

이런 방법으로 물과 여인을 다룬 소재는 소설과 서정시에서뿐 아니라 그 시대의 많은 회화, 특히 구스타브 크림트(Gustav Klimt)나 하인리히 포겔러(Heinrich Vogeler) 등의 작품 속에서 다양한 형태로 그려져 상징적이고도 미학적인 기능을 수행하고 있음을 볼 수 있는데, 물 속에서 그들의 운명을 끝내 버리는 이 비련의 주인공들에게서 엄밀한 의미로 그들의 본질을 논할 수 없다. 그들의 가늘고 다칠 듯한 몸은 다만 아름답고 병약할 뿐이었다. 게다가 그들의 영혼은 삶의 의지를 지니지 못한 공허한 허상으로 나타난다. 마치 이 소녀들은 인성을 지니지 못한 채 물가에서 물방울로 화해 버리는 듯한 내용 없는 한 상으로 비쳐진다. 그들의 투명한 육체와 다치기 쉬운 마음은 세상을 헤쳐 나가기보다는 호숫가에서 물안개로 화해 버리듯 아무것도 아닌 존재가 되어 버린다. 이와 같이 문학과 미술에서 소녀의 가냘픈 신체를 통하여 상징적이고도 미학적인 기능을 부여해 보려 하는데, 이런 의미에서 '물과 여인'이란 주제와 여성의 내용 없는, 마치 무지개처럼 증발해 버릴 듯한 신체는 이 시대의 문학과 미술에서 오히려 장식적인 효과를 꾀하고 있다는 점에서 두 예술 사이의 공통점이 보인다.

---

12) 그림 5 비교.

2) 구성상의 비교

(1) 선의 연결

유겐트슈틸의 주된 특징이 선의 구성으로 이루어진 예술이자 평면 공간의 강조임을 이미 알고 있다. 이 양식이 미술에서 유래한 만큼 우선 미술의 선과 평면의 구성의 일치를 문학에서도 찾아 비교해 보고자 한다.

선과 평면의 이차원적인 특징을 토대로 한 이 예술을 후기인상파 고갱(Gauguin)의 〈신의 날(1894)〉에서 또는 반 고호(van Gogh)의 측백나무의 표현 등에서 소용돌이 치는 듯한 붓 터치가 이루어낸 강한 선의 미술이 이미 시작되고 있음을 볼 수 있다. 그래서 선, 면, 그리고 흑, 백의 단지 이차원적인 요소로만 이루어진 유겐트슈틸 미술에서 음영의 표현이나 조각적인 느낌 조차도 없는, 공간적인 환상이 배제되고 오로지 순수한 선으로만 표현되고 있다는 강한 느낌이 온다. 이러한 움직이는 듯한 선의 표현이 유겐트슈틸 미술에서 춤추는 장면을 나타낼 때 그 특

그림 6 : W. 브래드리, 〈뱀춤〉, 1894.

징을 최대한 살리고 있다. 윌리엄 브래디리(William H. Bradley)의 〈뱀춤(The Serpentine Dance, 1894)〉[13]라는 그림에서 흑과 백 그리고 평면에 선의 연결로만 이루어진 이차원적인 구성 속에서 춤이라는 주제가 표현되고 있다. 곡선의 요동치는 듯한 표현이 선으로만 도안화되어 있어도 무희복 같은 선의 움직임이 아래에서 위로, 좌우로 휘날리는 듯한 느낌이 전달되어 온다.

이러한 선의 움직이고 생장하는 기분을 문학 작품 속에서도 찾아볼 수 있다. 비어바움(Otto J. Bierbaum)의 시 「이야기(Erzählung)」에서 자연의 아름다운 현상이 마치 유기적인 선의 연결로 살아 움직이고 소멸되었다 다시 생성되는 듯한 충만한 분위기의 연출을 느낄 수 있다:

우리는 그토록 잘 어울리는 한 쌍이었다.
그녀는 춤추고, 나는 시를 읊고, 신은 피리를 부노니
하늘의 보라빛 노을조차도 이를 즐거워했고
이 하늘가에서 우리는 온갖 소설 속에 나오는

생기 있는 동화를 취한 듯 체험했네:
꿈에 운반되어지고, 노래에 현혹된,
그리고 파도 위에 떠다니는 금빛 쪽배 속에서
허공으로 불그스레 자나간 구름을 보았네.

---

13) 그림 6 비교.

허공을 스쳤고; 흘러가 버렸고; 사라져 갔고;

흘러내렸고, 흩어졌고,—

공허한 곳으로, 빈 공간 속으로(…)

그러나 현세의 장중함이 우리를 붙들고

품위 있는 휘감김으로 우리를 아래로 끌어당긴다.

So waren wir also ein passendes Pärchen.

Sie tanzte, ich dichte, Gott blies die Flöte

Und freute sich selber der purpurnen Röte

Des Himmels, in dem wir das munterste Märchen

Und aller Romane verliebtesten lebten:

Von Träumen getragen, von Liedern belogen,

In goldener Nußschale schwimmend auf Wogen

Und Wolken, die rosig ins Nichts verschwebten.

Ins Nichts verschwebten; verrannen; vergingen;

Zerflossen, zerrissen, – ins Nichts, in die Leere.

Uns aber erfaßte die irdische Schwere

Und zerrte uns nieder mit würgenden Schlingen.[14]

---

14) O. J. Bierbaum: Erzählung. In: Das große Handbuch deutscher Dichtung, S. 569.

여기 전체적인 맥락에서 보면 소녀 소녀의 즐거운 사랑의 노래가 마치 천국의 천사들이 경험하는 듯한 격앙된 기분으로 로코코적인 현란한 분위기로 묘사되었을 뿐 아니라 "운반하다(tragen)", "헤엄치다(schwimmen)", "스쳐 지나치다(verschweben)"과 같은, 주로 움직이는 느낌의 동사들이 많이 등장한다. 계속 사용되는 동사들 "흘러가다(verrinnen)", "번지다(zerflieβen)", "흩어지다(zerrissen)", "당기다(zerren)", "휘감다(Schlingen)" 등은 비록 구름의 변화하는 모양들을 나타내는 것이긴 하지만 구름의 움직임을 빌어 표현한 내면의 상태를 나타낸다고도 볼 수 있다. 이러한 움직임의 표현들은 동시에 조형미술의 유겐트슈틸에서 나타나는 급격한 곡선의 연결과도 상통하는 느낌을 주고 있다. 배경 자체가 하늘이라는, 해안도 없고 수평선도 없는 무한대의 공간인 '허무 속으로(ins Nichts)'와 '공허 속으로(in die Leere)'라는 단어에서 토대 없는 일반적인 허무만이 암시되고 있다. 창공이란 내면 상태에 구름이란 모호한 형체 없는 것이 소멸되었다 되살아나는 인상에서 오히려 구체적인 내용이 없는 빈 허상의 세계에서 실체가 없는 아름다운 허상만을 느낄 수 있는 유겐트슈틸 특유의 예술세계가 보인다.

즉 '무(Nichts)'라는 것은 실제적인 것이 아니어서 현실에서 멀고 시간의 개념도 아울러 잃게 된다. 창공의 구름은 고정된 것이 아닌 떠돌이 형태라 실제적인 것이 아닌 아름다운 현상뿐이라는 점에서 바로 유겐트슈틸의 예술적 감각과 일치되고 있다. 계속 곡선의 힘 있고 유려한 움직임이 다음의 시에서도 느껴진다:

도약

오 맙소사, 저 춤이 불안스러이 우리의 영적인 자태를
완전 하나로 엮는구나.

그녀가 갑자기 머릿결에 흠뻑 싸인채
그녀의 뜨거운 목덜미를 깊이 숙였다;
나는 신이 내게 내려 주신
바로 이 순간을 향유했다.

Im Fluge

Ganz in Eins flocht, O Gott, der Tanz
unsere bang beseeligten Gestalten,

Und Sie senkte tief ihr heiß Genick
plötzlich ganz von ihrem Haar umflossen;
und ich habe diesen Augenblick
den mir Gott gegeben hat, genossen.[15]

---

15) Richard Dehmel: Gesammelte Werke, Bd. 1, S. 18.

위 데멜(Dehmel)의 서정시에서 유겐트슈틸의 회화에서도 볼 수 있는 춤추는 장면의 열광된 분위기뿐만 아니라 전형적인 모티프들이 다시금 재현되는 느낌이다. 율동에 따라 휘어지는 신체의 곡선, 휘감기는 머릿결 등의 묘사에서 시인은 무언가를 분명하게 나타내기보다는 총체적인 아름다움에의 도취를 강조하면서 이러한 소재의 사용을 통해 차라리 언어의 장식성을 꾀하고 있다고 본다. 여기에서도 동사 "엮다(flocht)", "깊이 수그리다(senkt tief)", "둘러싸다(umflossen)" 등의 춤의 행위와 관계된 움직이고 있는 언어의 사용에서 유겐트슈틸의 역동적이자 장식적인 선의 움직임이 강조되고 있다.

(2) 공간 감각의 상실

한 대상에 대한 점진적인 세밀하고도 추적적인 묘사를 통해 마치 그 대상이 카메라의 확대경을 들이댄 것처럼 확연히 확대되는 경우가 있다. 따라서 그 대상의 표면도 확대됨으로 공간에 대한 정확한 상상력이 배제됨과 동시에 늘어진 평면만이 계속 묘사되는 것이다. 예를 들어 산문에서 표현 대상이 과장되리만큼 너무 세밀하게 묘사되는 바람에 대상의 시야 부분이 아주 넓어져 공간에 대한 감각이 점차로 사라지고 있다. 결국 묘사된 대상의 표면만 크로즈업되는 경우이다.

그로스(George Grosz)의 「열 세 번 째 방을 들여다봄(Ein Blick in das dreizehnte Zimmer)」에 각 장면 장면이 자세히 묘사되어 가고 있고 이에 따라 표현 대상물에 대한 시야가 점진적으로 넓혀져 감을 보게 된다. 다음은 한 청년이 건너편 뜰에 위치한 집의 방을 들여다보는 장면

이다:

창문 앞에 우연히 한 커다란 포도주상자가 놓여 있었다. 나는 나직히 다가가, 내 친구가 불어 과제를 하느라 혹은 달갑지 않은 수학숙제를 하느라고 구부려 앉아 있는 걸 보았다. 숨을 죽인 채 신중하게 상자 위로 올라갔다. 유쾌한 소리가 나지 않았다. 나는 기다렸고 내 눈은 목재서랍이 열려 있는 곳에 멈췄다. 방 안쪽에 창문 앞에, 그 창문은 가운데가 나누어져 있는데, 커텐이 걸려 있고, 이외에도 큰 커튼의 무늬사이로 어렵지 않게 안을 들여다 볼 수 있었다. 큰 석유램프가 타고 있었고 그것의 주황빛의, 부드러운 후광이 탁자 위의 융단덮개와 방을 둥그렇게 빛내고 있었다. 나는 이곳이 내 친구의 방이 아님을 갑자기 알아차렸다.

Es fügte sich, daβ vor dem einen Fenster ganz zufällig eine groβe Weinkiste stand. Ich schlich mich sehr leise an, sah schon meinen Freund über das französische Extemporale gebeugt sitzen oder bei der verhaβten Mathematikaufgabe. Ich stieg also, den Atem anhaltend, behütsam auf die Kiste. Es gab einen kleinen Quietschton. Ich wartete und legte dann meine Augen an die Offnung in der Holzlade. Innen hingen Gardinen vor den Fenstern, aber die waren ja in der Mitte geteilt, auβerdem konnte man durch die groβen Gardinenmuster bequem hindurchsehen. Eine groβe Petroleumlampe brannte und beleuchtete mit ihrem gelben, freundlichen Schein die rote Plüschdecke auf dem Tisch und

ringsum Teile des Zimmers. Ich merkte plötzlich, daß es nicht das
Zimmer meines Freundes war.[16]

여기서 일상적인 방 안의 물건들이 나열되고 계속 방 안 깊숙이 그
전경이 묘사된다. 창문의 커튼과 그것의 무늬와 그리고 전등에서부터
식탁위의 융단덮개에 이르기까지 관찰자의 눈이 닿는다. 이 작은 사물
들 하나하나가 다음과 같이 점진적으로 세밀히 묘사되기 시작한다:

나는 고대기를 데우기 위해 그 당시 일상적으로 사용하던 알코올 온각기
가 책상 위에 놓여 있는걸 보았다. 그 옆에는 빗, 솔 그리고 몇 개의 머리핀
도 놓여 있었다. 병들이 탁자 위에 놓여 있는데 ─ 샴푸와 아마 오데콜롱이
나 향수인지─ 그리고 핸드크림 튜브가 있었다. 커피 잔 한 개가 신문위에
놓여 있고 그 옆에 목각으로 새겨진 한 상자가 열어 젖혀져: 그 안은 푸른
빛으로 상감되어 있고, 작은 방석 위에는 재봉도구가 놓여 있고 바늘집에
는 바늘들이 꽂혀 있는데 그중 몇 개에는 실이 달려 있었다. 비단 실패와
분홍색의 고무줄, 이것들은 완벽한 정물화였다.

Ich merkte auf dem Tisch einen jener damals gebräuchlichen
kleinen Spiritusapparate, über denen man die Brennscheren heiß
machte. Daneben lagen schon Kamm und eine Bürste, auch einige
Haarnadeln. Flaschen standen auf diesem Tisch ─Haarwasser

---

16) George Grosz: Ein Blick in das dreizehnte Zimmer. In: Killy, Walter(Hrsg.): Die
Deutsche Literatur des 20. Jahrhunderts, 1880~1933, S. 257~258.

wohl und Eau de Cologne oder Parfüm — und eine Tube mit
Handcreme. Eine Kaffeetasse stand auf einer Zeitung, ein
geschnitzter Kasten in Kerbschnitzerei aufgeklappt daneben; innen
war es blau ausgelegt, auf kleinen Kissen darin lag Nähzeug und in
den Kissen steckten Nadeln, einige davon eingefädelt.
Seidengarnrollen, ein Gummiband, rosafarben, vervollständigten
dieses Stilleben.[17]

방 안의 아주 사소한 물건들은 보통 먼 거리에서는 보이지 않는 것들
이다. 그럼에도 불구하고 아래의 예문에서 실내 장식품에 수실로 새겨
진 글자를 마치 관찰자가 현미경을 통하여 보듯이 자세히 읽어내고 있
다. 관찰자의 보통의 시력으로는 볼 수 없는 글자이다:

세면대 위의 걸이를 보았고 그 걸이가 걸려 있는 밝은 벽지도 보았다. 그
아래 꽃 장식으로 새겨진 첫 글자가 시작되는 수예품 덮개에는 이렇게 수
가 놓여 있다: "아침마다 즐겁게 일어나요!"

Ich sah den Haken über dem Waschtisch und die hellere
Tapetenstelle, wo er gehangen. Darunter hing eine Decke, auf der
in bunter Stickerei, die Anfangsbuchstaben mit Ornamenten und
Blumen verziert, stand: "Froh Erwache Jeden Morgen!".[18]

---

17) Ebenda, S. 258.
18) Ebenda, S. 259.

이렇게 방 안의 작은 사물들이 현미경을 통해 보듯이 추적되는 동안 작가는 확대경 효과를 노리고 있다. 동시에 극히 작은 물건들의 세밀한 묘사에만 치중되니까 공간 감각이나 혹은 어디에 이런 물건들이 놓여 있거나 걸려 있는지 상상할 수가 없다. 이리하여 방에 대한 전체적인 묘사가 극도의 세밀한 묘사 덕분에 변형된 느낌이다. 천천히 자신도 모르게 독자는 구체적인 장소에 대한 생각을 잃어 버리게 된다. 그 다음은 한 대상이 과도로 팽창된 표면만 나타나는 평면구도를 이루게 된다.

(3) 그래픽적인 인상

작품 속에 나타나는 장식적인 언어들은 표현하고자 하는 대상의 아름다움을 넘어서서 계속 별 특별한 의미나 내용을 지니지 않은 채 분위기 묘사에만 종종 기여하고 있다. 사랑의 장면이나 언어조차에도 사랑의 테마 그 자체가 아닌 피상적인 언어의 반복과 장식을 통하여 단순한 아름다운 분위기만이 고조되고 있는 걸 볼 수 있는데, 로버트 발저(Robert Walser)의 산문에서 그 예를 들어 보았다. 달빛이 반사되는 밤의 호숫가에 두 사람의 그림 같은 모습이 묘사되고 있다:

남자와 여자가 호수 위 작은 배속에 있네. 노는 물위에 떠워진 채 긴 키스가 그들을 사로잡고 있다. 이 두 사람은 행복해지리라, 행복해 지리라, 이 배에서 키스하고 있는 이 둘은 행복해지리라. 이들에게 달빛이 비추이는데 이 둘은 서로 사랑하고 있는가?

Mann und Frau im Boot sind ganz still. Ein langer Kuß hält sie gefangen. Die Ruder ligen lässig auf dem Wasser. Werden sie glücklich werden, die zwei, die da im Nachen snd, die zwei, die sich küssen, die der Mond bescheint, die sich lieben?[19]

여기서 정말 두 사람의 진정한 사랑이 테마가 되는지는 여러 번 반복되는 문체 때문에 의문스럽다. 오히려 사랑하는 사람끼리의 감정이 서서히 고조되어 가는 자리에 언어의 기계적인 반복만이 되풀이되고 있는 듯한 인상을 준다. 이 장면은 리드미칼하게 반복되는 언어로 묘사되어 있고 두 성의 결합이 고요하고도 지속적인 분위기 속에 침잠되어 있다. 이런 가운데 물론 두 사람의 사랑이 테마가 되는 것 같지만 실제로는 진실한 감정이 담긴 풍부한 사랑 자체가 다루어지는 듯한 인상은 느낄 수 없다. 왜냐하면 여기에 사랑의 정서라든지 정열의 구체적인 표현이 결핍되어 있기 때문이다. 다만 남과 여를 둘러싼 환경 — 고요한 호수위의 배, 달빛 그리고 긴 키스 — 의 지극한 고요함만이 사랑의 개념으로 대치된 듯한 느낌이 온다.

이와 비슷한 상상을 불러일으키는 사랑의 테마를 페터 베렌스(Peter Behrens)의 〈키스(Der Kuß)〉라는 목판화에서 감지할 수가 있다.[20] 베렌스의 작품을 관찰하면 우선 서로 키스하는 듯한 두 형상 — 남자와 여자의 프로필이 도안화되어 있음이 보인다. 두 사람의 프로필에 서로 휘감기는 머리카락의 묘사가 그림을 틀 지우고 있다. 이 머리카락은

---

19) Robert Walser: Das Gesamtwerk II, S. 13.
20) 그림 7 비교.

물과 파도를 연상하듯 서로 굽이져 위에서 아래로 오른쪽에서 왼쪽으로 서로 평행되어 묘사되어 있는데 자세히 보면 실제 휘어지고 휘감기는 선의 연결로 이루어져 리드미칼한 기분을 더해 주는데 반하여 두 사람의 굳은 표정과 감은 두 눈은 생기 있는 머릿결의 파동과는 대조되어 있다.

그림 7 : P. 베렌스, 〈키스〉, (1900).

베렌스의 목판화와 발저의 산문에서 공통점은 이들이 각기 사랑의 테마를 다루고 있는 것처럼 보인다. 그러나 키스의 묘사에서 남과 여의 사랑의 표시나 사랑의 에로틱한 변형이 아니라 두 성의 결합일 뿐이다. 이 결합은 외부적으로는 도취적이고 황홀한 것처럼 보이나 자주 반복되는 발저의 언어와, 대칭을 이루는 평면적인 베렌스 작품에서 나타나는 반복적인 파동의 리드미칼한 표현은 오히려 장식적인 효과를 꾀하고 있다. 이러한 산문과 그림에서 행위가 없는 다만 긴장감만 감도는 고요함만 나타나고 대신 두 사람의 영적인 반응은 나타나지 않는다. 그렇다면 여기서의 사랑의 테마는 결과적으로 내용 없는 피상적인 테마일 뿐이다. 열매가 없는 정열의 표현이 발저와 베렌스의 작품에 공통적으로 나타나고 있다고 볼 수 있다.

이번에는 실제 그래픽이자 책 삽화인 하인리히 포겔러(Heinrich Vogeler)의 작품을 가지고 그림과 텍스트의 밀접한 관계를 구체적으로 감상해 볼 수 있다. 식물의 모티프에서 따온 꽃잎모양, 가는 줄기를 연상시키는 유려한 선의 움직임이 주로 묘사된 이 삽화에서 현실적이거나 혹 비현실적인 소재들이 복합적으로 구성되어 화가가 책 저자의 입장에서 말하고자 하는 것을 그림으로 대치시켜 본다는 점에서 도안의 분석이 곧 텍스트를 돕는 것이기도 하다. 이런 점에서 시와 그림이 곁들여진 포겔러의 텍스트는 미술의 욕구와 문학적인 욕구를 동시에 충족시켜 주고 있다. 다음 포겔러의 시는 1899년 후일 그의 부인이 된 마르타 슈뢰더(Martha Schröder)에게 선물하려고 쓴 시집 『너에게로 (Dir)』속에서 발췌한 한 부분이다:

이끼 낀 사과나무가

굵게 휘인 마디로 서있는

오랜 정원을 천천히 지나서

작고 흰 초롱꽃이 대지의 공기 속에서

태양의 인사를 기다리는

높은 밤공기 속을 배회하였다.

Langsam strich ich durch den alten Garten,

Wo bemooste Apfelbäume starrten

Mit den krummen knorrenarmen

In die hohe Abendluft

wo im erdgen Bodenluft

Kleine weisse Glockenblumen

Auf den Grusse der Sonne warten[21]

　포겔러의 시와 필체 그리고 이 화가자신이 직접그린 삽화가 원물 묘사 에칭으로 재생되어 1899년 인젤(Insel) 출판사에서 발간되었다. 식물의 모티프에서 따온 대부분의 도안들이 여기서 시를 감싸는 듯한 액자 역할을 하고 있다.

　시의 귀절 그대로 한 산보자의 고독한 산보가 묘사되어 있다. 그 다음 아침 해를 기다리는 흰 꽃이 대지의 짙은 저녁 공기 속으로 빠져드는 것처럼 저녁의 정원을 산책하면서 누구를 그리워하고 있는 시인의 마음이 암시되어 있다. 초롱 같은 모양으로 시와 그림의 틀을 지우는 뿌리근이 넝쿨 모양의 움직이는 선을 타오르고 있고, 초롱꽃의 두 꽃잎이 합일을 의미하듯 한 뿌리에서 발원하는 것으로 잔잔한 사랑의 동경이 도안화되어 있다. 시와 이 시의 이해를 돕는 삽화에서 서로의 조화와 아름다움에 대한 감각을 예술가 자신

그림 8 : H. 포겔러, 「너에게로」, (1899).

---

21) 그림 8 비교.

이 직접 피력하고 있다: "서적의 장식은 분위기를 내는데 주력해야 하며 대상을 잘 파악하여 엄격하게 다루어야 하므로 아주 자연스럽게 투사되지 않아도 된다[⋯⋯] 자연을 오히려 파손할 수 있어야 하고 자연에서 나온 감각을 주출해야만 한다[⋯⋯]".[22]

포겔러는 자연 상태를 변형시키면서까지 내면의 상태를 장식적으로 강조해보려는 유겐트슈틸의 예술 감각을 밝히고 있다. 『너에게로 (Dir)』의 삽화에서 자연 그 자체를 자연 그대로 재현시키는 것이 아니라 변형 내지 기형화시켜 유동하는 선과 기하학적인 식물의 문양으로 시를 둘러 싼 액자 모양의 도안을 창조하였다. 시의 필체와 삽화가 예술가의 순수한 수공으로 이루어졌다는 점에서의 가치 평가뿐 아니라 내면의 소리에 따라 자연 자체가 완전히 개성적인 형태로 변형되고 양식화된 점에서 전형적인 유겐트슈틸의 한 작품으로 꼽힐 수 있다.

4. 맺음말

유겐트슈틸 미술이 세기말에, 정확한 시기로는 1890년에서 1908년 사이에 유행했던 국제적인 한 예술 양식으로서 전 유럽에 급속히 확산되었을 때, 이 미술은 종래의 전통적인 표현기법과는 완전히 다른, 오

---

22) Vom Jugendstil zum Bauhaus. Deutsche Buchkunst 1895~1930: Kat. Westfälisches Landesmuseum, Münster 1981, S. 70: "Buchschmuck muß die Stimmung konzentriert geben, mit den Typen besser umgehen, strenger sein und nicht so naturalistisch durchgezeichnet[⋯] Man muß die Natur vergewaltigen können und den Extrakt seiner Empfindungen geben [⋯]"

로지 선과 평면구도로 이루어진 시대 혁명적인 예술로 평가받았으며 주로 건물 내부의 치장, 도안적인 삽화와 아름답고도 기능적인 공예품의 생산에서 장식을 담당하는 주된 기능을 맡았다.

문학에서는 유겐트슈틸 용어자체가 조형미술에서 유래한 점을 생각해 볼때 문학작품속에도 유겐트슈틸 예술 특유의 내용 내지 구조가 내포되어 있는가 하는 질문이 제기될 수 있다. 여기에는 그 당시 동일한 삶의 감정에서 발로된 동일한 분위기를 띄운 작품 창조에의 추구에서 이 두 예술의 표현 양식상의 일치를 생각해 볼 수 있으나 그래도 엄밀한 의미로는 꼭 파악할 만한 개념 설정이 모호한 형편이다. 그래도 문학적인 유겐트슈틸을 꼭 언급해야 한다면 조형미술에서 보이는 형태의 장식화처럼 언어의 양식화 내지 장식적인 성격을 가지고 비교하게 된다. 각종 형용사들의 나열과 예술적으로 정선된 분위기의 연출, 그리고 무엇보다도 내면세계의 표현과 언어의 양식화 등에서 유겐트슈틸의 전형적인 특징을 떠 올릴 수 있다.

그래도 문학적 유겐트슈틸의 정의는 여전히 단정짓기 어려운 것으로 남는다. 원래는 내용보다 환상적이고도 허상적인 분위기의 연출에서부터 우선 시작되었기 때문이라. 이리하여 유행한 기간도 아주 짧았던 문학적 유겐트슈틸이 과연 양식의 범주에 속할 수 있는가 하는 물음이 제기된다. 다른 면에서는 오히려 문학적 유겐트슈틸은 그 시대에 산재했던 여러 많은 문학적인 양식들, 즉 신낭만주의, 상징주의 또는 인상주의 등의 개념이 다 확정된 다음에 여분으로 남은 개념이 아닌가 하는 의문도 불러일으킨다. 이런 이유에서 결국 문학적인 유겐트슈틸은 일반적인 시대 사조적인 개념에서 파악되기보다는 그 시대 여러 양식으로 전개된 이름들 중의 하나로서 그러나 결코 그 시대의 문학적 사조를 선두 적으로는 대표하지 못했던 한 문학 양식으로 남게 된다.

그래도 한때 전 유럽에 유행했던 국제적인 예술 양식인 유겐트슈틸이 예외없이 19세기 말의 독일문학에서도 비중 있게 다루어 졌다는 독문학사적인 관점에서만 보더라도 우리는 문학적 유겐트슈틸의 의의를 충분히 재고해 볼 수 있다.

■ 참고문헌

1차 문헌

Bemann, Hans u.a.(Hrsg.): Das groβe Hausbuch deutscher Dichtung:
    Königstein, 1982.

Dehmel, Richard: Gesammelte Werke in 10 Bänden. Bd. 1., Berlin 1906.

Mann, Heinrich: Novellen. Bd. 1., Berlin 1953.

Ders.: Novelle 1. Hamburg 1982.

Killy, Walter(Hrsg.) 20. Jahrhundert. Texte und Zeugnisse. 1880~1933.
    München 1967. (Die detsche Literatur. Bd. 7)

Walser, Robert: Das Gesamtwerk in 12 Bänden. Hrsg. v. Jochen Greven.
    Zürich u.Frankfurt/Main 1978.

2차 문헌

Bauer, R. u.a.(Hrsg.), Fin de Siecle. Frankfurt/Main 1977.

Chapple, G./ Schulte, H. (Hrsg.), The Turn of the Century. German Literature
    and Art 1890~1915. Bonn 1981.

Hajek, Edelgard: Literarischer Jugendstil. Vergleichende Studien zur Dichtung
    und Malerei um 1900. Düsseldorf 1971 (Literatur in der Gesellschaft.

6).

Hermand, Jost: Der Schein des schönen Lebens. Studien zur Jahrhundertwende. Frankfurt/Main 1972.

Jost, Dominik: Literarischer Jugendstil. Stuttgart 1969.

Lessing, Gotthold Ephraim: Laokoon oder über die Grenzen der Malerei und Pesie. Hrsg. v. Kurt Wölfel. Frankfurt/Main 1988.

Meyer, Theo: Nietzscher Kunstauffassung. In: Aufsätze zu Literatur und Kunst der Jahrhundertwende. Hrsg. v. Gerhard Kluge. Amsterdam 1987. (Amsterdamer Beiträge zur neueren Germanistik; Bd. 18)

Schlinkmann, Adalbert: Einheit und Entwicklung. Die Bildwelt des literarischen Jugendstils und die Kunsttheorien der Jahrhundertwende. Phil. Diss., Freiburg 1974.

Sterner, Gabriele: Jugendstil. Kunstformen zwischen Individualismus und Massengesellschaft. Köln 1988.

Thomalla, Ariane: Die 'femme fragile'. Ein literarischer Frauentypus der Jahrhundertwende. Düsseldorf 1972.

Vom Jugendstil zum Bauhaus. Deutsche Buchkunst 1895~1930: Kat. Westfälisches Landesmuseum für Kunst und Kulturgeschichte. Münster 28.6 - 13.9. 1981.

114

5
테오도르 폰타네 소설에 묘사된
조형미술의 기능*

머리말 | 예술 인용의 일반적 의미 | 산문에 비친 조형미술, 조형미술적인 요소들 | 맺음말

1. 머리말

비스마르크와 빌헬름 황제의 통치시대를 거쳐 온 독일의 19세기는 경제적인 부흥에 따른 현대화 제도와 사회적, 정치적인 잔여 세력권 사이의 뚜렷한 긴장이 보이던 시기였다. 그러나 1870년경부터는 제국의 정치적 질서와 시민사회는 국가의 이념에 합당한 민족문화의 창달이라는 기치 아래 서로 공생, 공존하게 된다. 이러한 시대적인 경향을 제외하고라도 산업과 무역으로 신분이 상승된 시민계급은 전통적이며 역사적인 표현 양식을 띄운 문화를 선호하고 보호하면서 사회적으로 인정을 받았다. 또한 그들은 그들이 축척한 부와 이에 따른 힘과 외관을 잘 유지하기 위한 그리고 교양과 지식을 과시하기 위한 수단으로 미술품을 적극 수집하였다. 그들이 속한 계급에 걸맞는 교양을 지닐

---

* 이 논문은 독일문학 제 71집 (1999)에 수록되어 있음.

수 있다는 특권의식 속에서 예술에 대한 관심과 추구가 그 어느 시대
보다도 높았다고 볼 수 있다.

이러한 미술의 모티프는 자연 그 시대의 사실주의 문학에서도 도입
되고 있었다. 따라서 문학 속에 나타나는 미술은 교양을 추구하고 부
와 특권의식을 암암리에 부각시키고 있는 귀족과 시민들의 미술 애호
와 관련시켜 생각해 보기가 어렵지 않을 것이다.

그러나 사실주의 문학에 있어서 미술이 인용되는 가장 일반적인 방
법으로는 등장인물들이 미술의 영향을 받는다는 내용을 읽을 수 있
다.[1] 예를 들어 테오도르 슈토름(Theodor Strom)의 『고백(Ein
Bekenntnis)』에서 퓌슬리(J. H. Füβli)의 작품인 「악몽(Der
Nachtmahr)」이란 그림을 가지고 소설 줄거리 전체에 스며 있는 비밀스
러운 운명을 확정짓는 모티프로 사용하거나 또는 켈러(G. Keller)의
『녹색의 하인리히(Der grüne Heinrich)』에서 그리이스의 조각가 아가시
아(Agasia)의 모조 대리석상 〈보르게제家의 검투사(borghesische
Fechter)〉앞에 선 주인공이 이 작품에서 삶에 대항하고 있는 한 용사의
모습을 의식한 후 이제 자신의 미술 공부를 포기할 것을 결심한다. 한
조각 작품이 주인공으로 하여금 그의 삶을 스스로 결정하게끔 유도하
는 역할을 맡고 있다. 이런 방법으로 문학 속에서 등장인물이 그 자신
을 미술 속의 주인공과 동일시하거나 미술작품을 사용하여 개인의 인
생 방향을 결정짓게 하는 등 미술이 등장인물들의 삶 속으로 깊이 침
투하고 있다.

---

1) Vgl. Heide Eilert: Das Kunstzitat in der erzählenden Dicthung: Studien zur Literatur
   um 1900. Stuttgart 1991. S. 29.

사실주의 문학의 대가 폰타네(Fontane)의 작품 속에서는 미술의 인용이 인간과 사회라는 불가분의 관계 속에서 더욱 다양한 방법으로 사용되어 작품의 문학성을 더욱 높이고 있음이 드러난다. 이미 폰타네의 미술에 대한 지대한 관심은 1857년 영국 맨체스터의 대 미술전람회를 직접 보도하면서 일반에게 알려졌다. 계속 『마르크 브란덴부르크 지방 편력(Wanderung durch die Mark Brandenburg)』에서 그 지방의 사람들과 풍경을 서술하는 중에 조형미술에 대한 기록도 상세히 나타나고 있으므로 지금까지 이 기행문에서 폰타네는 그 시대의 미술작품의 기술자로 간주되다시피 하였다.[2]

1947년과 1950년에 빌헬름 폭트(W. Vogt)는 폰타네의 전기문을 추적하면서 작품에서 비쳐지는 낭만주의에서부터 사실주의에 이르기까지의 작가로서의 폰타네의 눈에 비친 미술에 대한 견해를 제시하고 있으며 폰타네의 미술에 대한 본질적인 관찰은 낭만주의에서 유래한다고 밝힌 바 있다.[3]

그러나 종래의 폰타네에 관한 기존 연구에서는 50년대에는 주로 폰타네 소설기법의 탁월성과 사회소설의 관점에서 본 폰타네의 사회 비판적인 면이 강하게 부각되어 온 인상이다. 그럼에도 불구하고 존야 뷔스텐(S. Wüsten)의 논문을 비롯한 몇몇의 논문에서 폰타네를 그의 역사지식과 더불어 예술에 대한 높은 관심을 가진 작가, 유능한 예술품 기술자로 지칭하였다.

---

2) Sonja Wüsten: Die historischen Denkmale im Schaffen Fontanes, in: FB 2 (1970), Heft 3, S. 187~194.
3) Wilhelm Vogt: Fontane und die bildende Kunst, in: Sammlung, Bd. 4 (1947), S. 154~163 u. Bd. 5 (1950), S. 275~284.

이윽고 폰타네의 소설을 가지고 실제의 예를 들면서 폰타네가 어떻게 조형미술에서 온 모티프와 테마를 가지고 의식적으로 소설을 구성하고 있는지를 밝혀 보려 한 논문이 있다. 슈스터(P. K. Schuster)는『에피 브리스트(Effi Briest)』를 미술사와 관련지어 이 소설의 중심 테마를 파악해 보고자 하였다.[4] 우선 슈스터는 독일과 네덜란드, 그리고 라파엘 전파에 해당하는, 기독교와 관련된 전통적인 그림들을 숨은 상징으로 제시한 다음 이 소설의 줄거리를 제시된 회화의 상징적인 내용에 대입시키면서 주인공 에피의 운명은 결국 성경의 성녀 마리아 그리고 이브의 유형을 따르고 있다고 주장하였다. 슈스터의 연구는 구체적이며 역사적인 그림들이 제시되는 가운데 폰타네의 사실주의 개념을 미술사적인 입장에서 새롭게 조명시키고 있다는 점에서, 그리고 폰타네의 작품을 직접 조형미술과 관련을 지어 연구하고자 하는 동기를 계속 부여한 점에서 의미있게 평가되었다.

1987년 자가라(E. Sagarra)는 폰타네의 마지막 소설인『슈테히린(Stechlin)』에서 소설의 배경이 되는 혁명의 위협과 구 시대와 도래하는 새 시대의 마찰과 적응이라는 테마를 조형미술의 소재와 연관시켜 상징적인 의미를 밝혀 보고자 하였다. 자가라는 이 논문에서『슈테히린』에 등장하는 미술과 화가의 역할을 조심스러이 다루면서 소설 전체에 언급되는 미술은 모두 세계의 몰락과 계시적인 것을 상징하고 있다고 보았다.[5]

---

4) P. K. Schuster: Effi Briest, ein Leben nach christlichen Bildern, Tübingen 1978.
5) Eda Sagarra: Symbolik der Revolution im Roman "Stechlin", in: FB. 6 (1987), Heft 4, S. 580~543.

비단 『슈테히린』에서만이 각종 미술의 언급이 총집결되어 있는 것이 아니라 그의 모든 소설에서 폰타네가 알고 있는 모든 문화적인, 그리고 예술에 관한 상식과 지식이 개입되어 소설의 틀을 짜고 있음을 보게 된다. 이런 의미에서 폰타네가 미술을 사용하여 어떻게 그의 소설을 구성해 나가고 있는지를 살펴보면서 폰타네 소설의 보다 폭넓은 이해를 꾀하고자 한다.

이 논문에서는 소설에 언급되는 실제의 특정한 미술작품을 선별하여 미술에서의 개념이 어떻게 문학으로 전이되는가 등의 분석에 주력하기보다는, 폰타네 소설에 묘사된 건축물과 기념비, 또는 그림을 환기시키는 장면이 어떻게 소설 구성에 기여하고 있는지를 밝혀 보고자 한다. 마지막 장에서는 폰타네의 멜루지네(Melusine) 모티프를 다루고자 한다. 멜루지네는 삽화, 옛 건물의 기둥, 분수대, 귀족가문의 문장과 회화에서 그 자태를 자주 볼 수 있으며 문학과 조형미술과의 관계를 다룸에 있어 간과해 버리기에는 이미 조형미술에서 자주 등장하는 중요한 모티프의 하나가 되어 있고 폰타네 자신도 오랫동안 이 모티프에 상당한 관심을 가지고 있었기에, 여기서 멜루지네의 속성을 미술의 모티프와 연결시키면서 폰타네의 멜루지네를 재조명해 보고자 한다.

2. 예술 인용의 일반적 의미

테오도르 폰타네는 그가 살았던 19세기 프로이센의 사회와 인간의 모습을 그의 문학의 주된 소재로 하였음은 이미 알려진 사실이다. 우선 대도시 베를린 사회의 현실과 인간의 모습을, 특히 부유한 귀족과 시민들의 생활을 폰타네의 정확한 관찰과 풍자로 조명하였는바 이것은 폰타네 특유의 대도시의 현실 묘사이자 현실 감각이기도 하였다.

이러한 현실의 모습은 소설 속에 등장하는 인물들의 끝없이 이어가는 대화에서 더욱 실감나게 나타나고 있다. 폰타네 소설 전반에 걸친 풍부한 만담과 일화에서 부터 역사적인 것, 그리고 예술 분야에 이르기까지 대화의 내용은 다양하게 나타나는데, 이것은 곧 작가 자신이 지닌 풍부한 지식이 그대로 등장인물들의 대화 속에서 다시 인용되어 작품을 구성해 가는 데 크게 기여하고 있다. 그리고 문학에 인용된 만담과 일화들은 다시금 19세기 후반 상류층의 언어와도 일치하고 있었다. 이렇게 폰타네는 당대 삶의 진솔함을 사실주의의 대가답게 인간의 일상적인 생활에 관한 단순한 묘사뿐 아니라 삶 자체의 내용을 등장인물들의 대화에 반영 시키고 있다. 따라서 인간이 하는 대화에서 사회적인 것과 나아가 심리 상태도 비치게 된다. 그래서 폰타네 사회소설은 근본적으로 대화의 인용이라고도 한다.

그리고 이 대화는 거의 작품 전체를 관통하고 있음으로 대화가 소설을 연결시키고 있는 기본구조가 되기까지 한다. 이런 의미에서 폰타네가 사용한 인용은 대화를 이루어 가는 구성요소이자 인물의 특징 내지 성격을 나타내는 수단으로서 본질적인 의미를 갖게 된다.[6]

폰타네는 『예니 트라이벨 부인(Frau Jenny Treibel)』에서 등장인물들이 나누는 대화에서 주인공의 성격과 그 주변의 분위기를 알리고 있

---

6) Vgl. Herman Meyer: Das Zitat als Gesprächelement in Theodor Fontanes Romanen. in: Wirkendes Wort 10 (1960), S. 223.

다. 더욱이 인물들의 교양에 대한 동경이 지나친 나머지 대화 중 자기 자신의 교양을 과시하는 양 많은 문예적인 내용을 남발하듯이 인용하고 있으며 대화 상대자는 그것에 적절히 대응하지 못하는 모습을 그려내어 그 시대 일반적으로 부유한 귀족과 시민들이 실제로 정신적인 깊이가 없음을 은연중 폭로하고 있다.

그러나 폰타네에게는 이런 인용이 소설에서 단순한 사변적인 일화로 끝나는 것이 아니라 사회 질서와 인간 본성의 욕구와의 마찰에서 빚어진 갈등이 인용의 내용과 대질되어 갈등을 더욱 심화시키거나 또는 이런 인용이 풍자 혹은 무엇을 암시하는 기능을 할 수도 있다. 『간통녀(L' Adultera)』에서 책의 제목과 같은 틴토레토 Tintoretto의 「L' Adultera」의 그림을 여주인공 앞에 대질시켜 주인공 멜라니(Melanie)의 운명을 예견하기나 한 듯이 마치 주인공의 일생이 이 그림의 주인공같이 되어 버리게 하는 극단적인 도구로 사용되고 있다. 즉 주인공의 운명이나 앞으로 전개될 소설의 줄거리가 이미 결정되기나 한 듯 라이트 모티프로서의 그림이 미리 인용되고 있는 것이다.

다음은 그림을 이용하여 동일한 역할이 요구되는 경우가 있다. 『쎄실(Cécile)』에서 주인공 쎄실이 스코틀랜드 여왕인 마리아 슈튜아르트와 비교되는 귀절이 나온다. 쎄실을 마음에 둔 고돈(Gordon) 장교가 그녀에게 다음과 같이 말하고 있다.

저는 메리 여왕의 그림을 한 번 본적이 있습니다. 하지만 어디서 보았는지는 확실히 모르겠습니다. 옥스퍼드 혹은 햄튼 커트 혹은 에딘버러 궁전에서 보았는지. 아무튼 스코틀랜드의 여왕이자 저와 같은 고향사람이었지

요. 무언가 카토릭적이고, 약간 정열적이며 경건하고 그리고 무언가 죄의
식도 느끼고 있는 듯한 그림이었지요.

Ich habe' mal ein Bild von Queen Mary gesehen - ich weiß nicht
mehr genau, wo: war es in Oxford oder in Hampton-Court oder in
Edinburgh-Castle. Gleichviel, es war die schottische Königin, meine
arme Landsmänin. Etwas Katholisches, etwas Glut und
Frömmigkeit und etwas Schuldbewußtsein.[7]

쉴러의 드라마에서 마리아 수튜아르트 여왕은 그녀가 간직한 비밀
때문에 죄책감을 느끼고 결국 스스로 죽음을 받아들이는 비극적인 여
왕으로 등장하고 있다. 이런 운명적인 여왕의 모습이 청년 고돈에게는
그가 남몰래 사모하고 있는 쎄실의 모습과 겹치고 있다. 아름답고 경
건한 카토릭 신자인 쎄실이 그녀에 대한 부정한 소문에 두려워한 나머
지 거의 신경쇠약 증상을 일으키며 가련하게 변해 가는 모습이 마치
마리아 슈튜아르트 여왕의 운명과 동일시되고 있다.

그러나 실제로는 고돈(Gordon)이 쎄실(Cécile)에게 유혹을 느낀 나머
지 마리아 슈튜아르트 여왕의 그림을 기억하면서 이 스코틀랜드 여왕
이 지닌 죄의 모티프를 그대로 쎄실에게 적용시킨 것이다. 다시 말해
슈튜아르트 여왕처럼 아름다운 쎄실에게 또한 비극적인 여왕의 운명
까지 강요되어 실제의 쎄실이 아닌 마치 여왕의 운명처럼 변형된 쎄실

---

7) Theodor Fontane: Cécil, in: Fontane: Werke in 5 Bde. Bd. 2, München 1974, S. 243.

의 모습이 고든에게 비쳐지고 있을 뿐이었다. 한편 쎄실 입장에서는 과거 때문에 그녀가 계속 누리고 싶어하는 시민계급으로부터 추방될까 하는 두려움이 쎄실을 과도한 신경과민으로 이끌고 마침내는 스코틀랜드 여왕의 비극적인 운명처럼 쎄실의 운명도 불행하게 끝나고 있다.

그러나 반드시 미술을 인용하여 그 어떤 의미를 비유하거나 암시하지 않더라도 문학작품 속에 미술이 있는 환경을 만듬으로써, 순수한 장식으로서 즐거움을 주는 경우가 있다. 다음은 『슈티네(Stine)』에서 과부 피텔코프의 방이 묘사되어 있다.

방의 문으로 단절되지 않은 긴 벽면을 차지했던, 또한 추밀원에서나 볼 수 있을 법한 찬장, 소파, 그리고 피아노가 차례 차례로 치워졌다; 그러나 피텔코프 부인이 방금 옮긴 세 개의 그림들은 애를 썼지만 어디에 어울릴지가 다시금 문제가 되었다. 그들 중 두 개는 〈오리사냥〉과 〈텔스의 예배당〉의 그림인데, 최근의 것으로 색이 몹시 나쁜 석판화였고, 그 사이에 걸린 세 번째 그림은 몹시 크고 아주 어두운 색감의 유화 초상화인데, 적어도 백년은 된 것으로 폴란드 혹은 리타운의 한 주교를 기리는 그림이었는데, 이 그림에 관해서 자라슈트로 백작이 맹세하다시피 하는 말은 얼굴이 검은 피텔코프가 바로 이 사람의 혈통이라는 것이었다.

Ein Büfett, ein Sofa und ein Piano, die, hintereinander weg, die von keiner Tür unterbrochene Längswand des Zimmers einnahmen, hätten auch bei Geheimrats stehen können; aber die von der

Pittelkow eben geradegerückten drei Bilder stellten das im übrigen erstrebte Emsemble wieder stark in Frage. Zwei davon: Entenjagd und Tellskapelle, waren nichts als schlecht kolorierte Lithographien allerneuesten Datums, während das dazwischenhängende dritte Bild, ein riesiges, stark nachgedunkeltes Ölporträt, wenigstens hundert Jahre alt war und einen polnischen oder litauischen Bischof verewigte, hinsichtlich dessen Sarastro schwor, daß die schwarze Pittelkow in direkter Linie von ihm abstamme.[8]

여기서 묘사된 피텔코프 방의 여러 장면들은 그 어떤 숨겨진 의미를 말하고자 한 것보다는 무대장치 같은, 또는 사변적인 주변 모티프로 등장하고 있다고 볼 수 있다. 따라서 세 개의 그림도 독자의 즐거움을 더하고 있는 소품으로 등장한다. 그림들 중에서 마지막 세 번째 그림 이 피텔코프의 혈통과 관계되어 있다는 언급에서 현재 노백작 자라슈 트라와 관계를 맺고 있는 피텔코프가 카토릭 주교의 혈통이라는 대조 된 이 언급이 오히려 풍자적인 의미를 가진다. 그래서 이 그림은 실내 장식의 묘사와 더불어 유모어의 기능을 가진다고 볼 수 있다.

다음은 『얽힘과 섞임(Irrungen, Wirrungen)』의 보토 폰 리네커(Botho von Rienäcker) 남작의 집이 언급되어 있다. 서재, 식당, 침실 등이 하나 하나 모두 그의 취향에 맞게 꾸며져 있고, 특히 그의 식당에 걸린 그림 이 상세히 묘사되어 있다.

8) Th. Fontane: Stine, in: Fontane: Werke in 5 Bde. Bd 2, München 1974, S. 347.

식당에는 두 개의 헤르텔 정물화와 그 사이에 루벤스 작품의 비싼 복사품인 〈곰 사냥〉이 있고 한편 서재에는 안드레아스 아헨바하의 〈해상의 폭풍우〉가 같은 대가의 몇몇의 작은 그림들에 싸여 자신을 과시하고 있었다. 이 〈해상의 폭풍우〉는 복권에서 당첨된 것으로 아름답고 가치있는 이 그림을 소유함으로 보토는 미술을 아는 사람으로 특별히 아헨바흐의 열광자로 수양되었다. 그는 이 점에 대해 기꺼이 농담을 했으며 복권당첨이 그로 하여금 끊임없이 새 미술품을 사도록 유혹했던 터라 그게 사실은 자기에게 많은 손해를 끼쳤다고 말하곤 하였다. 그리고 그는 모든 행복도 어쩌면 이와 똑같을 거라고 덧붙였다.

In dem Eβzimmr befanden sich zwei Hertelsche Stilleben und dazwischen eine 〈Bärenhatz〉 wertvolle Kopie nach Rubens, während in dem Arbeitszimmer ein Andreas Achenbachscher 〈Seesturm〉, umgeben von einigen kleineren Bildern desselben Meisters, paradierte. Der 〈Seesturm〉 war ihm bei Gelegenheit einer Verlosung zugefallen, and an diesem schönen und wertvollen Besitze hatte er sich zum Kunstkenner und speziell zum Achenbach-Enthusiasten herangebildet. Er scherzte gern darüber und pflegte zu versichern, daβ ihm sein Lottereiglück, weil es ihn zu beständig neuen Ankäufen verführt habe, teuer zu stehen gekommen sei, hinzusetzend, daβ es vielleicht mit jedem Glücke dasselbe sei.[9]

위의 아헨바흐의 〈해상의 폭풍우〉라는 그림의 내용이 느긋하게 꾸며진 보토집의 분위기와 그리고 보토 남작의 무위도식적인 귀족생활과는 어울리지 않는 '삶의 분규'라는 주제로 등장하는 것 같아 이 그림을 소유한 보토 남작의 미술품을 선택하는 안목에 의문이 간다. 하지만 보토 남작은 이 그림이 전체 인테리어와의 조화를 떠나서 우선 그것이 복권에 당첨된 것으로, 게다가 돈의 가치가 되므로 이 그림을 즐기고 있는 것이다. 즉 순수미술 그 자체, 아헨바흐의 진정한 이해가 아닌, 또한 진품이 아닌 복사품에 그토록 기뻐하는 것은 앞으로도 돈이 되고 투자의 가치가 높기 때문에 결국 그림을 좋아하게 된다는 보토의 계산적인 생활 태도를 나타내고 있다.

그림뿐 아니라 문학작품을 언급하면서 사회적인 성격을 시사한 내용을 『얽힘과 섞임』에서 볼 수 있다. 보토 남작은 레네 주변의 소시민의 분위기에 매력을 느꼈고 레네의 어머니인 세탁부 님프쵀 부인 앞에서 가난한 세탁부처럼 살고 싶다는 시인도 있다고 말했다. 이는 샤미소(Chamisso, 1781~1838)와 그의 시 「늙은 세탁부(Die alte Waschfrau)」를 염두에 둔 말이다.[10]

---

9) Th. Fontane: Irrungen, Wirrungen, in: Fontane: Werke in 5 Bde. Bd 2, München 1974, S. 347.
10) Vgl. 보토가 인용하고자 했던 샤미소 시의 구체적인 귀절:
　　〔…〕 stes mit sauerm Schwei β
　　Ihr Brot in Ehr und Zucht gegessen
　　Und ausgefüllt mit treuem Flei β
　　Den Kreis, den Gott ihr zugemessen.
　　In: Pettina Blett: Kunst der Allusion. Formen literarischer Anspielungen in der Romanen Th. Fontanes, Köln 1986, S. 247.

그러나 샤미소는 그 당시 잘 알려진 베를린의 시인임에도 보토 남작은 그의 시를 구체적으로 알거나 또는 제대로 인용하지 못하고 대강 시를 얼버무리는 듯하는데 이것은 물론 보토 남작의 피상적인 지식도 문제가 되지만 무엇보다도 보토 남작은 레네가 지닌 실제의 소시민의 현실과는 거리가 먼 사람으로 그가 속한 귀족세계를 박차고 소시민 세계로 들어올 수 없는 그의 숨은 내면의 진실이 바로 정확하지 못한 시의 인용에서 암시되어 있다고 봐도 무관할 것이다. 즉 그가 샤미소 시를 분명하게 인용하지 못한다는 사실은 그가 또한 소시민의 세계를 분명하게 파악하고 있지 못하다는 뜻과도 상통할 것이다. 피상적인 추구에만 그치는 보토 남작의 소시민 세계에 대한 동경은 결국은 허상적인 것임을 시사하고 있다.

이렇게 보면 폰타네의 풍부한 지식과 상식 등 다양한 문화적인 것과 관련된 인용들은 결국은 인간과 사회라는 테두리 속에서 그 기능을 담당하고 있다. 즉 인간적인 것과 사회적인 것의 대질과 이에 따른 현실 묘사가 다양한 문화적인 것의 인용을 통해서 암시되고 있다. 이런 의미에서 폰타네의 인용은 사회 비판 내지 특히 귀족세계가 누리고 있는 문화의 비판과도 관계된다. 폰타네는 시대적 현실과 인간 존재의 본질적인 것의 대립에서 빚어지는 어쩔 수 없는 인간적인 불행과 여기서 파생되는 사회 비판들을 인용의 도움으로 자연스럽게, 그리고 무한정 제시하고 있다. 그리하여 폰타네의 문학 속에서 당대의 사회와 문화에 대한 가차없는 비판이 예술을 인용하는 기법을 통해 문학적 정당성을 보장받고 있는 셈이다.

다음 장에서는 계속 다루어질 폰타네 산문에 나타난 조형미술의 기능에 대한 것이 반드시 어느 특정한 예술가의 특정한 구체적인 작품이 제시되는 것이 아니라 소설 속에 나타난 그림을 환기시키는 가시적인 장면과 또는 당대의 건축 및 기념물과 관련된 인간적인 상황에 초점을 맞추고자 한다.

3. 산문에 비친 조형미술, 조형미술적인 요소들

1) 풍경화의 이미지

폰타네 대부분의 소설 첫머리는 장소나 거리의 묘사로 시작되고 있다. 대개 베를린 대도시와 거리 이름에서부터 점점 좁혀져 서술자의 관찰은 어느 저택이나 집에 다다른다. 그리고 그 집의 외관과 특징이 언급되면서 서술자의 눈길은 창문을 넘어 집 내부로, 즉 거실 같은 장소에 이른다. 드디어 등장인물에 초점을 맞추어 설명되기 시작하는 이른바 렌즈의 포커스처럼 광의의 장소에서 협소한 곳에로 묘사의 이동이 점진적으로 좁혀지고 있음을 볼 수 있다. 『페퇴피 백작(Graf Petöfy)』에서 다음과 같이 시작되고 있다.

"그라벤가"에서 요셉 광장과 아우구스틴가로 잇는 십자로에 프린츠 오이겐 시대에 지어진 이중 지붕과 앞으로 나온 두 개의 날개건물이 있는 페퇴피 백작의 저택이 서 있었다[……] 어두운 날 이 집의 쇠격자에 바싹붙여 걸어가면서 녹슨 창살사이로 자갈이 깔린 앞 마당을 보았다면 이곳은

128

모든 것이 오래 전에 죽은 듯이 고요하다는 인상을 받았다. 그러나 반대로 거리 건너편 보도로 건너가서 보면, 갖가지 작은 징후들과 최소한 완전히 쳐지지 않은 커튼 사이로 밤마다 비치는 희미한 불빛으로 보아 건물 전체는 아니지만 앞으로 나온 두 개의 날개 건물에 틀림없이 사람이 살고 있다는 걸 알게 된다.

In einer der Querstraβen, die vom "Graben" her auf den Josephsplatz und die Augustinerstraβe zuführen, stand das in den Prinz-Eugen-Tagen erbaute Stadthaus der Grafen von Petöfy mit seinem Doppeldach und seinen zwei vorspringenden Flügeln[⋯] Ging man an einem dunklen Tage hart an diesem Eisengitter vorüber und sah durch seine rostigen Stäbe hin auf den mit Kies bestreuten Vorhof, so gewann man den Eindruck, daβ hier alles längst tot und ausgestorben sei; trat man aber umgekehrt auf das Trottoir der andern Straβenseite hinüber, so bemerkte man an allerlei kleinen Zeichen und nicht zum wenigsten an einem gedämpften Lichtschimmer, der abends durch die nicht ganz zugezogenen Gardinen fiel, daβ, wenn nicht der ganze Bau, so doch die zwei vorspringenden Flügel desselben bewohnt sein muβten.[11]

11) Th. Fontane: "Graf Petöfy", in: W. Keitel u. H. Nürnberg (Hrsg.): Th. Fontane: Sämtliche Romanen, Erzählungen, Gedichte, Neugelassenes. Bd. 9. München. 1976, S. 7.

이렇듯 장면과 장면이 연결되면서 단순한 거리의 이름이나 장소의 언급 이외에도 일화나 역사적인 것이 설명되는데 이것은 작가 개인의 체험이나 역사적으로 중요한 사건의 기술이라기보다는 오히려 단순히 스케치하듯이 서술되고 있다.

막스 타우(Max Tau)는 일찌기 폰타네의 이런 산천이나 풍경의 묘사를 작가의 개인적인 체험이라기보다는 오히려 작가가 독자에게 전체적인 장면을 회화적으로 통찰하게끔 하여 어떠한 것을 연상케하는 요소로서의 어느 특정 개념을 보충하는 수단으로 보았다.[12] 후베르트 올 (Hubert Ohl)은 폰타네의 마치 그림을 그리는 듯한 묘사를 언급하면서 이것은 사실적이고 현실적인 개인적인 체험과 관계하기보다는 그림 같은 것으로 오히려 그 속에는 역사적인 것이나 사회적인 상황이 관련되어 있다고 주장하였다.[13]

그렇다면 폰타네의 산천의 묘사에 관한 연구를 단순히 작가 특유의 상세한 사실적 묘사라는 것을 넘어서서 시대소설로서의 특징을 부여하는 수단, 즉 사회와 그 속에 처한 인간과 관련되어 있다는 점에 착안하여 소설의 등장인물과 관계된 풍경화의 묘사에 주목해 보고자 한다.

신분의 차이로 사랑하는 사람들이 결혼할 수 없이 괴로워하는 내용을 다룬 『얽힘과 섞임(Irrungen, Wirrungen)』에서 레네와 보토 남작은 사회적인 간섭이 없는, 다른 사람들의 눈을 피해서 그들 두 사람만의

---

12) Max Tau: Der assoziative Faktor in der Landschafts- und Ortsdarstellung Theodor Fontanes. Kiel 1928.
13) Hubert Ohl: Bilder, die die Kunst stellt: Landschaftsdarstellung in der Romanen Theodor Fontanes, in: W. Preisendanz (Hrsg.): Theodor Fontane, Darmstadt 1973.

시간을 보내려고 한켈 저장소라는 유원지로 놀러간다. 하지만 레네의 마음속에는 그들의 사랑이 오래 지속되지 않으리라는 불안한 예감이 항상 잠재되어 있는 터였다. 이런 우울한 레네 앞에 한 폭의 풍경화에서 볼 수 있을 것 같은 장면이 펼쳐지고 있다.

제비는 이리 저리 날아 다니고 이제 한 마리의 검은 암탉이 오리 새끼의 긴 무리를 거느리고 베란다를 지나서 의젓하게 뽐내며 강심 쪽으로 쭉 뻗은 선착대까지 왔다. 하지만 선착대 가운데에서 암탉은 서 있었고 오리새끼들은 물 속으로 뛰어들어 헤엄쳐 가 버렸다.

Schwalben fuhren hin und her und zuletzt kam eine schwarze Henne mit einem langen Gefolge von Entenküken an der Veranda vorrüber und stolzierte gravitätisich auf einen weit in den Fluß hineingebauten Wassersteg zu. Mitten auf diesem Steg aber blieb die Henne stehn, während sich die Kücken ins Wasser stürzen und fortschwammen.[14]

여관방의 창문을 통해 레네 앞에 펼쳐진 평화로운 장면, 즉 암탉을 어미인 양 오리새끼들이 줄줄이 따르는 장면은 폰타네 특유의 유머감각이 깃든 묘사이다. 닭과 오리의 행진이라는 걸맞지 않는 그림이 오히려 신선한 웃음을 선사하고 레네는 이 서정적인 장면을 즐겼다.

---

14) Fontane: Irrungen, Wirrungen, S. 376.

창가에 있던 레네를 보토가 불러내었고 보토 남작은 고요한 자연 속에서 일하는 사람들의 규칙적인 망치 소리를 아름다운 음악 같다고 말한다. 레네는 보토의 말에 수긍하는 듯했지만 실제로 그녀는 창가에서 바라보았던 부둣가를 한번 더 보았다. 이때 부둣가에 연출된 것은 다음과 같은 목가적인 장면이다.

레네는 고개를 끄덕였다. 하지만 그녀의 관심은 거의 부둣가에 있었는데, 그것은 물론 어제 그녀의 열정을 일깨워 준 매어 있는 보트가 아니라 이제는 부두 가운데서 무릎을 꿇고 주방기구와 놋그릇을 씻고 있는 한 예쁜 하녀에게 관심이 쏠렸다. 그녀의 팔이 움직이는 동작 하나 하나에 정말로 일하는 재미를 가지고 통, 주전자, 그리고 찜솥을 닦고 있었고, 다 닦았으면 반짝거리는 그릇을 물 속에 첨벙거리며 헹구었다. 그리고선 그것을 높이 들어 햇볕에 비추어 보고 난 다음 곁에 있는 바구니에 넣었다.

Lene nickte, war aber nur halb dabei, denn ihr Interesse galt auch heute wieder dem Wassersteg, freilich nicht den angekettelten Booten, die gestern ihre Passion geweckt hatten, wohl aber einer hübschen Magd, die mitten auf dem Brettergange neben ihrem Küchen- und Kupfergeschirr kniete. Mit einer herzlichen Arbeitslust, die sich in jeder Bewegung ihrer Arme ausdrückte, scheuerte sie die Kannen, Kessel und Kasserollen, und immer, wenn sie fertig war, lieβ sie das plätschernde Wasser das blankgescheuerte Stück umspülen. Dann hob sie 's in die Höh, lieβ

es einen Augenblick in der Sonne blitzen und tat es in einen nebenstehenden Korb.[15)]

한 서민의 삶의 모습이 구체적으로 그려진 장르화 같은 묘사이다. 평화롭고 맑은 시골의 한 강가에서 그릇을 씻는 일에 완전히 몰입되어 있는 하녀의 모습에서 레네는 한 폭의 그림 같은 아름다움을 느꼈고 이 그림에서 진정한 휴식을 느꼈다. 우울하고 불안한 레네에게는 이러한 목가적인 장면이 그녀의 현실을 잊게하는 한순간의 청량제가 된 것이다.[16)]

이와 같은 장르화 내지 풍경화를 『페퇴피 백작』에서도 감상할 수 있다.

프란찌스카는 일찍 일어났고, 열린 창가에 앉아, 오른쪽에는 높은 산들로, 왼쪽에는 마을들과 포도밭이 있는 언덕으로 둘러싸인 호수를 내다 보았다. 이 언덕 쪽에 있는 아주 높은 것은 산성이었고 성의 비탈진 경사가 성을, 최소한 정면에서, 실물보다 더 높아 보이게 했고 더 멋있어 보이게 했다.

Franziska war früh wach, setzte sich an das offene Fenster und sah auf den See hinaus, den von rechts her hohe Berge, von links her Hügelzüge mit Dörfern und Weingärten einfaβten. Einer aus der Reihe dieser Hügel aber, der höchste, war der Schloβberg,

---

15) Ebenda, S. 390.
16) "Lene war wie benommen von dem Bild." In: Fontane: Irrungen, Wirrungen, S. 390.

dessen steiler Abfall ihn, in der Front wenigstens, noch höher und stattlicher erscheinen lieβ, als er war.[17)]

창가에서 주인공이 바라다본 펼쳐진 호수, 높은 산, 언덕, 마을 포도원, 그리고 언덕 위의 성 등은 전형적인 유럽의 한 농촌의 풍경화이자 장르화의 분위기를 주고 있다. 페퇴피 백작의 젊은 부인인 프란찌스카가 창 밖을 통하여 외부의 평화로운 자연을 감상하고 있는 모습 자체도 우리에게 한 폭의 풍경화로 다가온다.

위의 인용된 예문들에서 폰타네의 풍경 묘사는 주로 창문을 통해 관찰자에게 비치는 풍경이 서술되고 있음을 자주 볼 수 있다. 레네는 여관방의 창을 통해 밖의 풍경을 보고 있다. 페퇴피 백작과의 결혼 생활에 그다지 행복해 보이지 않는 프란찌스카는 성의 창을 통해 밖의 농촌 풍경을 바라다본다. 성의 여주인 프란찌스카에게 이 창문은 육중하고 어두운 성의 내부와 밝고 목가적인 외부를 연결시키는 유일한 통로처럼 나타나고 있다.

동시에 레네와 프란찌스카 앞의 창문들은 마치 자연의 한 부분을 정하는 사진틀처럼 한 폭의 풍경화를 제공하고 있다. 즉 창틀이 곧 바깥 풍경을 틀 지우는 액자의 역할을 하고 있다. 이렇게 제시된 그림 앞에서 내면에 우울과 절망을 느끼고 있는 인간들은 이런 그림들을 봄으로써 오히려 그들의 인간적인 불만족이 누그러드는 듯 휴식을 취하고 있다. 즉 절망적이며 우울한 상황에 직면한 등장인물들에게 이런 창문에

---

17) Fontane: Graf Petöfy. S. 91.

의해 틀 지워진 한 폭의 풍경화는 숨 돌릴 수 있는 휴식공간을 제공하고 있다. 인간의 내면적인 아픔이 이 창으로 이루어진 풍경화 앞에서 잠시 진정되고 있는 것이다. 이런 의미에서 폰타네에게서 아름다움이란 일상의 액자와 비교될 수가 있고 등장인물들은 이 액자 속의 그림의 도움으로 그들의 불행한 현실을 부분적으로나마 격리시켜 조망해 볼 수가 있는 것이다.

이렇게 폰타네가 그림 같은 장면을 묘사하여 삶과 자연을 투시하고 이해하는 표현 능력을 그라이펜(S. Greifen)은 다음과 같이 피력하면서 보충하고 있다.

한 액자는 그림만을 윤곽지우는 것이 아니라 경우에 따라서는 그림에 쾌적함이라는 색을 칠하기도 하고, 무엇보다도 예술가의 눈으로 본 인생에 대해 시선을 열고 있다.

Ein Passepartout rahmt eben nicht nur das Bild und verleiht ihm unter Umständen den Anstrich des Wohlgefälligen, es öffnet vor allem den Blick auf das mit Künstleraugen gesehene Leben.[18]

2) 기념비의 기능

폰타네의 소설에서의 그림과 현실사이의 함축된 의미 외에도 기념비

---

18) Stefan Greif: Fontanes Kunstbegriff im Kontext des 19. Jahrhunderts, in: FB. H. 55 (1993), S. 75.

또는 조각에 관한 서술에서도 그 나름대로의 의미를 찾을 수 있다. 19세기에 대두된 역사 의식은 건축이나 조형예술의 형태에서 군형과 질서, 그리고 정확성을 찾을 뿐만 아니라 역사적 가치가 있는 건축물과 기념비 및 동상을 수리하고 복구하려는 활발한 움직임이 일어났다.

역사적인 유물이나 기념비에 관한 폰타네의 관심과 흥미는 1850년대의 기행문 『마르크 브란데부르크 편력(Wanderung durch die Mark Brandenburg)』에 기술되어져 그 당시의 문화유적에 관한 기록이나 문화재의 수리와 보존 상태를 전하는 데 한 몫을 담당하고 있다.

이에 그치지 않고 폰타네의 역사에 관한 지식과 기억 그리고 관심은 자연스럽게 그의 작품 창작에도 도입되거나 인용되었다. 『슈티네』에서 슈티네를 만나고 돌아가는 발데마 백작은 한 기념비를 보았고 그 앞에 멈추어 서서 중얼거린다.

이 오벨리스크는 비석처럼 보이는군[……] 아니, 파묻지는 않았지. 그러나 이 기념비는 '아마존' 전투에서 희생당한 자들을 기리기 위하여 세워진 것이야. 백명 혹은 더 많은, 그리고 때때로 그들의 이름들을 읽었지. 마음이 아프다. 순전히 젊은 사람들인데.

Und der Obelisk sieht aus wie ein Grabstein [···] Nein, begraben nicht. Aber ein Denkmal ist es, das zur Erinnerung an die mit der 'Amazone' Verunglückten errichtet wurde. Hundert oder mehr, und ich habe manchmal ihre Namen gelesen. Es ist rührend; lauter junge Leute.[19]

전투에서 전사한 용사들을 기리기 위해 세워진 오벨리스크는 역사의 산물로서 그 스스로가 군인인 발데마 백작의 흥미를 끌고 있다. 당시 빌헬름 2세 때 기념비의 기능은 주로 황제의 힘의 정치의 합리화와 애국심의 고취로 사용된 감이 없지 않았다. 빌헬름 2세 자신이 예술의 기능에 대해 의견을 제시하기를 예술은 국가의 이념에 기여할 것이며 긍지와 힘, 그리고 자기 확신을 조각이나 회화에 불어넣도록 하였다.[20]

따라서 황제 스스로가 예술에 나타나는 동적이며 애국정신이 고취된, 특히 전쟁과 관련된 특성을 높이 평가하게 되었다. 이런 정치적인 의미가 깃든 기념비가 자연 그 시대의 군인인 발데마 백작의 눈을 그냥 스칠 리는 없는 것이다. 전투의 희생자들을 추모하기 위한 이 위령탑의 의미를 폰타네는 이런 방법으로 작품 속에 자연스러이 스며들게 하고 있다. 폰타네 작품 속에서 여러 곳에 산재한 오벨리스크는 이리하여 그 당시의 사회적이자 시대적 색조의 하나로 등장하고 있다고 볼 수 있다.

조형미술이 역사 의식 또는 국가적인 입장에서 표현되는 것과는 달리 암암리에 귀족의 세계를 풍자하고자 하는 의도로 나타날 수 있다. 기념비나 동상이 경의의 대상이라기보다는 오히려 관찰자와의 거리감을 주거나 풍자의 의도를 가진 경우를 『쎄실』에서 보게 되는데 쎄실이 일행들과 더불어 크베드린부루크 성(Schloβ Quedlinburg)을 둘러보고 있는 중 그녀의 눈에 들어온 것은 기이하게 높은 기념비였다.

---

19) Fontane: Stine, S. 519.
20) Vgl. Peter Paret: Die Berliner Secession. Moderne Kunst und ihre Feinde im kaiserlichen Deutschland. Berlin 1981, S. 325.

이 정원에는 덤불과 꽃테라스가 번갈아 가며 있었다; 그러나 쎄실의 눈을 꼭 붙잡아 둔 것은 적당히 높은 모래석의 오벨리스크였는데, 이것은 성의 기저에 반은 박혀 있는 채 오래된 성벽에서부터 부조의 형태로 튀어나와 있었다. 받침돌은 꽃무늬로 장식되어 있었고 비문도 씌여 있는 것 같았다.

"저건 뭘까?" 쎄실이 물었다. "비석입니다." "수녀원장의 것입니까?"

"아니요, 저지난번 후작 수녀원장이었던 안나 소피 라인지방 궁중백작부인께서 여기에 묻도록 했던 개의 비석입니다."

In diesen Gartenanlagen wechselten Strauchwerk und Blumenterassen; was aber das Auge Céciles bald ausschlieβlich in Anspruch nahm, war ein Sandsteinobelisk von mäβiger Höhe, der, halb in dem Schloβunterbau drin steckend, hautreliefartig aus einer alten Mauerwand vorsprang. Der Sockel war mit Girlanden ornamentiert und schien auch eine Inschrift zu haben. "Was ist das?" fragte Cécile. "Ein Grabstein." "Von einer Äbtissin?"

"Nein, von einem Schloβhündchen, das Anna Sophie, Pfalzgräfin von bei Rhein und vorletzte Fürstabbatissin, an dieser Stelle beisetzen lieβ."[21]

한때 귀족이 길렀다는 애완동물의 죽음이 애도되어 위령탑이 세워진

---

21) Fontane: Cécil, S. 181.

것을 마치 귀족들이 소일거리로 이러한 것을 세우는 양 은근히 풍자되고 있는 것처럼 비쳐진다. 이와 비슷한 방법으로 개의 조각상을 언급한 부분이 『얽힘과 섞임』에서도 나오고 있다. 보토 남작과 드레스덴으로 신혼 여행을 떠난 케테는 박물관에서 본 〈몸을 긁는 개〉라는 작품을 기억하면서 케테는 그 조각과 작품의 제목에 그저 우습다는 말만 반복하였다. 그 조각이 어떤 경위로 창작되어졌는지 알아보지도 않고, 또는 그의 미술적 가치의 언급보다는 케테를 통한 귀족의 피상적인 예술의 이해를 폰타네는 이런 식으로 드러내고자 하였다.

그러나 조각이나 기념비가 단순히 시대적인 색조와 풍자 이외에도 결국은 인간적인 상황과 직결되고 있는 경우도 있다. 한 기념비 앞에서 인간적인 상황 내지 인간적인 물음이 제기되고 있는 경우를 다음과 같이 볼 수 있다.

교훈적이다. 내가 여기서 특별히 배울 게 무엇인가? 이 기념비는 내게 무엇을 말하고 있는가? 어떤 경우든 한 가지 사실은 혈통이 우리의 행위를 규정짓는다는 것이다. 혈통을 따르는 자는 멸망할 수 있다. 하지만 그것에 거역하는 사람보다는 덜 망한다.

Lehrreich. Und was habe ich speziell daraus zu lernen? Was predigt dies Denkmal mir? Jedenfalls das eine, daβ das Herkommen unser Tun bestimmt. Wer ihm gehorcht, kann zugrunde gehn, aber er geht besser zugrunde als der, der ihm widerspricht.

윗 글은 『얽힘과 섞임』에서 레네와 결혼할 수 없어 고민하는 보토 남작이 산책하던 중 힌켈다이 비석 앞에 멈춰 서서 독백을 하고 있는 장면이다. 혈통과 계급의 명예를 지키기 위해 죽음을 무릅쓰고 결투하다 죽은 힌켈다이의 기념비 앞에서 같은 귀족인 보토는 그 자신의 인생의 문제에 직면하여 해답을 얻고자 한다. 결국 보토는 이 기념비 앞에서 힌켈다이가 죽음으로써 귀족의 명예를 지켰듯이 그 자신도 귀족이라는 혈통을 따를 것을 결심하게 된다. 따라서 힌켈다이 기념비와의 대면은 결국 보토 자신이 그의 이념을 변명하거나 합리화시키는 구실을 하게 되었다.

이런 방법으로 역사적인 의미가 있는 기념비 앞에서 인간은 그의 본질적인 삶의 문제나 또는 결단을 내리기 직전의 결정적인 실마리를 찾고자 하는 반면 한편으로는 동질성의 재확인을 통해 본 자기 합리화의 구실까지도 찾고자 한다. 이런 의미에서 기념비는 단순히 폰타네의 방대한 역사적인 지식과 상식의 범위에만 속하는 것이 아니라 그의 소설 속에서 인간사를 조정하고 해결하려는 조언자의 역할을 맡고 있다.

3) 배경으로서의 건축과 공간 묘사

폰타네의 건축에 관한 언급은 역사성을 띄운 기념비의 관심과 더불어 여러 다양한 역사적이며 미술사적인 가치를 갖고 그의 기행문에 나타나고 있다. 『마르크 브란덴부르크 편력』에서 묘사된 성, 성곽 또는

---

22) Fontane: Irrungen, Wirrungen, S. 406.

교회당의 언급에서 이러한 건축물은 역사적인 사건 발생의 무대라는 점에서도 이미 폰타네의 관심을 끌기에 충분하다.

특별히 성은 19세기 건축물 중에서도 사회적인 변화와 가장 밀접한 관계를 가지고 있다고 볼 수 있다. 그 당시의 귀족은 급변하는 사회현실과 이에 따라 상승하는 시민계급에 맞서서 자신의 위치를 계속 지켜나가고자, 과거 지향적이었던 성을 새롭게 수리하고 복구하려는 움직임이 있었다. 그러나 이런 작업은 사회적 현실과는 거리감을 갖게 되었고 오히려 시대착오적인 것으로 귀족계급의 격리라는 점 이외에는 별다른 의미를 가지지 못하였다. 즉 전통적인 귀족계급이 신분에 맞게 성을 개축하고 수리하여 그 속에 각종 유물과 예술품을 축척시켜 변동하는 사회에서 흔들리고 있는 귀족의 불확실한 존재 여부를 다시금 확인하면서 전통적인 입지를 되찾고자 하였다. 그러나 성이라는 그 자체의 건축물의 특수성으로 인해 오히려 사회와 대중으로부터 격리되어 간다는 점에서 그들의 위치는 황량함과 고독의 상징으로 나타나고 있을 뿐이었다.

이러한 예를 호수와 숲으로 격리된『슈테히린(Stechlin)』의 슈테히린가의 황량한 고성에서 볼 수 있다. 호수와 숲에 싸인 고성은 일반 주거지와도 단절되어 마치 격리된 섬처럼 보인다. 성의 주변의 외진 분위기는 인근 마을과 호수의 반대편에 존재하는 특별한 가상의 공간으로, 마치 비현실적인 곳으로 나타나고 있다.[23]

---

23) Vgl. Fontane:『페퇴피 백작』, 주인공 페퇴피 백작은 동화 같은 분위기의 성에 은거하고 있는데 언제나 이 성을 비추는 석양빛, 즉 황혼이라는 그 자체가 성의 몰락을 은연중 암시하고 있는 것처럼 백작은 곧 죽음을 맞게 된다.

외부세계와의 단절과 문화적인 정체 등으로 귀족의 상징인 성의 본래의 위엄과 권위가 약해져 가고 있음을 시사하는 귀절이 나온다.

첫번째 공장의 마당 뒤에(내가 이 일로 당신을 계속 괴롭히고자 하는 의도는 없고) 두 번째 마당이 있는데, 그곳은 더 형편없답니다. 그 곳에는 정말 괴이한 유리 제품들이 있는데, 목이 긴 커다란 병도 있지요. 레토르트 병이란 것입니다.[……] 그러나 옛 시대에 좋았던 것을 여기 우리의 오랜 백작령에서 찾아 볼 수 있습니다. 모든 게 제대로 짜여 있고, 아니면 내 보기엔 모든 게 제대로 예속되어(나는 이런 말에 놀라지 않습니다) 있는 이 평화스런 모습에 그롭소프의 레토르트 병 제조업 따위는 도대체가 걸맞지 않아요.

Und hinter dem ersten Fabrikhof (ich wollte Sie nur nicht weiter damit behelligen), da ist noch ein zweiter Hof, der sieht noch schlimmer aus. Da stehen nämlich wahre Glasungeheuer, auch Ballons, aber mit langem Hals dran, und die heiβen dann Retorten[⋯]Aber soviel noch von guter alter Zeit in dieser Welt zu finden ist, so viel findet sich hier, hier in unsrer lieben altern Grafschaft. Und in dies Bild richtiger Gliederung, oder meinetwegen auch richtiger Unterordnung (denn ich erschrecke vor solchem Worte nicht), in dieses Bild des Friedens paβt mir diese ganze Globsower Retortenbläserei nicht hinein.[24]

슈테히린 성 주변에 호숫가의 모래를 원료로 하여 유리를 생산하는 유리 공장이 있다. 이 그룹소프의 유리공장에 대한 불만스런 대화를 윗글에서 들을 수 있다. 성과 공장 다시 말해서 성 주변에 설치된 공장은 새로운 사회적인 현상으로서 자연에 대한 산업사회의 도전이자 귀족의 영역에 밀고 들어오는 시민사회의 도전으로 받아들여질 수 있다. 동시에 귀족의 상징인 성이 주변의 공장 때문에 위협받고 있음을 심각하게 시사하고 있다. 즉 귀족의 고성과 산업사회의 산물이 대치되는 새로운 현실 체험을 알리고 있는 것이다.[25]

그러나 한편으로는 귀족의 영역에 도전적으로 들이닥치는 새로운 산업사회의 산물과는 다른 관점에서의 유리의 제조가 새로운 건축물의 유형을 창조하였다. 산업의 발전은 건축에 있어 유리와 철강으로 구성된 크리스탈 하우스라든지 온실 등의 중축을 가능케 하였고 부유층은 이런 유리로 지어진 온실 속에 외국의 특히 식민지로부터 진기한 열대식물을 수집하여 산업사회에서 잊혀져 가는 자연에 대한 동경과 환상을 독점적으로 즐길 수가 있었다.

폰타네의 작품에서도 유리 건축물인 유리 온실을 『간통녀(L'Adultera)』의 종려수 온실(Palmenhaus)에서 보게 된다. 이 작품에서 유리 온실 속의 멜라니(Melanie)와 그녀의 정부 루벤(Ruben)의 관계가 묘사되고 있다. 그들이 열대식물이 수집된 온실 속으로 들어갔을 때 곧

---

24) Th. Fontane: Der Stechlin, in: Fontane: Werke in 5 Bde. Bd. 4, München 1974, S. 70.

25) Vgl: "Die schikken sie zunächst in andre Fabriken, und da destillieren sie flott drauflos, und zwar allerhand schreckliches Zeug in diese grünen Ballons hinein: Salzsäure, Schwefelsäure, rauchende Salpetersäure[…] Das ist das Zeichen unsrer Zeit jetzt ⟨angebrannt und angeätzt⟩". In: Fontane: "Der Stechlin", S. 71.

그들은 철과 유리로 이루어진 거창한 아아치 지붕과 습기찬 열기, 그리고 커다란 종려수잎 등의 열대식물에 휩싸였다.

몇 발자국 더 걸어가니, 열대림으로 들어가는 입구 같은 곳이 나왔고, 그들의 위로 육중한 유리건축이 둥근 천정을 이루고 있었다. 이곳에는 봔 데 슈트라센의 호화로운 특제품들이 수집되어 있었다: 〔……〕 그들 둘만 남았을 때 루벤은 앞서가서 위로 올라갔다. 그리고 그가 높은 곳에 이르렀었을 때 회전계단 위에 있는 멜라니에게 손을 내밀기 위해 서둘렀다. 〔……〕 정말로 꽃잎들로 이루어진 환상적인 주랑은 굳게 닫혀 있고, 아아치형 천정의 테와 매듭들 곳곳에 둥근 지붕 전체를 향기로 채운 난초가 휘감겨 있었다. 이런 빽빽히 채워진 주랑에서 숨을 쉬기는 희열스럽고도 답답하였다; 마치 백여가지의 온갖 비밀이 말해지는 것 같았고, 멜라니는 이런 도취된 향기가 그녀의 신경을 약하게 하는 것을 느꼈다.

Wenige Schritte noch, und sie befanden sich wie am Eingang eines Tropenwaldes, und der mächtige Glasbau wölbte sich über ihnen. Hier standen die Prachtexemplare der van der Straatenschen Sammlung. 〔…〕

Und als sie nun allein waren, nahm Rubehn den Vorschritt und stieg hinauf und eilte sich, als er oben war, der noch auf der Wendeltreppe stehenden Melanie die Hand zu reichen 〔…〕 Wirklich, es war eine phantastisch aus Blattkronen bebildete Laube, fest geschlossen, und überall an den Gurten und Ribben der Wölbung hin rankten sich Orchideen, die die ganze Kuppel mit ihrem Duft erfüllten. Es atmete sich wonnig, aber schwer in dieser dichten Laube; dabei war es, als ob hundert Geheimnisse sprächen, und Melanie fühlte, wie dieser berauschende Duft ihre Nerven hinschwinden machte.[26]

정원지기가 자리를 뜬 사이 두 사람은 회전계단을 올라가 이층에 이르게 되었다. 거창한 유리 온실의 마술같은 분위기에 멜라니는 이미 회전계단 위에서부터 취하게 되었다. 온기, 아아치형의 천정에서 받은 현란한 인상, 온실내부의 회전계단 위에서의 어지러움, 그리고 감각적인 난초 향기 등은 두 남녀의 긴장을 풀리게 하고 자극시키는 동기가 되고 있는 것처럼 보인다. 마치 여기서의 현란한 분위기와 회전계단을 돌면서 오르느라 느끼는 현기증 등은 두 사람의 절제된 행동을 이탈시키게 하는 요인처럼 나타나고 있다.

그러나 실제로는 그 당시에 설계된 대부분의 유리 건물의 설계도면에서는 폰타네 소설의 종려수 온실에서 묘사된 것과 같은 회전계단은 거의 보이지 않고 있다.[27] 유리건축 내부에 회전계단의 설계표시가 되어 있는 곳은 거의 드물기 때문이다. 폰타네가 의도적으로 유리건물 속에 회전계단을 삽입하여 주인공들을 자극시키기 위한 심리적인 수단으로 사용했을 수도 있다. 유리온실의 전체 분위기와 가파른 회전계

---

26) Th. Fontane: L' Adultera. Novelle. Stuttgart 1983. (Universal-Bibliothek Nr. 7921). S. 81~82.
27) Vgl. Georg Kohlmaier u. Barna Sartory: Das Glashaus, ein Bautypus des 19. Jahrhunderts, München 1981.

단을 오를 때의 어지러움과 상승된 감정은 이성을 약하게 하여 두 사람이 간통을 하게 되는 요인으로 작용할 수도 있다. 유리건축은 그 당시 시민들의 사교와 만남의 장소로 널리 애용되었던 곳으로 폰타네가 이 건물의 내부구조에 낯설리는 없을 것이다.

폰타네와 친분이 있고 폰타네를 높이 평가한 당대의 건축가 쉰켈(F. Schinkel)도 베를린에 이같은 유리건축을 여러 개 설계하였지만 쉰켈의 설계도면에도 회전계단 표시는 없었다. 폰타네는 그 당시 유리건축의 설계도에는 보이지 않는 회전계단을 온실 속에 임의로 삽입할 수도 있다. 이리하여 회전계단은 휘 돌아 오르는 계단을 타는 등장인물들의 심리를 혼미하게 자극하고 충동적인 행위로 이끌기 위해 보조로 삽입한 폰타네의 문학적 상상력일 소지가 크다.

그렇다면 건축물도 폰타네에게 있어 과거와 현재를 대조시키는 새로운 현실 체험으로서뿐 아니라 건물의 내부 배치를 응용하여 등장인물들의 행위를 유도시키기 위해 사용한 폰타네 특유의 작품 구성상의 수단일 수도 있다.

4) 멜루지네 모티프

물을 근원적 요소로 하여 살아가는 인어 즉 물의 요정에 관한 이야기는 이미 고대 미술과 문학에서 그리고 오늘날 영화에 이르기까지 숙명적이자 이율배반적인 존재로 계속 등장하고 있다. 이런 예술 속의 한 주인공격인 멜루지네는, 14세기 후반부터 전해 오는 이야기에 의하면, 물의 요정 페르지네(Persine)의 딸로 어머니로부터 벌을 받아 그녀의 몸이 때로는 사람의 모습으로 때로는 뱀의 모습으로 바뀌었다고 한다. 그녀의 연인인 라이문트(Raimund)가 멜루지네의 변하는 몸을 본 순간부터 둘의 행복도 끝나고 각자 어디론가 사라져 버렸다고 한다.

폰타네에 있어 멜루지네(Melusine) 모티프는 1895년에 초안되었다는『멜루지네 폰 카도우달(Melusine von Cadoudal)』, 그리고 1919년에 하일보른(E. Heilborn)이 유고집으로 출간한 노벨레『오세아네 폰 파르세팔(Oceane von Parceval)』을 들 수 있다. 멜루지네가 그녀의 본질과는 다른 인간과 인간세계에 대한 꿈을 가져 보았지만 그러나 결국 그녀들의 동경은 이미 그들 자체의 비현실적이며 동화적인 요소 때문에 외부세계와 화합되지 못한 채 오히려 그들의 불완전성만이 강조될 뿐이었다. 멜루지네가 사람과 물고기라는 이율배반적인 상반된 본질 사이에서 겪을 수 있는 이원적인 모습이 폰타네가 창조한 여성 인물과 비교될 수 있다는 점에서 폰타네는 이 멜루지네 모티프를 오랫동안 그의 작품 창작에 응용해 오고 있다고 볼 수 있다.

멜루지네가 그녀의 본질과는 전혀 다른 세계에 대하여 꿈을 가져본 것과 마찬가지로 에피, 쎄실, 멜라니 등 폰타네의 소설에 등장하는 여인들이 또한 그들의 현실과는 다른 세계에 대한 동경을 폈고 그로 인해 불행한 대가를 치룬다는 점에서 멜루지네의 속성을 닮고 있다고 볼 수 있다. 멜류지네 아류의 여인들이 회귀본능인 양 곧 다시 물로 되돌아가 그들의 존재가 마치 호숫가에서 증발하는 물방울처럼 흔적없이 지상에서 사라져 가는 것처럼 폰타네의 여성인물들도 죽음이나 병으로 그렇게 세상에서 사라져 가는 것이다.

이렇게 멜루지네는 강이나 호수에 사는 물의 요정과 공기 정령과 관계되어 있으며 물의 요소들인 물방울, 수증기, 그리고 공기와 같은 본질이 없는, 그렇기 때문에 어디론가 날아가 버릴 듯한 속성을 암시하는 말은 『에피 브리스트』의 에피에게 "공중의 딸"이라는 표현으로 적용되기도 한다.[28] 공기, 물과 친화력을 지닌 '물의 여인'과 본질상 유사한 속성을 나타내는 표현을 『쎄실(Cécil)』에서도 읽을 수 있다. 마치 에테르 같은 증발성에 비유하여 날아가 버릴 듯한 쎄실의 속성이 언급되고 있다. 다음 글에서 쎄실 자체가 공중에서 운무하고 있는 깃처럼 유약하고 비현실적으로 마치 승화된 존재처럼 묘사되고 있다:

그 여자는 아마 천성대로 고리 던지기와 베드민턴 놀이를 하게 되었고, 그녀 스스로가 베드민턴인 양 아주 가볍고 우아하게 공중으로 올라가는 것 같다.

Sie war wohl eigentlich ihrer ganzen Natur nach auf Reifenwerfen und Federballspiel gestellt und dazu angetan, so leicht und graziös in die Luft zu steigen wie selber ein Federball.[29]

하늘가를 떠도는 가벼운 깃털처럼 여린 자태의 쎄실은 운명과 대면할 때 보이는 병약한 모습은 차라리 진기한 분위기를 지니고 있다. 결국 쎄실은 그녀의 정부와 남편에 의해 행복하지 못한 운명을 겪어야만

---

28) Vgl. Th. Fontane: Effi Briest, in: Fontane: Werke in 5 Bde. Bd. 3, München 1974, S. 196.
29) Th. Fontane: Cécil, in: Fontane: Werke in 5 Bde. Bd. 2, M?nchen 1974, S.189~190.

했다.

문학 속의 대게 이런 운명적인 여인들은 대부분 아름답고 지나치게 여린 분위기에서 비현실적이고도 동화적인 분위기가 나타나고 있다. 그래서인지 이들은 일반 세상과는 적응하지 못하고 있다. 세상은 그들에게 부담스럽기만 하고 사회와 그리고 강한 남자들의 힘에 짓눌려 서서히 병으로 또는 신경쇠약으로 죽음에 이르고 있다.

『간통녀(L' Adultera)』의 주인공 멜라니가 멜루지네의 소망처럼 그녀의 현실과는 다른 세계에 대해 동경을 하고 있는 모습이 눈 내리는 날 한번 재현되고 있다. 자신을 해방시키고자 하는 또 다른 세계에 대한 막연한 동경을 느끼는 마음이 다음과 같이 표출되고 있다:

> 잿빛 하늘이 사방에 내려 깔려 있고, 약간의 눈송이가 깃털처럼 춤추었고, 이것들이 아래로 떨어질 때는 바람에 모아져 다시 높이 소용돌이쳐 올라갔다. 저렇게 올랐다 다시 내려가고 그리고 다시 올라가고 하면 무척 좋을 것만 같은, 이런 눈송이들의 춤을 보는 멜라니에게 그 어떤 동경이 엄습해 왔다.〔…〕

> über dem Ganzen aber lag ein grauer Himmel, und ein paar Flocken federten und tanzten, und wenn sie niederfielen, wurden sie vom Luftzuge neu gefaßt und wieder in die Höhe gewirbelt. Etwas wie Sehnsucht überkam Melanie beim Anblick dieses Flockentanzes, als müsse es schön sein, so zu steigen und zu fallen und dann wieder zu steigen.〔…〕 [30]

눈송이의 솜털 같은 휘날림이 모아져 용솟음치며 다시 위로 솟아오르는 정경은 멜라니의 내면에 잠재된 동경을 더욱 부추기고 있다. 눈의 휘날림, 또는 눈의 윤무를 보는 듯한 표현에서 프란쯔 슈투크(Franz Stuck)의 〈두 무용수(Zwei Tänzerinnen, um 1900)〉그림을 상기시키고 있다. 안개 같은 레이스 무희복에 몸이 휘감긴 채 물의 파동처럼 휘돌면서 춤추는 두 발레리나들의 모습이 그려져 있다. 그들의 휘돌고 도약하는 곡선의 역동적인 분위기와 흐린 날의 휘날리는 눈꽃송이처럼 소용돌이치는 격렬한 신체의 움직임에서 오히려 삶의 열광과 기쁨이 전달되어 온다. 이러한 춤추는 자태는 또 다른 의미로 발레리나들의 내면에 잠복된 육체의 해방을 갈구하는 몸짓으로 해석되어질 수 있다.

멜라니 역시 솜털처럼 휘 날리는 눈의 움직임에서 그리고 위로 치솟다 아래로, 다시 위로 치솟는 등의 눈의 움직임처럼 함께 어우러져 유희하고 싶은 충동을 느낀다. 눈의 모습과 멜라니의 춤추고 싶은 동경은 마치 물 속 깊은 곳으로부터 물의 요정들이 물살을 휘감아 치솟아오르는 유희적인 자태를 상기시킨다.[31] 이런 자유롭고 역동적인 것을 동경하는 멜라니의 모습에서 멜라니라는 그녀의 이름과도 흡사한 물의 요정 '멜루지네(Melusine)' 모티프를 떠 올릴 수 있다. 물, 수증기 그리고 공기 등과 결합한 멜루지네의 존재와 에피와 쎄실, 그리고 멜라니의 내부에서만 난무하는 동경은 결코 온전하게 채워질 수 없다는 데 공통점을 지니고 있다. 그러나 이러한 운명적인 여인의 모습이 항

---

30) Fontane: L' Adultera, S. 8.
31) Vgl. Bild von Edward Burne-Jones, Die Tiefen der See, 1886.

상 이렇게 채울 수 없는 동경을 억제하는 존재로만 대변되는 것은 아니었다. 그들의 본질에서부터 이미 내재한 동화적인 요소로 인함인지 그들 대부분이 매혹적이고 신비스러운 분위기를 지니고 있다. 이런 여인의 모습에서 그 시대의 예술가들은 현세를 초월하는 지고의 아름다운 형상을 창조하여 이 진기한 아름다움에서 도취되고자 하였다.

그 시대의 예술가들은 여자의 모습을 가지고 음울한 사회의 분위기를, 동시에 다른 한편으로는 파악할 수 없는 신비한 본질과 외적인 아름다운 자태에서 도래하는 시대에 대한 희망과 긍정을 표현해 보고자 하였다. 즉 그 시대의 일반적으로 팽배했던 삶의 박약한 의지와 허무에서 탈출하여 이런 아름다운 존재에서 오히려 삶의 활력과 희망을 찾고자 했다. 특히 춤을 추는 여인의 자태에서 현실을 초월한 신비하고도 진기한 아름다움을 느끼면서 시대에 팽배했던 현실도피, 회의, 허무 또는 병약과는 대조를 이루는 삶의 환희와 활력을 느끼고자 하였고 나아가 유토피아적 세계를 꿈 꾸기도 했다.

이와 비슷한 유토피아의 세계를 꿈꾸게 할 만한 밝은 여성상을 폰타네의 『슈테히린』에서 감상할 수 있다. 이 소설에 나타나는 여인들의 모습은 에피나 쎄실 또는 멜라니와는 다르게 묘사되고 있다. 순박하고 안정된 아름가르트(Armgard)와 그녀의 언니인 열정적인 그러나 우아한 '물의 여인'과 동일한 이름을 지닌 멜루지네(Melusine)가 등장한다. 멜루지네라 불리는 "젊은 백작부인에게 경쾌하고 밝고 도약적이란 온갖 말이 부여되는(Das Leichte, das Heitre, das Sprunghafte, das die junge Gräfin in jedem Wort zeigte, [⋯])"[32] 이상적인 여인의 모습으로 등장시키면서 소설에 등장하는 대부분의 인물들과 정치, 예술, 역사, 종교 등

의 모든 대화가 될 수 있는 매력적인 여인, 사랑받는 숙녀로 묘사되고 있다.[33]

『슈테히린』의 멜루지네는 이런 방법으로 종래의 자기 감수성에 갇힌 감상적이고 연약한 여인상과는 다른 특별한 역할을 담당하고 있다. 쎄실과 에피에게도 보였던 종래의 물의 요정 멜루지네처럼 비현실적인 모습과는 또 다른 그녀 자체의 주관적인 의식이 그녀의 본래의 자연성과 잘 조화되어 있는 인격적인 존재로 구현되고 있다.

『슈테히린』의 멜루지네는 명랑성과 애교스러움 동시에 완벽한 아름다움이 겸비된 여자로 더 이상 물의 요소와 관련된 존재가 아닌 사회적이며 사교적인 숙녀로 등장하고 있다. 이러한 환희와 긍정적인 분위기를 지닌 젊은 멜루지네의 존재는 석양 빛에 저물어 가는 슈테히린 고성과 그 성 주변에 감도는 우울과 격리라는 귀족의 몰락과는 완연히 대치된 오히려 도래하는 사회의 희망과 축복의 상징으로 대변되어 있다고 볼 수 있다.

다시 말해서 폰타네는 『슈테히린』에서 멜루지네라는 여인상을 통해 구현해 본 이상형을 슈테히린의 성처럼 서서이 퇴색해 가는 귀족계급과 구 체제의 자리에 대입시키고 있는 것이다. 한때의 전설적인 멜루지네의 모티프가 이제는 폰타네에 의해 역사를 혁신시키고자 하는 또 다른 이야기로 창조되는 데서 이 인물의 의미가 새롭게 해석되고 있다.

---

32) Fontane: Der Stechlin, S. 261.
33) Vgl. "Das war doch mehr als eine bloß liebenswürdige Dame aus der Gesellschaft." In: Th. Fontane: Der Stechlin, S. 278.

뿐만 아니라 이 시대 예술가들이 물과 친화력을 지닌 여인의 자태에서 허무주의적인 시대정신을 표현하고자 했던 동시에 현실을 초월할 듯한 여인들의 신비한 아름다움에서 삶의 활력을 찾고자 했던 이원적인 모티프를 폰타네가 이미 그가 창조한 인물 멜루지네의 모습에서 형상화 시켰다는 점에서 폰타네는 19세기 말을 주도한 예술의 한 모티프를 그의 작품 속에서 이미 선취하고 있었다고 볼 수 있다.

4. 맺음말

지금까지 폰타네의 소설에서 수없이 인용되는 회화, 건축 등의 조형미술에 관한 언급은 미술품이 있는 주변 환경의 사실주의적인 묘사나 예술에 관한 작가의 지식의 나열 이상의 것으로 작품 내에서 나름대로의 깊은 의미를 지니고 있음을 알아 보았다.

폰타네는 무엇보다 작품에 등장하는 인물들의 대화를 통하여 소설 속의 등장인물들로 하여금 조형미술과 관련된 폭넓은 문화사적인 지식들을 나열하게 한다. 그러나 각자가 지닌 지식의 과시 이외에는 깊은 의미를 내포하지 않는 귀족과 시민층의 문예란의 남발은 오히려 그들이 정신적으로 깊이가 없음을 스스로 폭로하게끔 하고 있다.

그리고 시대의 색조이자 역사적인 증거물로서의 기념비를 인용하거나 그 시대에 일반적으로 유행했던 유리 건축물 등을 인용하여 인물들의 심리와 사건의 동기를 유발시키는 모티프로 효과적으로 활용하고 있음을 볼 수 있다.

나아가 소설 전반을 지배하고 있는 인간적인 욕구와 사회 규범과의 마찰에서 빚어지는 절망적인 상황앞에 선 인간은 폰타네가 제시한 그림 같은 자연의 아름다움에 직면하여 잠시 그의 불행이 진정될 수 있는 휴식 공간을 마련하기도 한다.

폰타네 소설에서 미술의 인용이나 그림 같은 묘사 분위기는 끊임없이 흥미를 유발시키는 주변 소재로 나타나 독자들의 지식욕에 즐거움을 더해 주기도 한다. 그러나 폰타네가 미술을 인용하고 소설에 그림 같은 분위기의 묘사로 소설을 노련하게 구성해 간다고 해도 미술 그 자체와 예술과 관련된 것이 중심 테마로 다루어지고 있다고는 생각할 수 없다. 폰타네 자신의 미술 감상이나 미술관에 대해 피력한 글에서도 폰타네는 미술 이론가의 입장이 아닌 어디까지나 시인의 눈으로 미술을 관조하였지 조형미술의 본질을 언급하고 있지는 않다. 오히려 문학적인 재창조의 수단으로 작품 속에서 회화, 조각, 또는 건축물의 인용이 적절히 배치되어 그의 문학성을 깊고 풍부하게 만드는 동시에 문학적인 상징의 수단으로 응용하고 있음을 볼 수 있다.

다시 말해 폰타네가 그의 작품에 예술 작품, 주로 미술사적인 이론을 피력하거나 예술가의 창작과정을 그리는 심리 묘사에 관심을 두기보다는 어디까지나 미술작품과 대면하고 있는 인간이 처한 단면적인 상황에 관심을 보이고 있다. 그래서 그림의 의미와 공간 배치와 같은 미술에 관한 과제는 폰타네의 소설에서는 등장인물의 내면과 관련된 새로운 내용과 의미를 갖고 재 창조되는 것이다. 폰타네의 이러한 조형미술을 응용하여 그의 문학적 구성을 이루어 가는 치밀한 솜씨를 발터 킬리(W. Killy)는 괴테에 버금간다고 말하였다.

폰타네는 자연적인 현상의 표면적인 우연성을 훼손함이 없이 사물의 암시적인 힘을 일깨우는데 성공한 괴테 이후의 유일한 작가이다. 그러나 사물들은 괴테가 부여했던 것 이상의 차원을 지니고 있다.

Fontane ist einziger deutscher Erzähler nach Goethe, denn es gelingt, in ihnen zeichenhafte Kräfte zu wecken, ohne ihnen die scheinbare Zufälligkeit der natürlichen Erscheinung zu nehmen. Aber sie haben eine Dimension mehr, als sie Goethe gewähren konnte.[34]

킬리의 견해는 결국 폰타네의 작품이 풍부한 상징적인 요소를 제외하고서는 결코 완벽하게 구성될 수 없음을 다시 한 번 입증하고 있다. 뿐만 아니라 미술적인 요소가 가미된 그의 소설이 어떻게 사회와 인간 내부의 깊은 곳까지 총망라되고 포괄될 수 있는 방대한 수단인지를 다시 한 번 더 증명해 주었다. 이런 의미에서 폰타네의 문학에 나타나는 조형미술의 인용은 사실주의 문학과 그리고 그의 소설의 사회성을 구체적으로 밝혀 보려는 데 필수불가결의 요소로 등장하여 사실주의 문학을 구성하는 중요한 보조수단으로서의 그 기능을 적절히 완수하고 있다고 볼 수 있다.

---

34) Walther Killy: Abschied vom Jahrhundert. Fontane: Irrungen, Wirrungen, in: W. Killy: Wirklichkeit und Kunstcharakter: neue Romane des 19. Jahrhunderts, München 1963. S. 204.

■ 참고문헌

1차 문헌

Theodor Fontane: Werke in 5 Bde. München 1974.

Theodor Fontane: Graf Petöfy, in: Sämtliche Romane, Erzählungen, Gedichte, Nachgelassenes. Hrsg. v. W. Keitel u. H. Nürnberger. Bd. 9 (ein Ullstein Buch 4516).

Theodor Fontane: L' Adultera. Stuttgart 1983 (Universal-Bibliothek Nr. 7921).

2차 문헌

Brinkmann, Richard: Der angehaltene Moment. Requisiten – Genre – Tableau bei Fontane, in: Thunecke, Jörg (Hrsg.): Formen realistischer Erzählkunst. Festschrift für Charlotte Jolles. Nottingham 1979, S. 360~380.

Demetz, Peter: Formen des Realismus: Th. Fontane. Kritische Untersuchungen. München 1964.

Eilert, Heide: Das Kunstzitat in der erzählenden Dichtung: Studien zur Literatur um 1900. Stuttgart 1991.

Finlay, Rosemarie u. Dunn, Helga: The pictures in Fontane's "Irrungen, Wirrungen". In: Seminar 24 (1988), S. 221 ff.

Frei, Nobert: Theodor Fontane. Die Frau als Paradigma des Humanen. Königstein 1980.

156

Greif, Stefan: Fontanes Kunstbegriff im Kontext des 19. Jahrhunderts, in: FB. H. 55 (1993), S. 69~90.

Helmut, Ahrens: Das Leben des Romanautors, Dichters und Jounalisten Theodor Fontane. Düsseldorf 1985.

Hillebrand, Bruno: Mensch und Raum im Roman. Studien zu Keller, Stifter, Fontane. München 1971.

Kohlmaier, Georg u. Sartory, Barna: Das Glashaus, ein Bautypus des 19. Jahrhunderts, München 1981.

Meyer, Hermann: Das Zitat als Gesprächelement in Theodor Fontanes Romanen. In: Wirkendes Wort 10 (1960).

Ders: Das Zitat in der Erzählkunst zur Geschichte und Poetik des europäischen Romans. Stuttgart 1961.

Müller, Karla: Schloβ geschichten. Eine Studie zum Romanwerk Theodor Fontanes. München 1986.

Ohl, Hubert: Bild und Wirklichkeit. Studien zur Romankunst Raabes und Fontanes. Heidelberg 1968.

Ders: Bilder, die die Kunst stellt: Landschaftsdarstellung in der Romanen Theodor Fontanes. In: W. Preisendanz (Hrsg.): Theodor Fontane. Darmstadt 1973, S. 447~464.

Paret, Peter: Die Berliner Secession. Moderne Kunst und ihre Feinde im kaiserlichen Deutschland. Aus d. Amerikan. von D. Jacob. Berlin 1981.

Riechel, Donald C. : Th. Fontane and the Fine Arts: A Survey and Evaluation. In: German Studies Review 7 (1984), S. 39~64.

Sagarra, Eda: Symbolik der Revolution im Roman "Stechlin", in: FB 6 (1987), Heft 4, S. 534~545.

Schäfer, Renate: Fontanes Melusine Motiv, in: Euphorion 56 (1962).

Schuster P. K.: Effi Briest, ein Leben nach christlichen Bildern. Tübingen 1978.

Schwann, Werner: Die Zwiesprach mit Bildern und Denkmalen bei Th. Fontane, in: Literaturwissenschaftliches Jahrbuch. Neue Folge 26 (1985), S. 151~183.

Tau, Max: Der assoziative Faktor in der Landschafts- und Ortsdarstellung Theodor Fontanes. Kiel 1928.

Vogt, Wilhelm: Fontane und die bildende Kunst, in: "Sammlung", Bd. 4 (1947), S. 154~163 u. Bd. 5 (1950), S. 275~284.

Voss, Lieselotte: Literarische Präfiguration dargestellter Wirklichkeit bei Fontane. Zur Zitatstruktur seines Romanwerks, München 1985.

Wüsten, Sonja: Zu Kunstkritischen Schriften Fontanes, in: FB. (1978). Heft 3, S. 174~200.

Ders: Die historischen Denkmale im Schaffen Fontanes, in: FB 2 (1970). Heft 3, S. 187~194.

6
화가와 시인
―테오도르 폰타네와 카알 브레헨*

들어가는 말 | 예술가 환경 | 낭만주의와 사실주의 사이에서 | 맺음말

1. 들어가는 말

19세기의 사람들은 세계관의 변화에 따른 객관적으로 파악할 수 있는 사물을 기술적―학문적인 시각으로 파악하고자 했다. 이에 따라 변화하고 있던 삶의 감정에 경험적인 현실세계가 더 큰 비중으로 다가왔다. 사실주의 작가들도 그들 앞에 제시된 구체적인 세계상에 관심을 가지기 시작했는데, 구체적으로 경험될 수 있는 세상에 대한 정확한 묘사를, 예를 들어 폰타네의 「마르크 브란덴부르크 지방의 편력(Wanderung durch die Mark Brandenburg)」이라는 기행문에서 읽을 수 있다. 이곳에는 마르크 지방의 자연풍경과 지방색 그리고 건축물과 기념비 등에 대한 회화적이며 세밀한 묘사는 단순히 정확한 기록을 넘어서서 역사적 가치가 있는 문화재의 기록이라는 차원에서도 이 작품은

* 본고는 독일문학 제 69집(1998)에 독일어로 수록되어 있음.

의미를 지니고 있다.

폰타네가 마르크 브란덴부르크 지방을 문학으로 환기시킬 때 마르크 브란덴 지방 출신인 카알 브레헨(Karl Blechen)은 그림으로 이 지방의 산천을 표현해냈다. 미술에 조예가 깊었던 폰타네 또한 그의 동향인 브레헨의 창작세계를 미술 전람회 보고서에서 자연 높이 평가하면서 화가의 위상을 드높이고자 하였다.

폰타네의 브레헨과의 관계를 하인쯔 하우페(Heinz Haufe)가 「폰타네의 브레헨 상」[1](1967)에서 두 예술가의 전기를 추적하면서 해명했다. 하우페는 어떻게 폰타네가 브레헨의 순탄하지 않았던 삶에서 자신과의 유사성을 찾았으며 또한 브레헨의 그림 〈젬노넨 진영 (Semnonenlager)〉을 평가하고 있는지를 설명하고 있다. 하우페는 우선 인간 브레헨을 언급한 후 그러한 것들을 화가에 대한 폰타네의 내적 친화력과 연관시키고자 했지만 다분히 폰타네가 지닌 브레헨 상을 그려 내기에는 그의 논문은 단편적인 인상에 머물고 있다.

본고에서는 폰타네와 브레헨 두 예술가의 작품에 나타나는 본질적인 특징과 예술창작 과정에 있어 서로 유사한 사고과정을 밝혀 보면서 그들의 사실주의 예술의 개념에 접근해 보고자한다. 그러나 두 사람의 예술을 비교해 봄에 있어 회화와 문학이라는 본질적으로 서로 다른 표현 수단에 봉착하게 되는데, 여기서는 두 사람의 예술에 나타나는 구조적인, 혹은 테마와 모티프의 비교에 중점을 두는 것이 아니라 두 예술 속에 공통적으로 보일 수 있는 마르크 브란덴부르크 지방의 서정과

---

1) H. Haufe: Fontanes Blechen-Bild. In: FB., Bd. 1, Heft 5 (1967).

두 사람의 예술에서 사실주의를 이루고 있는 구성 요소들을 비교해 가면서 궁극적으로 폰타네의 사실주의의 한 발전단계를 밝혀 보고자 하는데 그 주안점을 두고자 한다.

2. 예술가 환경

폰타네의 조형미술에 대한 지대한 관심은 이미 「마르크 브란덴 부르크 지방의 편력」에서 언급된 역사적 일화와 폰타네의 다른 작품에서 포괄적으로 묘사되어 있는 건축, 조각 그리고 회화에서 보이고 있다. 무엇보다 미술에 대한 그의 견해는 1843년 레펠(Bernhard von Lepel)이 이끌어가던 〈슈프레 강 위의 터널(Tunnel über die Spree)〉 시절로 돌아간다. 이 그룹에서 폰타네는 에그(Egger), 립케(Lübke), 그리고 건축가 쿠그러(F. Kugler)와 화가 멘젤(A. Menzel)과도 친분을 가졌었다. 폰타네의 세 번에 걸친 영국 체류기간(1855~1859) 중 여러 미술전시회에 관한 비평을 썼으며 또한 러스킨(J. Ruskin), 투너(W. Tunner), 그리고 라파엘 전파(Prä-Rafaeliten)의 예술가들과도 사귀게 되었다. 또한 1860년과 1870년대의 베를린 미술 전시회를 관람했는데 이 시기에 습득한 미술지식과 회화와 건축에 대한 역사적 시각은 폰타네의 마르크 부르크 지방의 기행문 연구의 중요한 밑거름이 되었다.[2]

---

2) Vgl. Donald C. Riechel: Th. Fontane and the Fine Arts. In: German Studies Review 7 (1984), S. 42.

폰타네가 처음 브레헨 미술에 대해 언급한 것은 1855년 브레헨 전시회에 관한 보고서가 「마르크 브란덴부르크 지방의 편력」이라는 기행문에 게재되고서부터 였다. 그후 계속 브레헨에 대한 폰타네의 관심은 1881년 국립 미술관 전시회에서 브레헨의 젬노넨 진영(Semnonenlage) 그림에 대해 묘사한 것을 따로 출판하기에 이른다.

카알 브레헨, 그는 1789년 고트부스(Gottbus) 출신의 마르크 지방의 중요한 화가였다. 베를린 아카데미 수업을 위해 드레스덴으로 갔고 그곳에서 노르웨이 화가 크라우젠 달(C. Clausen-Dahl)과 카스파 다비트 프리드리히(Caspar David Friedrich)의 작품들을 접하게 되었다. 쉰켈 (C. F. Schinkel)의 소개로 1824년 베를린 왕립극장의 무대 미술가 직책을 넘겨받았다. 1828년 이탈리아로 여행가서 로마에서부터 나폴리를 거쳐 아말피까지 미술수업 여행을 떠났다. 1831년 베를린 아카데미의 풍경화 담당 교수가 되었고 2년 후는 파리로 여행 갔다. 그러나 굴곡 많았던 인생 행로 때문인지 1841년 정신 착란으로 세상을 떴다. 이상 카알 브레헨의 이력을 간략히 소개했다.

브레헨은 프리드리히(C. D. Friedrich)와의 만남을 통해 낭만주의의, 그리고 사실주의의 영향도 받은 비중 있는 화가였다. 특히 그의 이태리 여행은 귀국 후 독일 외광파의 선구자가 되는 창작 인생에 하나의 전환점을 마련해 주었다. 이외 브레헨의 회화에는 인간의 찰나적인 고통이나 허무, 또는 종교적 귀의 같은 테마들이 객관적이자 사실적인 자연묘사를 배경으로 펼쳐지고 있다.

이제 브레헨의 그림에 나타나는 기본 특성들을 폰타네의 글과 비교해 봄과 동시에 어떻게 폰타네의 사실주의 개념이 19세기 미술을 배경으로 발전하고 있는지를 살펴보기로 한다.

3. 낭만주의와 사실주의 사이에서

1) 역사성과 낭만의 만남

브레헨의 그림에는 환상적인 것과 아울러 확고한 자기 고집이 드러
나는데 예를 들어 색감을 자유롭고 변화 있게 사용하는 것은 그의 시
대의 예술이론과는 독립적인 것이다. 브레헨의 이러한 독자적인 예술
성은 비판받음과 동시에 때로는 그로테스크한—환상적 감각이 숨어
있는 독창적인 것으로 평가받고 있다. 특히 그의 그림에는 낭만적 정
신에 영감 받은 폐허의 모티프가 많이 다루어지는데 중세의 건축물에
서 전통에 토대를 둔 낭만적인 분위기를 많이 본다. 중세의 고딕건축
외에도 폭풍우치는 산야, 혹 겨울밤의 적막감 같은 테마들은 브레헨의
창작에 중요한 역할을 하고 있다.

〈폐허가 된 교회(Kirchenruine, 1834)〉[3]에서 건축의 형태가 자연과 융
합을 이루고 있음을 볼 수 있다: 교회 기둥은 가는 나무들, 궁륭은 숲
속의 닫힌 우듬지 장식과도 비교된다. 건축물이 그 기능을 상실하면
그 잔해는 자연으로 돌아가 자연의 일부가 된다. 물과 이끼의 묘사는
여기서 폐허의 요소로 나타난다. 한 순례자가 불안한 모습으로 잠들어

---

3) 그림 1.

그림 1 : 〈교회의 폐허〉(1834).

있다. 꿈꾸고 있을지도 모르는 그의 잠은 전체 주위 분위기와는 어울리지 않은 것 같으나 하나의 알레고리, 즉 자유로운 환상의 세계가 전개되고 있음을 암시할 수도 있다. 폐허로 변해 버린 장소에서 잠 잘 수 있다는 행위는 시적 세계를 더욱 높이고 있다. 전체적으로 폐허 그림 자체는 시적인 무한성을 내포하고 있으며 그리하여 꿈과 환상을 담은 한 폭의 시가 된다.

브레헨이 이런 방법으로 폐허의 모티프에서 낭만적 감각을 표현하는 것과 마찬가지로 폰타네 글에서도 역사성을 지닌 미술품의 시적 승화를 감지할 수가 있다.

폰타네는 1850년대 역사적인 기념비에 집중적인 관심을 갖고 글로 언급하기 시작했다. 폰타네는 『마르크 브란덴부르크 지방의 편력』에서 기념비들을 접하면서 역사적, 혹은 고색창연한 것에 대한 특별한 관심을 보이고 있다. 게다가 문화재에 대한 묘사에서 대부분 폐허의 장면에서 낭만주의적 시적 세계를 표현하고 있다:

우리는 도착했다: 왼편 성은, 길고, 장식이 없는 단층구조였다 〔……〕, 그리고 그 다른 쪽에는 마을의 고딕 교회가 있다. 거리 건너편에서 이 두 건물은 서로 인사 나누고 있는데, 건물의 외양이나 인상은 그들이 속한 시

대만큼 사뭇 다르다. 옛 것에 대한 시적 감흥이 떠오르다.[4]

폰타네는 오래된 건축물이나 기념비와 만났을 때 서정적 분위기를 느낄 뿐 아니라 동시에 그의 내면에 낭만적 역사적 상상력이 일어난 다. 폰타네에게 있어 낭만적 교회건물에서 역사적 가치가 우선적인 의 미를 지닌다. 『폭풍 전(Vor dem Sturm)』에서 옛 시대에 자연적으로 지 어지고 몇백 년이 지나도 변하지 않는 호엔-비쳐 교회(Hohen-Vitzer Kirche)의 역사성과 아울러 마을 역사도 묘사하고 있음을 다음의 인용 에서 읽을 수 있다:

교회의 외관은 변하지 않았는데, 교회 내부는 반세기의 모든 변화를 견 디어 내었다. 우리 마을 교회는 순전히 우리에게 우리 전 역사의 운반자로 등장하여, 세기가 지나면서 서로 외형을 만들어 가면서, 역사적인 지속성 의 마력을 가지고 자신을 표현하고 있다.[5]

이곳 마을의 생활도 여러 번 역사적으로 기억될 만한 예술품들과 연 결되어 있다. 그의 미술 묘사 속에는 인간적 체험에 대한 관심이 역사 적인 문화재와 직접 접목되어 있다. 폰타네의 역사적 가치에 대한 견 해는 유물 복원정책 대한 그의 비판에서도 나타난다. 폰타네는 조형미 술의 절충주의에 반대하고 진품과 진실을 요구하며 중세 교회의 복구

---

4) Th. Fontane: Wnderungen durch die Mark Brandenburg. Bd. 2. Hrsg. v. H. Nürnberg, München 1977, S. 321.
5) Th. Fontane: Vor dem Sturm. In: Fontane: Werke in 5 Bde., Bd. 2, München 1974, S. 31~32.

그림 2 : 〈젬노넨 진영〉(1828).

에 있어 바로크 예술의 요소가 파괴되고 있는 점을 역설했다.[6]

폰타네의 역사의식은 이리하여 브레헨의 그림 젬노넨 진영의[7] 관찰을 간과하지 않았고, 〈다메에서 젬노넨 진영까지 이르는 뮈겔베르겐 광경〉이라는 제목으로 이 그림을 사실적이자 분위기 충만하게 묘사했다. 브레헨도 그의 그림에서 자연을 거의 실제에 가까운 자연으로 표현해 나가는 가운데 역사적인 삶에 대한 상상력을 일으키고 있었다. 섬세한 감각으로 특징을 잡아내고 단순한 풍경의 묘사를 넘어선 뮈겔베르겐의 전통과 전설에 입각한 역사적인 풍경을 그려냈다.[8]

젬노넨 진영은 1828년 베를린 아카데미 전시회에서 관람할 수 있었는데 실제 역사화는 아니지만 이 그림에서 화가는 처음으로 마르크 브란덴부르크 지방의 선사시대를 역사적인 상상력으로 그려냈고 폰타네

---

6) Vgl. Sonja Wüsten: Zu kunstkritischen Schriften Fontanes. In: FB. (1978), Bd. 4, Heft 3, S. 182.

7) 그림 2.

8) Th. Fontane: Wanderung durch die Mark Brandenburg. Bd. 2, S. 553.

는 다시 이것을 서사적이며 시적인 분위기로 고양시켰다. 이렇게 폰타네와 브레헨은 그들의 예술세계에다 감정적인 효과를 꾀하면서 역사적 의미를 부여했다.

2) 새로운 현실 체험

많은 미술작품 속에 산업사회 내지 공장과 기계에 대한 묘사가 때로는 시대적인 긴장감으로 나타나는 수도 있다. 그러나 폰타네에게서는 공장이나 문명사회에 대한 어떠한 명확한 의견은 들을 수 없다. 일반적으로 문명에 대한 모티프가 일상 가운데 눈에 띄지 않는 요소로 다루어지고 있다. 폰타네『세실(Cécile)』에서 풍경 묘사 가운데 산업 사회의 언급이 은근히 스며들고 있다:

> 젠푼트 호텔의 큰 발콘은 다음날 아침 거의 반도 차지 않았다. 그리고 열두 명 정도의 사람들이 그들 앞에 펼쳐진 풍경그림을 바라보고 있다. 인근 공장의 연기와 연기 기둥은 매혹적인 풍경을 그렇게 많이 상실하지 않는다.[9]

윗글에서 공장 또는 기술세계의 모티프가 폰타네에게 특별한 의미로 다가가지는 않는 것 같다. 폰타네는 이것을 자연과 조화시키며 써내려가고 있다. 『에피 브리스트(Effi Briest)』나 『슈테히린(Stechlin)』에도 철

---

9) Fontane: Cécile. In: Werke in 5 Bde.. Bd. 2, S. 147.

도 모티프가 등장한다. 기차의 철둑 내지 상세히 묘사된 철둑 주변은 어떠한 특별한 아름다움은 없다: 기차는 낯선 물건으로 풍경 속으로 단지 달리고 있을 뿐이다.[10]

『얽힘과 섞임(Irrungen, Wirrungen)』에서 남자 주인공 보토 남작은 공장주변과 소위 제 4계급의 사람들의 생활을 보게 된다. 산책 중 그는 공장에서 일하고 있는 노동자들의 일상적인 삶과 만난다. 보토 남작은 이 광경을 한 폭의 장르화로 받아들이고 있다:

> 그가 생각에 잠긴 동안 말을 이리저리 돌려 들판을 가로질려 큰 건물, 즉 압연공장 내지 기계공장 쪽으로 달렸다. 그곳에서 많은 연기와 불기둥이 공중으로 솟아 오르고 있었다. 점심시간이었고 한 무리의 노동자들이 점심을 먹기 위해 그늘에 앉아 있었다. 점심을 가져온 부인들이 수다떨면서 〔……〕, 서로 웃으며 서 있었다. 〔……〕[11]

여기서 공장이나 산업에 관한 모티프가 변방에 머무는 반면 인간적 행위와 삶에 대한 견해만 묘사하고자 하는 폰타네의 의도를 엿볼 수 있다. 폰타네에게 산업세계는 하나의 장르화 내지 풍경화일 수 있으며, 회화는 아니어도 인간적 상황의 한 단면으로 나타나고 있다. 그래서 이러한 산업세계라는 현실체험은 인간적 진실이 숨어 있는 현실과 관여하고 있다.

---

10) Vgl. R. Brinkmann: Der Angehaltene Moment. In: Jörg Thunecke(Hrsg.): Formen Realistischer Erzählkunst, Nottingham, 1979, S. 367.
11) Fontane: Irrungen Wirrungen. In: Fontane: Werke in 5 Bde., Bd. 2, S. 406~407.

카알 브레헨의 그림에서도 공장 그림이 등장하는데 〈아말피의 골짜기 제분소 (Mühlental bei Amalfi, 1831)〉에서 산업화 되는 새로운 현실을 그려 내는 브레헨의 동시대인 다운 눈을 볼 수 있다. 특

그림 3 : 〈악마의 다리〉(1833).

히 〈악마의 다리 건설(Der Bau der Teufelsbrücke , 1833년경)〉그림에서[12] 낭만적 전설이 첨가된 현대적 분위기를 그려내고 있다. 악마의 다리 건설에서 신축되는 다리가 낮고 오래된 다리와 현저하게 대조를 이룬다. 건축용 발판의 여러 가지 날카롭게 모난 형태들은 그림에서 솟아 오른 도르레(기중기식) 두레박틀 기둥처럼 낯선 구조물들이다. 산 협곡에는 빛과 그림자가 교차하고 있다. 자연력으로서의 강은 하늘을 비추며 하늘을 땅과 묶어주고 있다. 이러한 형식적이자 내용적인 연관성 속에 구식 다리도 하나의 확고한 구성 부분이 된다. 일꾼들은 휴식시간에 땅에 눕거나 앉아 있다.

로이스 강 위의 구식 다리는 전설에 의하면 악마의 작품이라서 악마의 다리로 불린다. 이전 시대의 건축물들은 귀신이 등장할 법한 무서운 산천의 한 부분이었을 것이다. 새로 건축하는 다리는 이미 악마의 것이 아니다.

---

12) 그림 3.

현대사회의 체험은 악마의 다리 건설에서처럼 부분적으로 긴장감 있는 경험이 될 수 있다. 브레헨의 풍경화는 그래서 산천의 풍경과 기술적 환경을 시각적이자 객관적으로 보는 폰타네의 예술과 구별된다.

4. 맺음말

낭만주의가 끝나고 사실주의로 접어드는 길목에서 폰타네와 브레헨은 그들 작품에 역사적인 고색창연함을 입힌 시적 자연 풍경을 묘사함과 동시에 그들의 예술적 감수성으로 변화시킨 현실을 표현했다.

폰타네는 고딕 건축물, 혹은 세밀하게 그려진 풍경화에서 낭만주의적 분위기를 우선적으로 찾았다. 그림 속에 나타나는 동화와 전설의 세계를 폰타네의 문학작품에 등장하는 민요, 저설, 동화와도 비교해 볼 수 있다. 그래서 폰타네의 낭만주의는 또한 폰타네 사실주의 개념의 구성 요소로서 이해될 수가 있다.

그러나 두 예술가를 비교해 볼 때 과연 폰타네의 문학적인 발전이 브레헨의 예술로 인해 구성 면에서 또는 테마 면에서 영향을 받고 있는지는 아직 알려진 바 없다. 다만 생존 시기가 서로 겹쳐지는 비슷한 시대에 활동했으며 거의 같은 삶의 경력, 같은 고향인 마르크 브란덴부르크를 묘사한 두 예술가의 예술에서 낭만주의적이며 사실주의적인 성격, 나아가 도래해 오는 산업사회로부터의 새로운 현실 체험을 그들의 유사한 사고과정에서 각자가 받아들이고 있다. 그들의 예술에 나타나는 그럴 듯한 공통점에도 불구하고 브레헨의 독창성과 강한 주관성이 비치는 확고한 미술 표현은 세상과 인간에 대한 것을 세밀하고 객관적으로 관찰을 하는 폰타네의 작품과는 뚜렷한 차이점이 보인다.

그렇다면 이제 폰타네의 브레헨과의 관계를 해명하기 위한 지금까지의 시도에서 폰타네의 이론적 미술지식이 유일한 물음표로 남게 되는데 프리케(H. Fricke)는 폰타네의 예술관에 대해 언급할 때 미술사적인 관점에서 보았을 때 이론가는 아니라고 피력했다. 폰타네는 미술사적인 지식을 가지고 있다기보다는 또한 브레헨의 미술을 실제로 이해하고 있다기보다는 오히려 예감하고 있는 쪽이라고 보았다.[13]

그렇다면 폰타네가 미술작품을 미술사적 지식과는 거리가 다소 먼 시인의 눈으로 그림을 본다는 사실 그리고 브레헨의 그림에 대한 폰타네의 묘사를 관찰해 볼 때 그는 브레헨의 회화의 구성에 대해 언급하고 있다기보다는 오히려 브레헨 그림이 주는 시적 분위기를 언급하고 있음을 알 수 있다.

폰타네의 기행문과 그의 많은 소설에 이르기까지에서 폰타네가 어떻게 미술에 대한 안목을 가지고 그의 문학적인 내용을 효과적으로 덧칠하고 있으며 그가 사용한 미술 인용이 사회 속의 인간과 인간적 상황을 어떻게 역사성과 더불어 잘 묘사하고 있는지를 느낄 수 있다.

이리하여 궁극적으로는 폰타네의 미술에 대한 조예는 그의 문필가적 실습의 예비 단계로 간주되어질 수 있으며 폰타네 사실주의의 개념을 확장시켜 주는 한 보조 수단으로서 그 기능을 담당하고 있다고 볼 수 있다.

---

13) Vgl. H. Fricke: Th. Fontane als Kunstbetrachter. In: Zeitschrift des Vereins für die Geschichte Berlins, Jg. 1942, S. 88.

■ 참고문헌

1차 문헌

Fontane, Theodor: Cecile. In: Fontane: Werke in 5 Bde. 2. München 1974. S.
　　143~316.

Ders: Irrungen, Wirrungen. In: Fontane: Werke in 5 Bde. Bd. 2, S. 319~477.

Ders: Stine: In: Fontane: Werke in 5 Bde. Bd. 2, S. 481~571.

Ders: Vor dem Sturm. In: Fontane: Werke in 5 Bde. Bd. 1.

Ders: Wanderungen durch die Mark Brandenburg. Bd. 2. Hrsg. v. Helmuth
　　Nürnberg. 2. Aufl. München. 1977.

2차 문헌

Brinkmann, Richard: Der Angehaltene Moment. In: Jörg Thunecke (Hrsg.):
　　Formen Realistischer Erzählkunst, Nottingham. 1979.

Emmrich, Irma: Carl Blechen. Dresden. 1989.

Fischer, Hubertur: Märkische Bilder. Ein Versuch über Fontanes
　　Wanderungen durch die Mark Brandenburg, ihre Bilder und ihre
　　Bildlichkeit. In: FB 60 (1995), Halbjahresschrift (Bd. 11), S.
　　117~143.

Fricke, Hermann: Th. Fontane als Kunstbetrachter. In: Zeitschrift des Vereins
   für die Geschichte Berlins. Jg. 59. 1942, S. 82~89.

Haufe, Heinz: Fontanes Blechen-Bild. FB. Bd. 1. Heft 5 (1967).

Hillebrand, Bruno: Mensch und Raum im Roman. München. 1971.

Reuter, Hans-Heinrich: Realismus und Romantik. In: H. H. Reuter: Fontane.
   2. Bd., München. 1968. S. 538~562.

Riechel, Donald C.: Theodor Fontane and the Fine Arts: A Survey and
   Evaluation. In: German Studies Review 7 (1984). S. 39~64.

Ruthenberg, Vera: Der Maler Carl Blechen zwischen 1828~1833. Stilkritische
   Betrachtung zu den Gemälden des Museums der Stadt Cottbus.

Schuster, Peter-Klaus: Carl Blechen. Zwischen Romantik und Realismus, 1990.

Vogt, Wilhelm: Theodor Fontane und die bildende Kunst. In: Die Sammelung.
   Bd. 4 (1949). S. 154~163.

Wüsten, Sonja: Theodor Fontanes Gedanken zur historischen Architektur und
   bildenden Kunst und sein Verhältnis zu Franz Kugler. In: FB. Bd.
   3. Heft 5, 1975.

Ders: Zu kunstkritischen Schriften Fontanes. In: FB. 1978, Bd. 4, Heft 3. S.
   174~200.

7
로버트 발저의 『야콥 폰 군텐』에 묘사된 낯선 세계상*

들어가는 말 | 발저와 주변 예술가 환경 | 낯선 세상의 묘사 | 나가는 말

1. 들어가는 말

스위스 작가 로버트 발저(Robert Walser)에 대해 종종 언급하기를 '고독한 산보자' 혹은 '홀로 걷는 방랑자'라고 한다. 이것은 혼자서의 산책과 방랑이 주를 이룬 그의 삶의 방식과 그러한 고립된 삶에서 나온 독백의 형식을 갖춘 수많은 산문 작품에서 기인된 것이 아닌가 한다. 발저의 고립된 삶은 재차 그의 작품에 풍자, 자기 독백과 가면화가 서로 교차하는 가운데 드러나지 않게 반영되고 있다. 발표된 천 편이 넘는 산문과 시 속에는 자연과 예술, 가난과 노동, 무위도식과 예술, 사랑과 행복, 또는 예술가의 방랑과 여인들에 관한 이야기 등 다양한 테마들이 밝고도 어두운 색조로, 진지함과 유희가 서로 교대로 다루어지고 있다. 그래서 죄어겔(Soergel)은 발저의 산문을 가리켜 "작가가 그

---

* 이 논문은 독일어문학 제 16집(2001)에 수록되어 있음.

냥 본 대로 떠오른 대로 써 내려간 연상적인 글"이라고 특징지었다.[1]

산문과 시뿐 아니라 1906년부터의 베를린 체류기에 쓴『타너가의 형제자매(Geschwister Tanner)』, 『조수(Der Gehülfe)』 그리고『야콥 폰 군텐(Jakob von Gunten)』, 이 세 편의 소설은 그를 작가로서 본격적인 출발을 도운 대표작이자 주요 데뷔작일 뿐 아니라 발저 연구의 본격적인 연구의 대상이 되고 있다. 발저의 소설 속에 등장하는 인물들의 자유에의 갈구와 한 편으로는 존재하기 위해서 필연적으로 구속되는 삶 사이에 오는 근본적인 모순을 또는 등장인물의 외적 행위를 내면의 현실과 관련시켜 연구 분석하고자 한 논문이 있다.[2]

발저에 관한 관심과 본격적인 연구는 1956년 그의 사 후 70년대부터 본격적으로 쓰여지기 시작한 소논문이나 박사학위 논문 등에서 주목할 만한 수준에 다다르기 시작했다. 로버트 발저에 대한 첫 학위논문을 쓴 저자 그레벤(Greven)은 발저 작품에 나오는 주인공의 삶의 잠재적인 불안을 실존주의 철학의 개념과 연관시켜 파악하고자 했다. 그레벤에게서 작품 속 인물의 존재 여부와 주인공이 문명사회와 적응하는 데 겪는 어려움을 발저 작품 연구의 중심시각으로 보았다.[3]

이렇듯 발저에 관한 연구는 주로 그의 작품에 나타난 주인공의 실존의 문제와 심리학적인 측면에서 다루어져 왔다. 이 때문인지 발저의 작품에 나타나는 발저 자신의 예술관이나 미학적인 감정조차도 심리

---

1) Soergel und Hohoff: Dichtung und Dichter der Zeit von Naturalismus bis zum Gegenwart. Bd. 1, S. 817.
2) Vgl. Dagmar Grenz: Die Romane Robert Walsers, Weltbezug und Wirklichkeitsdarstellung. München, 1974.
3) Vgl. Greven, Jochen: Existenz, Welt und reines Sein im Werk Robert Walsers, 1960.

학과 그의 특이한 작품구성과 연관해서만 파악하려고 하였다.[4] 그러나 드디어 1980년대에 이르러서는 발저 작품을 미술의 유겐트슈틸 양식과 결부시켜 연구한 논문이 있었으며[5] 또한 작품에 나타난 주인공의 통제력 없는 삶의 방식은 미술의 인상주의적인 주제와 평행한다는 연구도 있었다.[6]

위에 언급된 발저와 유겐트슈틸 또는 인상주의에 관한 논문은 본고에 발저의 심미적으로 정선된 시대 감정에 대한 연구의 연장선상에서 『야콥 폰 군텐』을 동시대의 삶의 감정과 결부시켜 해명해 보고자 하는 동기를 부여했다.

『야콥 폰 군텐』은 주인공 야콥이라는 소년을 통해 본 학교생활이 이야기되고 있다. '일기장'이라는 부제를 단 이 소설은 야콥이라 불리는 소년이 벤야멘타 연구소에 입학하였으나 그가 생각하기를 이 학교에서는 거의 무엇인가를 배우지 않고 있다는 내용이 마치 꿈의 이야기인지 실제의 이야기인지 구분이 안 되게 모호하게 이야기되고 있다. 외부적으로는 일상적인 학교생활이 소재인 듯하지만 비현실적이고 피상적인 교육을 행하는 학교의 모습과 그 기이한 환경에서 교육받는 소년

---

4) 다른 관점에서는 발저 작품의 특이한 구성과 언어를 1929년 정신분열증으로 진단된 발저의 병과 연관시켜 연구해 보려는 움직임도 있었다. 혹 발저의 작품에 나타난 존재에 대한 문제에 덧붙여 심리적인 문제를 추가한 분석도 시도되었다. 나구이브(Naguib)는 발저의 작품을 모순에 찬 그리고 대립된 작가의 의도적인 작품구성에 대해 언급하였다. 그는 발저의 작품은 어느 특정한 모든 것이 관철된 그리고 다양하게 마지막 세부적인 사항에 이르기까지 의식적으로 작품이 구성되었으나 그럼에도 불구하고 발저의 특히 후기작품에 더 나타나는 병리학적인 특징을 감지할 수 있다고 주장하였다.

5) Vgl. Irma Kellenberger: Der Jugendstil und Robert Walser. Studien zur Wechselbeziehung von Kunstgewerbe und Literatur. Bern, 1981.

6) Vgl. Plester, Michael: Das Bild der Groβstadt in den Dichtungen Robert Walsers, Rainer Maria Rilkes, Stefan Georges und Hugo von Hofmannsthal, 1982.

들의 모습에서 인간 존재의 문제와 주인공의 허탈감이 말해지고 있다.

그러나 이곳의 현실에서는 상상할 수 없는 혼란한 세계에 대한 묘사라든지 대상이나 형태의 부정확한 기술은 이 소설이 20세기 이후의 문학 일반에서 나타나는 낯선, 소외된, 때로는 기이하다는 분위기와 거의 상통하고 있다. 이것은 종래의 문학 일반이 한 개체로서의 인간이 관철할 수 없는, 복잡한 세력에 대항하여 그의 행동의 자유와 도덕적 책임을 지킬 수 있는지에 전념하는 동안 다른 한편으로는 이러한 가능성을 차단한 채 기계화, 이에 따른 인간 실존에 대한 불안과 고뇌 같은 위로 받을 수 없는 위협적인 인간 존재에 대한 문제가 보다 다른 차원에서 제시되고 있기 때문이다.

현대예술의 발전과정을 특징 지우는 꼴라쥐, 몽타쥬, 추상과 전위예술 등을 통해 특히 현대미술에서 현실감이 변형되어서 새로 창안된 작품들은 지금까지의 예술작품에 대한 시각에서 보면 당혹할 만큼의 낯선 분위기가 완연히 연출되고 있다. 현대미술과 아울러 문학에서도 그의 역사적 발전과정에 비추어 보아 형태와 표현이 급격하게 변화하고 있음을 볼 수 있다. 이것은 20세기 이후의 몇몇의 개별적인 작품들이 문학적 호기심으로 시도해 본 것을 넘어서서 문학 일반의 성격과 내용이 미술에서와 마찬가지로, 즉 시간, 공간, 형태, 색, 소리 등의 역동적 전개가 종합적으로 이루어진 현실화가 현대문학을 구성하는 비중 있는 요소로 주목받게 되었기 때문이다.

발저의 『야콥 폰 군텐』에서 주인공이 느끼는 현실감과 거리가 먼 모호한 미지의 세계에 대한 언급 등에서 작가의 예민하고도 정선된 시대감각과 특징들이 그의 작품에 어떻게 접목되어 있는가를 관찰하고자

한다, 이리하여 발저를 심리학적, 병리학적인 측면에서만 다룬 연구를
넘어서서 작가의 동시대 예술에의 이해와 수용이라는 관점에 연구의
초점을 맞추어 보고자 한다.

2. 발저와 주변 예술가 환경

발저의 예술 활동, 그리고 이에 따른 관심과 참여는 1906년부터 형
카알 발저와 함께 한 베를린 체류 시기로 되돌아간다. 그때 그는 이제
모든 문화적인 영역에서 새로운 현대화의 물결을 타고 있던 이 대도시
에서 살길을 모색해야만 했다. 1870년경부터 베를린은 내부적으로나
외부적으로 하나의 전환점을 마련하고 있었다. 제국의 정치적인 변혁
과 경제적인 부흥은 무엇보다 프로이센제국의 대도시답게 인구와 교
통량의 증가를 가져왔다.

문화면에서도 이 도시는 젊은 예술가와 지성인들에게 새로운 활기를
불어넣어 주었다. 그 당시의 베를린은 외국 문물의 영향을 받으면서
프랑스 에밀 졸라(Emile Zola)의 영향으로 자연주의가 절정에 달하고
1900년경에는 빌헬름(Wilhelm) 황제의 치하에서 국가의 이념에 봉사
하는 예술에 반발하여 보다 자유롭고 새로운 유럽의 예술을 추구하고
소개하려는 예술가 모임 '베를린 세쩨씨온(Berliner Sezession)'이 새로
창설되었다. 이렇게 베를린은 명실 공히 세계인의 도시로 새로운 정신
사조가 홍수처럼 밀려오기 시작했다.

발저의 형이자 화가인 카알 발저(Karl Walser)는 이미 1899년부터 이

도시에 거주하면서 많은 문인, 연극인 그리고 화가들과 친분을 맺으면서 그 당시 무대미술과 일러스트레이션에 종사하고 있었던 인정받던 화가였다. 베를린으로 간 발저는 이때 형과 함께 자주 예술가 그룹에 참석하였다. 여기서 발저는 문화 예술의 모든 영역에서의 유명 인사들을 만날 수 있었다. 즉 인상주의의 대표적인 거장 막스 리버만(Max Liebermann), 막스 슬레폭트(Max Slevogt) 또는 연극배우인 틸라 두리외(Tilla Durieux), 무대 감독인 막스 라인하르트(Max Reinhardt) 그리고 동시대의 작가와 출판업자들을 만날 수 있었다. 카알 발저는 그의 동생이 쓴 책의 출판과 책 표지 그림을 만들어 주며 도왔다.

형의 주선으로 발저는 출판업자 부루노 카시르와 사무엘 피셔를 소개받았다. 카시르는 로버트 발저에게 소설 쓰기를 권하였고 이에 출간된 책이 『타너가의 형제 자매(Geschwister Tanner)』, 『조수(Der Gehülfe)』, 『야콥 폰 군텐(Jacob von Gunten)』이었다. 막스 리버만의 주선으로 1907년 잠시 발저는 베를린 제쎄찌온에서 비서로 일하기도 하면서 이곳에 전시되는 프랑스 화가 고호(Gogh), 뭉크(Munch), 그리고 르노와르(Renoirs)의 인상주의 그림뿐 아니라 에른스트 바라흐(Ernst Barlach, 1870~1938), 막스 베크만(Max Beckmann, 1884~1950)과 후고 하버만(Hugo Habermann, 1849~1929) 등 독일 현대 화가들의 작품을 접할 기회도 가지며 회화에 대한 이해와 관심을 넓혀 갔다.

카알 발저의 결혼 후 발저는 형으로부터는 독립하게 되었으나 주변 사람들과의 관계에 있어 무관심과 특히 그의 소설의 특이한 문체 등은 독자층에서뿐 아니라 같은 예술가 단체에서도 소외되는 결과를 빚었다. 형의 도움 없이 발저 혼자서 그가 속한 사회에서 끊임없이 새로운 예술인들을 만나 나간다는 것이 어려웠다. 출판된 그의 세 개의 소설도 성공을 거두지는 못했다. 조소와 공격적인 비난으로 다른 예술가들과 대치되어 출판계조차도 그에게 등을 돌리고, 그 당시 예술가로서 성공하고 있던 형 카알 발저와의 사이도 소원해졌다. 결국 이 대도시 베를린은 그에게 많은 예술가와 예술가 환경을 접할 수 있는 그 생애의 어느 때보다 적절한 기회였기도 했지만, 한편으로는 이 대도시에서 예술가로서의 좌절을 경험해야만 했다. 이제 베를린은 그에게 이러한 두 가지 의미를 남긴 채 두려움에 질린 전쟁터로 변했다.

결국 발저는 아무런 연고도 없는 고향인 스위스 빌(Biel)로 되돌아가 1920년까지 홀로 머물다 1921년 베른으로 가 1928년까지 살면서 그저 무언가를 쓰고 산책하는 일 이외에는 아무런 일도 하지 않았다. 세상과 주변 사람들과의 접촉은 끊은 채 후버(Huber), 라서(Rascher) 쿠르트 볼프(Kurt Wolff) 출판사에서 출판의 기회를 찾으면서 그의 존재에 대한 이야기를 쓰고 있었다. 이때 산문집 『산책(Spaziergang)』에서 자연 속에서 오로지 혼자 산책만을 일삼는 그의 외로운 삶이 어떻게 형성되어 가고 있는가가 특이한 문체로 서술되고 있다.

3. 낯선 세상의 묘사

발저의 현실 기피, 그리고 주변 사람들과의 단절된 삶 등은 그의 작품 속에서도 특이한 문체의 나열 또는 내용에도 반영되어 있다. 그곳에는 또한 낯선 세계상이 그려지기도 한다. 그의 글을 읽을 때 종종 놀

랍고 낯선 장소의 개념을 접할 때가 있다. 특히『야콥 폰 군텐』에서 연출되는 공간은 우리의 상상력을 넘어서서 확정되어 있지 못하거나 불분명하게 제시된다. 게다가 주인공의 꿈속에서까지 이질적인 물질의 나열로 비합리적인 세계의 그림이 제시되고 있다. 이러한 것들은 비단 발저의 소설에서뿐 아니라 현대 조형미술이 표현한 이미지이기도 하다. 이런 점에서 발저의 작품과 현대 전이예술에서 파생된 모티프와 시대의 예술 감각들이 어떻게 그의 작품에 구성되어 있는지를 관찰해 볼 수 있다.

1) 현실과 비현실의 교차점으로서 학교

『야콥 폰 군텐』은 야콥이라 불리는 한 소년의 학교생활에 관한 이야기이다. 일상과 꿈에서의 장면이 서로 뒤섞여 있는, 즉 익숙하지 않은 공간이 주로 묘사된다. 그래서 야콥의 눈에 비친 학교생활이 보고되는 중에 끊임없이 "수수께끼 같은(Rätsel)", "이상한(merkwürdig)" 또는 "비밀스러운(geheimnisvoll)" 등의 낱말이 반복되고 있다.[7]

이렇게 반복되는 단어들은 마치 독자로 하여금 소설을 읽을 때 그 이상한 장소를 추적해 보고 싶은 마음까지 들게 한다. 그러나 실제로는 전혀 존재하지 않는 세계가 야콥의 마음에서부터 먼저 만들어지고 있는 셈이다.

야콥 폰 군텐은 주 의회의원의 16세 된 아들로 부모 몰래 집을 뛰쳐

---

7) Werke: Jakob von Gunten, in: Sämtliche Werke in Einzelausgaben. S. 12, 34 und 45.

나와 하인 양성학교인 "벤야멘타 연구소"에 입학하였다. 이 학교에 등록하자마자 야콥은 방 분배와 연구소 소장이자 특이한 벤야멘타 교장 선생님 외 다른 선생님들에게 실망하였다. 야콥은 그의 일기장 시작부터 학교라는 곳은 제대로 잘 배울 수 없는 수수께끼처럼 기이한 곳이다라고 보고하고 있다. 실제로 이곳에서의 단순하고 반복적인 학습은 그를 지루하게 했다. 암기학습 이외에는 아무런 다른 숙제가 없었다. 이런 상황에서 소년은 자신을 위안하기 위해서 아마도 이 모든 허실과 기이한 것 뒷면에 무엇인가 비밀스러운 것이 있으리라고 생각하기 시작했다.

학교의 생도들은 정말 자유롭지가 못했다. 야콥의 보고에 따르면 이곳에 일곱 명의 생도들이 있었다. 몇 명되지 않는 학생들은 엄격한 학교 규율에 의해 평소의 행동에 제지를 받았다. 수업 도중에 그들은 움직여서는 안 된다. 학생들은 얼굴 근육 조절 연습을 매일 해야만 했다: 눈은 생각에 잠긴 채 허공을 바라다봐야 할 것이며 귀는 항상 쫑긋 세우고 있어야 하며 입술은 다문 채 꽉 깨물고 있어야 한다는 등, 이러한 신체의 속박으로 어린 학생들의 자연스러운 성장은 방해될 것이다. 쉬는 시간에도 학생들은 몸과 정신을 이완시켜서는 안 되며 소극적인 자세를 취해야만 했다: 말할 때는 소곤거려야 하고 소리 내어 놀면 안 되었다. 모든 학생들은 이 지루함을 떨쳐 버리기 위해 그들 나름대로 방도를 찾아보지만 놀 공간이 없었다:

우리는 입술을 꽉 물고 움직이지 않는다. 우리들 머리 위로는 늘 짜증스런 규정들이 떠 다닌다.

Wir pressen die Lippen fest und sind unbeweglich. über unseren Köpfen schweben immer die mürrischen Vorschriften.[8]

이러한 구속에도 불구하고 이 학교는 앞으로 사회가 요구하는 인생을 준비하기에 적합한 교육기관으로 외부적으로는 정상적으로 보여야만 했다.

벤야멘타 학교는 폭넓은 인생의 화려한 방과 거실로 향하는 대기실이다. 여기서 존경심을 배우고 무언가를 위로 봐야만 하는 각 사람들이 하는 것처럼 하게 된다.

Die Schule Benjamenta ist das Vorzimmer zu den Wohnräume und Prunksälen des ausgedehnten Lebens. Hier lernen wir Respektempfinden und so tun, wie diejenigen tun müssen, die an irgendetwas emporzublicken haben.[9]

그의 동기들이 하인 양성 학교의 교육에 순종하는 것과는 달리 야콥은 아웃 사이더처럼 학교라는 단체에서 변두리에 서 있었다. 야콥은 꼭두각시 인형 같은 그의 동급생 샤카트(Schacht), 크라우스(Kraus), 페터(Peter), 푹스(Fuchs)를 관찰하면서 그들 모두 묘하고 멍청한 놈들이라고 생각했다. 그는 혼자 거리를 헤매거나 공원을 산책하였다. 혼

---

8) Ebenda, S. 71.
9) Ebenda, S. 64~65.

자 헤매다 몰래 학교로 되돌아왔다.

야콥은 학교생활이 몹시 지루한데도 간단히 학교를 떠날 수가 없었다. 야콥이 학교생활에 만족스럽지 못하면 못 할수록 이 학교에 대한 호기심은 이상하게 커져 갔다. 그를 계속 흔드는 이 호기심이 다음과 같은 그의 생각에 나타나고 있다:

아마 아무것도 특별한 것은 없는 것인가?

아, 아니. 나는 알아, 여기 어딘가에 놀라운 것이 있어.

Vielleicht gar nichts Besonders?

O doch, doch. Ich weiβ es, es gibt hier irgendwo wunderbare Dinge.[10]

야콥은 그의 동기들과 벤야멘타 교장 선생님, 그리고 교장의 누이이자 유일한 여선생인 벤야멘타 양을 관찰하면서 몹시 지루한 학교생활과 그에게 끊임없이 충동질하는 비밀에 가득 찬 수수께끼 같은 것을 풀어나가는 기분 가운데 있었다. 그의 소년다운 호기심은 그 혼자만이 이 기묘한 흔적을 찾아가는 모험을 하고 있다고 그를 흥분시켰다. 이제 그는 여기 더 머물고자 했고 무엇인가를 기대하기 시작했다. 그의 호기심과 흥분은 계속 커져 갔다:

---

10) Ebenda. S. 20.

아마 오래 걸리지 않아. 결국 벤야멘타 집안의 비밀 속으로 들어가는 일을 해낸다고 생각해. 비밀들이란 견디기 어려운 하나의 마술을 예견하게 해. 이들에게서 이루 말할 수 없는 아름다운 향기가 나고 있어. 누가 알아, 누가 알아, 아 ―

Nun, es wird noch lange dauern, aber ich glaube, ich bringe es fertig, in das Geheimnis der Benjamenta endlich noch einzudringen. Geheimnisse lassen einen unerträglichen Zauber vorausahnen, sie durften nach etwas ganz, ganz unsäglich Schönem. Wer weiβ, wer weiβ. Ah ― [11]

이미 언급한 대로 야콥은 이 학교에 입학하면서부터 이곳을 정상적인 교육기관으로 여기지 않고 거의 사기기관으로 생각했다. 그러나 무언가 이상한 일이 벌어질 것 같은 곳이라는 야콥의 환상과는 달리 벤야멘타 연구소는 그 나름대로의 전통이 있었다. 학교의 역사와 지금까지의 현황과 활동들이 벽에 걸린 사진에서 나타나고 있었다. 야콥의 추측과는 다르게 학교는 오래 전부터 실제로 존재하고 있던 곳이었다:

벤야멘타 연구소는 많은 호평과 인기를 누려온 것처럼 보인다. 우리들 교실의 네 개의 벽중 한 곳에 한 커다란 사진이 걸려 있는데, 그기에 많은 선배 소년들의 사진들을 볼 수 있었다.

---

11) Ebenda, S. 45.

Es scheint, daß das Institut Benjamenta mehr Ruf und
Zuspruch genossen hat. An einer der vier Wände unseres
Schulzimmers hängt eine große Photographie, auf der man die
Abbildungen einer ganzen Anzahl Knaben eines früheren
Schuljahrganges sehen kann.[12]

벽의 사진들은 이 학교의 전통과 실제성을 증명해 주고 있다. 그럼에
도 불구하고 야콥은 끊임없이 이 학교에서의 기묘한 일들을 생각해 보
고 있었다. 학교가 수수께끼 같은 존재라는 그의 과장된 생각과는 다
르게 사진에 나타나는 바로는 이 학교는 전통과 그 나름대로의 자부심
을 가지고 있었다. 그럼에도 불구하고 야콥에게 늘 기이하게만 비쳐졌
다: "기이한 것이든 아니든 어쨌든 무언가 있기는 있어."[13] 이 연구소
의 정체에 대해 끊임없는 회의적인 생각은 동시에 안채에 있는 방에
대한 호기심으로 직결되었다. 이 안채에 이상한 교장 벤야멘타씨와 그
의 누이동생 리자 벤야멘타가 살고 있다는 걸 야콥은 알고 있다.
　벤야멘타 양은 학생들에게 추앙받고 있는 여선생님이다. 야콥도 이
선생님에게 가까이 가고 싶어 했다. 선생님과 친해지고 싶으면 싶을수
록 선생님이 기거하는 안채에 대한 호기심도 커져 갔다. 벤야멘타 오
누이에 대한 관심과 푹 파묻혀 있는 안채는 이 기이한 학교에 대한 호
기심만큼이나 야콥에게는 특별한 것으로 나타났다:

---

12) Ebenda, 34.
13) Ebnenda.

저 집의 저 안쪽에서 그들은 항상 무엇을 하고 있을까? 무슨 일에 종사하고 있을까? 그 사람들은 가난할까? 그곳에 방이 있다. 오늘까지 나는 저곳에 한 번도 가 본 적이 없었다.

Was tun sie drinnen in der Wohnung immer? Womit sind sie beschäftigt? Sind sie arm? Sind Benjamenta arm? Es gibt hier "innere Gemächer". Ich bin bis heute noch nie dort gewesen.[14]

야콥은 그의 동급생 크라우스에게 벤야멘타 오누이와 안채에 대해 물어 봤으나 대답이 없었다. 안채에 대한 비밀스러운 알 수 없는 세계에 대한 그의 환상은 꿈에서까지 나타났다. 꿈속에서 야콥은 벤야멘타 양에 이끌려 낯선 세계로 가고 있었다. 선생님은 야콥이 보는 앞에서 흰 지팡이로 마술을 부리며 그를 여러 상징적인 장소로 이끌었다: 지하실 방을 통과하여 담을 넘고 얼음과 유리판의 궤도를 따라 드디어 한 방에 이르렀는데 이 방에는 온갖 음탕한 장면들과 그림들로 도배가 되어 있었다. 야콥은 이 방이 안채에 있는 방이라고 단정지었다. 그는 꿈에서 깨어났다. 드디어 그는 이 안채에 갈 수 있는 기회가 닿았다. 야곱이 기대한 것과는 달리 이 방에는 별로 특별한 것이 없었다. 간소한 가구 몇 개가 있는 두 개의 평범한 방이었다. 야콥의 놀라움은 컸다. 그의 긴장과 기대가 그렇게 순식간에 무너짐을 믿을 수가 없었다. 방 안에는 현실과 일상을 증명하기라도 하듯이 어항에 금붕어들이 헤

---

14) Ebenda, S. 20.

엄치고 있었다:

무엇보다도 금붕어들이 있는데, 크라우스와 나는 그 속에서 물고기들이 헤엄치고 사는 어항을 규칙적으로 비우고, 청소하고 그리고는 새 물을 채워야 한다. 그러나 이것이 그 어떤 마술 같은 것에서 멀어진 것일까?

Es sind allerdings Goldfische da, und Kraus und ich müssen das Bassin, in welchem diese Tiere schwimmen und leben, regelmäβig entleeren, säubern und mit frischem Wasser auffüllen. Ist das aber etwas nur entfernt Zauberhaftes?[15]

이렇게 야콥에게 꿈 같은 비현실적인 학교와 소위 벤야멘타의 비밀스러운 건물 내부의 방, 학교 복도의 사진과 방의 금붕어 어항 등 일상적인 것들을 봄으로 학교가 마술 같다는 생각에서 풀려났다. 야콥의 환상적인 세계가 사실적인 것들의 증명으로 사라지게 되었다. 소설 전체에 이와 같은 사실적이면서도 기이한 보고가 끊임없이 서로 뒤섞여 있거나 또는 교대로 묘사되고 있었다.

여선생님 벤야멘타 양이 죽은 후에는 더 이상 새로운 학생은 입학하지 않았다. 야콥의 동기들은 이제 그들에게 맞는 일자리, 하인자리를 찾아서 학교를 떠났다. 야콥은 이제 이 곳에 남아 있는 유일한 학생이었다. 벤야멘타 씨는 학교 경영을 포기하고 현대 문명이 지배하지 않

---

15) Ebenda, S. 102.

는 그 어떤 곳으로 떠나고자 했다. 이 학교에 무언가 비밀스러운 것이 존재할 것이라는 야콥이 원래 품은 생각은 잇달아 나타나는 현실적인 생활, 예를 들면 소년들의 취직이나 여선생님의 시신을 지킨 것 등을 통하여 다만 환상에 불과하다는 것이 증명된 셈이다.

이런 상황에도 야콥은 늘 이곳 어딘가 비현실적인 세계가 존재하리라고 믿는다. 그는 마치 확실하지 않은 바닥에 서서 꿈꾸는 듯한 어지러움을 느꼈다. 한 공간의 다른 차원에서 붕 떠다니는 듯한 기분을 다음과 같이 보고하였다:

여기서는 모든 것이 부드럽고, 그리고 단단한 바닥에 서 있는 것 같지 않고 공기 중에 서 있는 것 같다.

Es ist hier alles so zart, und man steht wie in der bloβen Luft, nicht wie auf festem Boden.[16]

이와 같이 야콥이 품은 학교에 대한 현실감과 꿈 같은 장면들은 소설 전체에 넓게 산재되어 이야기되고 있다. 현실적인 실제 상황과 야콥이 품고 있는 기이한 학교생활이 서로 교대로 묘사되고 있음을 분명히 읽을 수 있었다. 공간의 이러한 중복적인 묘사는 독자로 하여금 이곳에 무엇인가가 일어날 것이라는 기대감으로 긴장시킨다. 학교생활에 관한 수수께끼 같은 표현으로 아주 구체적인 장소인데도 불구하고 장소

---

16) Ebenda, S. 126.

의 개념이 이와 같이 모호해지고 있다.

이런 현실과 비현실이라는, 즉 사실적인 것과 비합리적인 공간이 서로 교대되는 묘사는 이제 야콥의 꿈속에서 이 이중의 장소 개념이 시간과 공간의 경계가 없이 더욱 다양하게 전개되고 있다.

2) 꿈의 장면

소설의 마지막 장면은 여선생님 벤야멘타 양이 죽고 모든 학생들이 일자리를 찾아 학교를 떠났을 때 야콥과 벤야멘타 교장 선생님만이 학교에 남게 되었다. 벤야멘타 씨는 아주 사교적인 사람으로 변신하여 야콥에게 계속 그의 곁에 남아 주기를 원했다. 그날 밤 야콥은 꿈을 꾸었다. 꿈에 그는 벤야멘타 선생님과 돌아가신 여선생님을 보았다. 꿈은 다시 변하여 곧 새로운 장면으로 바뀌었다: 이번에는 벤야멘타 선생은 기사가 되어 있고 야콥은 그의 종자로 두 사람은 황무지에 있었다. 벤야멘타 씨는 인도에 가고 싶어했다. 그들은 사막을 이리 저리 헤매다 주민들과 상인들을 만나기도 했다.

꿈속에서 시간이란 것은 아예 없었다. 사막에 있는 동안 의식이 무감각하게 흐릿해졌다. "나는 아주 저 멀리서 손짓하는 오랜, 그러나 견디기 어려운 10여 년간의 시간을 경험했다. 하지만 이것은 독특한 경험이었다. 몇 주 동안 나는 작고 빛나는 작은 돌 같은 것을 보고 있었다."[17]

---

17) Walser: Jakob von Gunten, in: Sämtliche Werke in Einzelausgaben, S. 163.

무엇보다도 꿈속 장면은 빨리 변하였다. 야콥은 그의 꿈을 마치 돌아가고 있는 마차에 비유하였다: "지구가 움직이고 있는 그 와중에서도 그 어떤 이해할 수 없는 부드럽고도 연한 기분이었다."[18]

여기서 주목해 보아야 할 것은 야콥의 꿈의 장면이 변하는 순간마다 따라서 변하는 사건의 구체적인 과정이 없다는 점이다. 오로지 바다, 새 한 마리, 또는 그 밖의 다른 동물들 같은 대상들이 보이고 있다:

> 내게는 행진하는 것처럼, 아니 오히려, 땅들이 날아가는 것 같았다. 바다는 하나의 푸르게 젖은 사고의 세계처럼 광대하게 밀려든다. 곧 새들이 지저귀고, 짐승들이 울부짖고, 나무들이 내 위로 쉬쉬거리는 소리를 들었다.

> Ja, mir war es, als marschierten, nein eher, als flögen die Länder. Das Meer zog sich majestätisch dahin wie eine groβe blaue nasse Welt von Gedanken. Bald hörte ich Vögel schwirren, bald Tiere brüllen, bald Bäume über mir rauschen.[19]

윗글에서 사막이 묘사되다가 갑자기 바다가 출현하는 장면은 납득하기 어렵다. 그리고 바다에서 그들의 보금자리를 틀 것 같지 않을 새와 동물들이 나온다. 그리고 다시 사막이나 바다에서 자라기는 익숙하지 않은 나무들이 등장한다. 이런 방법으로 바다의 장면은 변화하는 어떠한 중간과정의 묘사도 없이 재빨리 사막이 된다. 동시에 야콥과 벤야

---

18) Ebenda.
19) Ebenda.

멘타 선생이 갑자기 강을 건너고 있다. 한 장면이 어떻게 다른 장면으로 옮겨가는지 전혀 서술되고 있지 않다. 장소의 분명한 확정이나 한계가 없이 모든 것이 동시에 겹치면서 나타나기 때문에 꿈속에서는 시간과 장소의 개념이 서로 뒤섞여 있다고밖에 볼 수 없다. 이렇게 묘사된 장소는 단순히 환상적인 세계라고 보기는 어려운 거의 혼돈에 가까운, 다른 말로 혼란스러운 세계가 생성되고 있다. 불합리한 사물과 기이한 것들로 생성되는 야콥의 꿈속 장면을 다른 한편에서는 현실과 비현실 그리고 의식과 무의식의 경계가 모호한 초현실주의적인 예술세계와 비교해 볼 수가 있다.

초현실주의적인 개념을 띤 환상적인 세계가 『야콥 폰 군텐』에서 펼쳐지고 있는 것이다. 야콥의 꿈에서처럼 이질적인 대상이 열거되어 이루어진 세상의 한 장면을 〈나날의 압제(Tägliche Drangsale)〉라는 그림에서도 볼 수 있다. 이 그림에서 산천이 결코 자연스럽게 묘사되고 있지는 않다. 바로 파울 크레(Paul Klee)와 요하네스 이텐(Johannes Itten)에 사사받은 바 있는 리하르트 욀쩨(Rochard Oelze, 1900~1980)가 환각적인 풍경묘사의 파노라마를 곁들인 이런 풍의 그림을 그리고 있다.[20]

그가 그린 자연 풍경은 이상한 창조물들로 가득 채워져 있다. 〈나날의 압제〉에서 식물, 동물과 인간의 형상들이 잡종처럼 서로 엉키어 있다. 들고양이, 여우, 오소리나 담비 같은 형태를 그림에서 볼 수 있다. 이들은 상상할 수 없는 그 이전의 시대부터 이미 존재해 온 생물들처럼 물과 지면에서 함께 자라나면서 끊임없이 식물, 혹은 동물의 형태

---

20) 그림 1. Tägliche Drangsale, 1934.

그림 1 : R. 욀째, 〈나날의 압제〉(1934).

로 변형하고 있었다. 그림의 중앙에는 변형중인 물체 덩어리가 계속 뻗어 나가면서 어느 정도 여자의 형태로 보이는 나뭇가지 모양으로 자라나고 있었다. 그 꼭대기에는 새의 실루엣이 나타나는데, 이것은 전체 나무, 즉 여인의 모습에 맞는 모자이거나 머리카락일 수가 있다. 오른쪽에는 자라나는 나무둥지를 끊임없이 밀고 있는 것처럼 보이는 한 남자의 얼굴 내지 마스크 같은 것

이 보인다. 하늘가에는 어두운 푸른빛의 천이 펼쳐져 있고 그 앞에는 새 같은 것이 날고 있었다. 저 멀리 보이는 넓은 띠의 물줄기는 뒷배경으로서 바다처럼 나타나고 있다. 해안가 너머 더 멀리에는 도시의 배경이 흐릿하게 보이고 있다.

주제를 "부자유스러운 본능"이라고 달 수 있는 이 그림에서 고도의 섬세한 묘사와 환상적인 분위기가 동물과 풍경의 소재와 더불어 상징적으로 그려져 있다. 욀째의 그림에서 서로 복합적으로 쌓여 이질적인 것들이 엉켜 녹는 대상들이 표현된 환각적인 풍경이 서로 어울리지 않는 대상들이 끝없이 밀어닥치며 펼쳐지는 야콥의 꿈속 장면과도 비교될 수 있다. 욀째의 그림과 야콥이 꿈꾼 세계가 테마 면에서는 본질적으로 다른 것이라고 하더라도 풍경화라는 배경을 깔고, 거기에 낯선

194

물체들의 열거, 또는 혼합된 표현들은 오히려 작품의 상징성을 영감 있게 창출해내고 있다. 이런 방법으로 윌쩨의 그림과 야콥의 꿈의 장면에서 소재와 표현 방법상의 그리고 작품에 드러난 시적 상징성에서 공통점을 비교해 볼 수 있음이 결코 과장된 시도만은 아니라고 본다.

그러나 윌쩨의 작품에는 나날의 두려움 내지 성적인 두려움이 비유로 묘사되는 것 같은 데 비해 야콥이 꾼 꿈의 세계는 그가 무의식적으로 소망하던 세계의 그림으로 풀이될 수도 있다. 왜냐하면 야콥이 꿈에서 깨어났을 때 그는 곧 교장 선생님과 함께 황무지로 여행할 것을 결심했다. 그렇다면 지금 그의 꿈은 일상에 대한 문제의 해답 내지 해결이 될 뿐만 아니라 그의 행동을 실현키 위한 예비 행위일 수도 있다. 야콥의 꿈은 결국 그의 이념을 성취시키도록 이끄는 역할을 하고 있다. 꿈과 더불어 야콥의 상상력은 곧바로 행동으로 옮겨졌다.

찜머만(Zimmermann)은 "『야콥 폰 군텐』에서 주인공의 소원들이 꿈 속에서 유쾌하게 연출되고 있다(die Wünsche des Protaginisten in 'Jacob von Gunten' in seinam Traum euphorisch aufgeführt werden)"[21]고 보았다. 야콥의 꿈은 꿈으로만 끝난 것이 아니다. 꿈에서 깨어나자마자 그의 실제 행동의 방향을 정하였다. 이것은 아직도 야콥이 그의 일상적인 생활을 떠날 수 없음을 의미하는 것이기도 하였다. 이런 의미에서 야콥은 "결국 생각을 가지고 삶을 떠나(mit dem Gedanken Leben weg)"[22] 황무지로 행진하려고 결심했다. 이런 맥락에서 보면 야콥의 꿈에 비친

---

21) Zimmermann: Der babylonische Dolmetzer. Zu Franz Kafka und Robert Walser, S. 167.
22) Ebenda. S. 165.

바다는 생각 또는 사고의 세계가 밀려들고 있는 상징처럼 나타난다.

다시 윌쩨의 그림으로 돌아가 그림에서 비추어진 물(뒷배경에 나타난 강 내지 바다)도 분명한 사고의 세계에 대한 비유일 수 있다. 그러나 윌쩨가 그린 회화의 세계는 거의 병적으로 지나치게 환상적인 것으로 야콥이 사고라는 젖은 세상을 바라보는 꿈과는 대조적이다.[23)]

그러나 야콥의 꿈 이야기에서 부분적으로는 불합리한 혹은 서로 결합할 수 없는 사물이 서로 엉켜 표현되는 초현실적인 세계를 그린 초현실주의적 성향과 환상이 나타나고 있다는 점에서 서로 상통하고 있다.

3) 도시의 인상

현대 도시의 모습은 무엇보다도 인간과 산업 또는 교통이 서로 밀접하게 밀어붙여 압박하며 존속하고 있는 모습이다. 인간들은 상대적으로 도시라는 거대한 덩어리 속에 고립되어 있음을 체험함과 동시에 어떻게 서서히 자연과 그 주변 환경이 파괴되고 있는가를 경험하고 있다. 이러한 것을 통해 각 개체는 기이하게 변해 가는 도시 환경에서 내면의 부조화를 나타내고 있다. 대도시의 움직임과 밀어붙임, 압박 등이 총체적인 대도회의 묘사에서 집합적인 인상을 느낄 수 있다.

나는 자주 외출하여 거리로 나간다. 그리고 그때에는 나는 아주 야성적

---

23) Vgl. Damisch-Wiehagen: Richard Oelze. S. 48.

196

으로 멋진 동화 속에서 살고 있다고 생각한다. 밀림과 누름, 그리고 딸랑거리는 후두둑 거리는 소리가 있다. 고함 소리, 발 동동 구르는 소리, 윙윙거림 그리고 이 모든 소리가 합쳐진 소리들이 있다. 그리고 모든 것이 그토록 비좁게 밀집되어 있다.

Oft gehe ich aus, auf die Straβe, und da meine ich, in einem ganz wild anmutenden Märchen zu leben. Welch ein Geschiebe und Gedränge, welch ein Rasseln und Prasseln. welch ein Geschrei, Gestampf, Gesurr und Gesumme. Und alles so eng zusammengepfercht.[24]

한 도시 속에서의 움직임과 사건들은 관찰자에게 한번에 홍수처럼 밀려 닥친다. 한꺼번에 다가오는 장면들 ― 기후의 변화, 자동차와 마차의 소음, 사람들의 밀접한 군집 ― 동시다발적인 청음과 시각이 동시에 표현되고 있다. 그럼에도 불구하고 움직임과 소음들이 마치 확대경을 통해 한 장면을 널리 모아 보는 듯이 세밀하게 그려진다.

때로는 발저가 포착해 본 순간은 마치 카메라 초점이 찌그러져 나타난 이미지인 양 기이하고 낯설게 재현되기도 한다. 활기차게 움직이는 거리 장면에서 인간은 여기서 더 이상 개체가 아닌 하나의 덩어리처럼 서술자에게 비친다. 마차와 버스는 기이하고도 이상하게 곤충의 모양으로 또는 탑 모양 또는 상자 모양으로 변형되어 묘사된다. 이와 같은

---

24) Walser: Jakob von Gunten, in: Sämtliche Werke in Einzelausgaben, S. 37.

도시의 장면은 서술자의 환상으로 왜곡된 듯 묘사되어 있다:

전기철로의 전차들이 사람들로 엉켜 부풀은 상자처럼 보인다. 옴니버스
는 커다랗고 기형적인 풍뎅이처럼 비틀거리며 통과하고 있다. 그리고 저기
전차들이 달리고 있는 조망탑 같다.

Die Wagen der elektrischen Trambahn sehen wie
figurenvollgefropfte Schachteln aus. Die Omnibusse humpeln wie
groβe, ungeschlachte Käfer vorüber. Dann sind Wagen da, die wie
fahrende Aussichtstürme aussehen.[25)]

함께 밀어닥치고 뒤섞여 있는 도시의 분위기는 게오르그 그로스
(Georg Grosz, 1893~1959)의 회화 일반에서도 느낄 수 있다.[26)] 그의 그
림에서 인간들은 찌그러진, 그리고 만화 같은 얼굴이 날카로운 선으로
묘사되어 있다. 그로스의 전율스럽고도 다급한 그림의 분위기는 그러
나 냉소가 서슴없이 펼쳐지는 발저의 묘사와는 근본적으로는 차이가
있다. 그로스가 그린 대도시의 그림은 발저의 묘사보다 더 진지하고
날카롭다. 그의 그림에서 마치 인간들은 한 종말론적인 세계 속에서
둥 떠다니고 있다. 그들은 서로 서로 부딪히고 밀치며 아주 좁은 공간
속에서 꼼짝하지 못한 채 하나의 집합체를 이루고 있다. 이렇게 인간
의 모습은 기이하게 표현되어지고 있다. 이들이 묘사한 공간이 극히

---

25) Ebenda.
26) 그림 2. "The City", 1916/17.

그림 2 : G. 그로스, 〈도시〉(1916/17).

비좁다는 점에서는 그로스와 발저의 도시에 대한 묘사는 일치하고 있
다. 두 사람에게서 인간은 그들이 스스로 이룩한 현대문명 세계에 간
히고 체포되어 운명처럼 그리고 우스꽝스럽게 비치고 있는 것이다. 이
런 대도시에서의 존속하는 인간의 절망적인 모습을 비단 발저와 그로
스만이 느낀 것은 아니다. 동시대인의 예술가들이 동일하게 인간 존재
의 회의적인 모습을 그리고 있다.[27]

요헨 그레벤은 "발저에게는 표현주의 테마를 선취함에 있어 자유와
억압이라는 근본적인 존재의 대립을 순수한 현세로 운반하는 새로운
인간이 문제가 되고 있다(es geht ihm in einer Vorwegnahme der

---

27) Vgl. Ernst Barlach: "Das Elend dieser Erde für ihn nur Zerbild einer vollkmmener
    Welt, in der Gott und Mensch, Schöpfer und Geschaffener ein unteilbares
    Ganzesbilden." In: Wilhelm Duwe: Die Kunst und ihr Anti von Dada bis heute.
    Berlin, 1967, S. 86.

expressionistische Thematik um den neuen Menschen, der die grundsätzlichen existentiellen Gegensätze von Freiheit und Verstrickung in reine Disseitigkeit austrägt)"[28]라고 피력하면서 발저가 나타내 보고자 하는 인간의 존재 문제를 이렇게 현대 아방가르드 미술과 관련을 지우고 있다.

물론 그로스 같은 화가는 발저보다도 시대적으로는 약간 후에 오고 있다. 그러나 대도시에 대한 비판이나 변하고 파멸해 가는 자연에 대한 생각은 그들의 예술에서 유사한 특징들을 찾을 수 있다. 이런 점에서 발저가 묘사한 세계상과 현대 예술가들의 예술에서의 테마 면에서, 그리고 기법상의 평행점을 찾을 수 있다. 이렇게 보면 발저의『야콥 폰 군텐』을 동시대 예술가들의 작품과 비교해 볼 때 오히려 그의 시대를 앞질러 가고 있다는 인상을 준다.

4. 나가는 말

1909년에 출판된『야콥 폰 군텐』을 통해 어떻게 발저가 현대예술 특히 1920년경의 예술을 미리 체험하고 있으며 그 시대 예술의 소재와 모티프가 그의 작품 구성에 어떻게 연관되어 있는지를 관찰해 보았다.

특히『야콥 폰 군텐』에서 현실에서 실제로 상상될 수 없는 세계상과 대상의 혼탁한 묘사는 테마 면으로나 구성에 있어 주관적 세계의 표현

---

28) Nachworte von J. Greven "Jakob von Gunten". In: Robert Walser: Das Gesamtwerk. VI. Hrsg. v. J. Greven, S. 357.

으로서의 세상을 파악하고자 하는 새로운 관찰 방법을 요구하게 되었다.

예를 들어 『야콥 폰 군텐』에서 현실의 세계이지만 실제로는 한 낯선 세계가 묘사되고 있다. 어떤 장소에 대한 시간과 공간의 불분명한 한계(Definition)에서 이 낯선 감정은 더욱 심화되어 간다. 더구나 주인공의 꿈의 세계에서 서로 서로의 이질적인 대상들이 나열되어 초현실주의의 세계처럼 비합리적인 세상이 펼쳐지고 있다. 또한 대 도시의 급박한 움직임과 환경과 인간이 서로 압박하는 불안한 기분은 표현주의 회화의 기법에도 근접하고 있음을 본다.

하지만 언급된 예술가와 예술가의 작품들은 시간적으로 발저 보다 후에 활동한 사람들이며 후에 태어난 작품들이다. 그러나 대도회의 묘사와 그 비판 또는 변화된 자연과 공간의 동시다발적인 표현 등에서 서로 근접하고 있다.

이런 의미에서 『야콥 폰 군텐』에서 보이는 발저의 기법과 서술 구성은 발저가 지녔던 심리적, 병적인 증세와는 관련 없이 그의 동시대 내지 그의 시대를 넘어선 오히려 도래하는 표현주의 예술을 비롯한 현대 예술에서 의도하려는 인간의 모습을 미리 선취하고 있다고 보아야 타당할 것이다.

■ 참고문헌

1차 문헌

Walser, Robert: Jakob von Gunten. Ein Tagebuch. Sämtliches Werke in Einzelausgaben. Hrsg. v. Jochen Greven. Frankfurt/Main, Zürich, 1986.

2차 문헌

Becker, Sabina: Urbanität und Moderne. Studien zur Groβstadtwahrnehmung in der deutschen Literatur 1900~1930. Ingbert, 1993.

Damsch-Wiehager, Renate: Richard Oelze. Ein alter Meister der Moderne. München, 1989.

Duerr, Hans Peter: Traumzeit. über die Grenze zwischen Wildnis und Zivilisation. 6. Aufl. Frankfurt/Main, 1985.

Duwe, Wilhelm: Die Kunst und ihr Anti von Dada bis heute: Gehalt- und Gestaltprobleme moderner Dichtung und bildender Kunst. Berlin, 1967.

Greven, Jochen: Existenz, Welt und reines Sein im Werk Robert Walsers.

Versuch zur Bestimmung von Grundstrukturen. Phil. Diss. Köln, 1960.

Hess, Hans: George Grosz. Dresden, 1974.

Mächler, Robert: Das Leben Robert Walsers. Eine dokumentarische Biographie. Genf, Hamburg, 1966.

Naguib, Nagi: Robert Walser. Entwurf einer Bewuβtseinsstruktur. München, 1970.

Picon, Gaetan: Der Surrealismus in Wort und Bild 1919~1939. In: Vowinckel Andreas: Surrealismus und Kunst 1919 bis 1925. Olms, 1989, S.20~29.

Pleister, Michael: Das Bild der Groβstadt in den Dichtungen Robert Waslers, Rainer Maria Rilkes, Stefan Georges und Hugo von Hofmannsthals. Hamburg, 1982.

Soergel, Albert und Curt Hohoff: Dichtung und Dichter der Zeit vom Naturalismus bis zur Gegenwart. Bd. 1. Düsseldorf, 1961.

Zimmermann, Hans Dieter: Der babylonische Dolmetscher. Zu Franz Kafka und Robert Walser. Frankfurt/Main, 1985.

8
로버트 발저의
『프리츠 콕허의 작문』과 삽화 *

머리말 | 1900년경의 책 디자인 | 글과 그림 | 맺음말

1. 머리말

일반적으로 로버트 발저(Robert Waser)는 특이한 문체로 작품을 썼으며 정신병동에서 생을 끝낸 그리고 사후에 비로소 그의 문학세계가 인정되었든 불우한 문학가로 기억되고 있다. 특히 예사롭지 않은 기이한 문체와 후기작품에서 정신질환과 연관된 의식의 분열 내지 심리를 연구해 보려는 논문도 있다.[1]

그러나 그의 초기 산문에서 발저 특유의 맑고 가벼운 문체로 성숙한 사고들 또는 어린이와 같은 표현들이 서로 교차되어 서술되는 것을 읽을 수 있으며 『프리츠 콕허의 작문(Fritz Kocher Aufsätze)』에서도 병리학적인 흔적보다는 그의 초기 산문다운 맑은 분위기가 냉소적인 것과

---

* 본고는 독일어문학 제 24집(2004)에 게재되어 있음.
1) Schmidt-Hellerau, C.: Grenzgänger. Zur Psycho-Logik im Werk Robert Walsers, 1986.

교차되어 있음을 볼 수 있다. 이 책의 내용과 책표지 그리고 내용을 장식하고 있는 일련의 삽화의 도움으로 발저가 활동했던 세기 전환기의 미학적인 특징이 오히려 살아나고 있다고 본다. 이런 관점에서 로버트 발저(Robert Waser)가 1902년에 쓴 첫 산문집 『프리츠 콕허의 작문(Fritz Kochers Aufsätze)』과 그 책을 장식한 발저의 형인 카알 발저(Karl Walser)의 삽화를 제시하고자 한다.

즉 두 형제의 동일한 시대의 동일한 예술적 감각이 스며있는 글과 그림을 통해서 어떻게 시대적 감각을 공통적으로 대변하고 있는지를 알아봄과 동시에 발저의 첫 단행본인 『프리츠 콕허의 작문』을 통해서 발저의 작품이 지닌 문학적 특징의 한 부분을 감상해 보고자 한다. 로버트 발저의 책을 분석하기 이전에 세기말의 서적 삽화에 대하여 그리고 화가로서의 카알 발저를 소개한다. 그 다음 로버트 발저와 카알 발저의 글과 그림이 교대로 제시되면서 발저 문학의 고유한 성격이 언급될 것이다. 먼저 로버트 발저의 책과 카알 발저의 책표지 그림과 삽화를 언급하기 이전에 동시대의 예술서적 일반에 대한 것으로 논문의 시작을 열고자 한다.

2. 1900년 경의 책 디자인

책 인쇄술과 책표지 예술은 이미 중세기 후반인 16세기에 인쇄된 낱장의 팜프렛으로 나왔고 19세기 문학작품의 대중화와 맞물려 증가된 인쇄물은 20세기의 전환기에 조형 미술가들이 문학작품의 종이 재질 그리고 그래픽과 타이포그래피(Typographie)의[2] 기술력 등을 동원하면서 종합 예술품로서의 서적을 제작하는 것을 진지한 과제로 생각하게 되었다. 이러한 예술서적 제작의 중심에는 예술가 자신들이 그린 서적 삽화가 있었다. 책의 내용과 문체를 고려하여 인쇄했던 책은 문장을 반영하는 글씨체와 종이 그리고 표지에서 생성되는 제본형태와 미적인 면이 관심의 대상이 되었다. 서적 삽화는 책의 내용이 중요하다는 관점에서는 부차적인 것이 될 수 있지만, 책 제작은 화가들이 직접 관여했던 독창적인 아름다움으로 인하여 새로운 미술적인 통합을 이루었다.

독일에서 서적예술은 에밀 루돌프 바이스(Emil Rudolf Weiss)가 영향을 받았다는 영국의 윌리엄 모리스(William Moris)의 순수 인쇄체로 된 작품이 모델이 되었다.[3] 모리스의 작품은 중세기풍에 가까운 라파엘 전파에 기초한 섬세하고 장식적인 인쇄술 때문에 더욱 돋보였다. 독일에서 서적예술로 등장한 첫 번째 책은 1894년 오이겐 디데리히(Eugen Diederrich) 출판사에서 출간된 모리스 매터린크(Maurice Maeterlinck)의 작품「가난한 사람들의 보물(Der Schatz der Armen)」이었는데, 이 책의 표지 삽화를 멜키오 레히터(Melchior Lechter, 1865~1936)가 그렸다. 책에서 오는 상징적인 분위기와 후기 중세기풍의 신비감은 이 책을 인쇄술과 내용적인 면에서 우수하다고 결정지었다.[4]

일련의 화가들이 중세기풍의 삽화를 모범으로 삼아 그리는 동안 다

---

2) Typographie: 서체나 글자 배열 등에 따른 구성과 그 표현 방법을 말함.
3) Vgl. Vom Jugendstil zum Bauhaus. Deutsche Buchkunst 1895~1930. S. 44.
4) Ebenda, S. 45.

른 한편의 예술가들은 흑백의 평면구성으로 이루어진 그림을 책의 문체에 맞게 현대적인 이미지로 제작하였다. 하인리히 포걸러(Heinrich Vogler)와 같은 삽화가는 한 예로서 인젤 출판사의 후고 폰 호프만슈탈(Hugo von Hofmannsthal)의 「황제와 마녀(Der Kaiser und die Hexe)」에서 테두리와 제목 부분을 이중의 테두리로 처리하고 제목을 꽃으로 장식하고 공원풍경을 환상적으로 그려 넣기도 하였다. 포걸러의 유겐트슈틸과 마찬가지로 헨리 반 데 펠데(Henry van de Velde)도 성장조직이 생동적으로 계속 자라나고 있는 듯한 분위기의 삽화로 책을 장식하는데 주력했다. 「짜라투스트라는 이렇게 말하였다(Also sprach Zarathustra)」에서 유겐트슈틸의 전형적인 즉 식물이 자라나고 꽃이 피는 움직임을 휘감는 율동적인 선으로 처리했다. 프리츠 헬무트 엠쾌(Fritz Helmut Ehmcke, 1878~1965), 발터 틸만(Walter Tielmann, 1876~1951), 에밀 루돌프 봐이스(Emil Rudolf Weiβ) 같은 화가들은 "내용이 형태를 결정한다(Der Gehalt bestimmt die Gestalt)"라는 모토로 낱장의 그림에서부터 단행본에 이르기까지 종이의 재질, 글씨체의 창작에 서로 영향력을 끼치며 연출하였다.[5]

특히 책 겉장과 속 페이지에 그려진 유겐트슈틸의 삽화는 수많은 아기자기한 움직이는 듯한 선으로 종이라는 평면에서 역동성을 펼칠 수 있었던 좋은 소재로 책의 가장자리와 테두리를 장식하는데 크게 기여

---

5) 1900년경 서적예술의 활성화에 힘입어 문예잡지가 다량 발간되었다. 잡지의 형태와 표지 그리고 속 페이지를 결정하는 그림은 유겐트슈틸 양식의 서적예술을 장려하는 계기가 되었다. 그 시대의 비평 혹은 가십거리의 애호잡지서적으로 『판(PAN)』, 『인젤(Insel)』, 『유겐트(Die Jugend)』, 『페어 자크룸(Ver Sacrum)』 그리고 풍자잡지 『찜푸리찌시무스(Simplizissimus)』 등을 들 수 있다.

했다. 그러나 서적 삽화가 정신적, 미적인 영역에서 역동적이긴 하나 종종 텍스트와는 실제 연관이 없는 것을 제작하는 사고가 유행하였다. 그래서 서적 삽화가 책의 내용을 그대로 이야기해 주거나 혹은 텍스트와 상관없이 즉시 떠오르는 삽화가의 생각을 다시 재현하는 것일까라는 의문이 제기 되기도 했다.

드라마와 소설부분에서 긴 작품에서 올 수 있는 권태로움을 피하려고 삽화가 나타나기도 하지만 소설의 내용과 삽화의 내용이 일반적으로 유지되지 않았던 반면, 시작품에서는 내용에 맞는 순수한 형태가 유지되었다. 타이포그래피 기술도 예술가 자신의 분석에 맡겨진 경우가 허다했으므로 늘 시인의 뜻과 부합하지는 않았다.[6)]

이런 경향은 글과 그림 사이에서 불일치가 보일 수 있다는 서적삽화가 지닌 문제점의 하나로 대두되곤 했다. 그림은 한 번 보고 직접 각인되는 이점이 있는 반면 글은 우선 읽어야 똑같은 효과를 낼 수 있는 것이었다. 이 때 화가가 더 많은 영감을 얻게 되면 중요한 텍스트 자체를 영감에서 온 확신으로만 창작할 수 있는 위험이 도사린다는 것이다. 그리고 책의 분석은 이런 삽화를 통해서 문학작품의 분석이 이루어지기 쉽기 때문이다.

이러한 삽화내용과 책과의 상호 분석에서 파생할 수 있는 문제를 지닌 채 발저의 책과 카알 발저의 삽화를 비교해 볼 차례가 되었다. 그러나 이 논문에서는 로버트 발저의 『프리츠 콕허의 작문』에 쓰인 글의 내용과 그림을 본격적으로 비교 분석해 보기보다는 오히려 책의 내용

---

6) Jürgen Eyssen: Primat der Typographie. In: Vom Jugendstil zum Bauhaus, 1981. S. 50~51.

즉 발저의 문학성 자체의 분석을 염두에 두고자 한다. 왜냐하면 두 사람, 즉 화가와 시인의 공동작인 서적 예술에서 형제들의 작품이라는 점에서 다른 예술가들과는 다른 내재된 형제의 내적 친화력을 미리 가정한 가운데『프리츠 콕흐의 작문』과 삽화가 관찰되기 때문이다.

3. 글과 그림

1) 화가와 시인 – 로버트 발저와 카알 발저

로버트 발저와 카알 발저의 작품과 그에 따른 책표지 그림과 서적삽화에서 두 형제가 보이는 예술적인 친밀감 내지 공감은 집안의 내력이라고 봐야 할 것이다. 두 형제의 예술에 나타나는 서로 밀착된 분위기는 이미 그들의 가정에서부터 시작된 것으로 볼 수 있다. 로버트 발저의 8형제 자매는[7] 모두 다 그들 나름대로 재능이 있었으며 특히 예술에 대한 조예도 깊었다. 발저의 세째형 오스카(Oscar)는 문학에 또 다른 형 에른스트(Ernst)는 음악에 대한 조예가, 1874년에 태어난 발저의 누이, 교사였던 리자(Lisa)는 어머니의 죽음과 연이은 경제적 파산이 왔을 때 집안 일을 도맡아 해낸 착하고 유능한 여성으로 발저 작품의 긍정적인 여인상의 모델이 되기도 했는데, 바이올린 연주를 잘했다.

---

7) 발저의『타너가의 형제자매 Geschwister Tanner』(1906)에 발저의 형제 자매들에 대한 전기적인 성격이 에피소드형식으로 서술되고 있다.

발저와 제일 가까웠던 한 살 위인 형 카알 발저(Karl Walser)는 로버트 발저와 같은 학교를 다닌 동기간이나 다름없는 형제이자 친구로 두 사람 모두 문학과 조형미술에 공통된 관심을 보였다. 발저의 이 형과의 사이는 『타너가의 형제자매(Geschwister Tanner)』에서 형에 대한 전기적인 성격을 읽을 수 있다. 그리고 여러 편의 산문 가운데 예술가 테마를 다룬 부분에서 형 카알 발저는 거의 예술과 투쟁하다시피 노력하는 화가의 모델로 자주 등장했다.[8]

타너 집안의 자녀들에 대한 이야기가 주인공 시몬(Simon)을 중심으로 에피소드 형식으로 전개되어 가는 소설 『타너가의 형제자매』에서 시몬이 화가로 등장하는 형 카스파(Kaspar)에 대해서 그들이 서로 닮았음을 조금 기이한 투로 말하고 있다:

네 머리는 내 것 같고, 너는 벌써 내 머리 속에 들어와 있다; 계속 이렇게 가다가, 아마 나는 얼마 안 가서 네 손으로 집고, 네 다리로 걷고 그리고 네 입으로 먹게 될 것이다.

Dein Kopf kommt mir jetzt bald wie der meinige vor, so sehr bist Du schon in meinem Kopf; ich werde vielleicht im Verlauf einiger Zeit, wenn es so weiter geht, mit Deinen Händen greifen, mit Deinen Beinen laufen und mit Deinem Mund essen.[9]

---

8) Vgl. Robert Walser: Maler, Poet und Dame. Aufsätze über Kunst und Künstler. S. 31~34.
9) Robert Waser: Geschwister Tanner, in: Robert Wasler: Gesamtwerk in 12 Bänden. Hrsg. v. J. Greven. S. 30.

카알 발저는 고등학교 때 사진작가이자 풍경화가인 야콥 호이쉐만(Jacob Häuschermann)에게서 뎃상과 그림지도를 받았다. 아버지의 뜻을 따라 어머니 쪽의 친척인 조각가, 후에 빌의 건축가가 된 헤르만 훔훼어(Hermann Hubcher)에게 계속 그림 지도를 받았으며 쮜리히로 가서는 독학으로나마 미술공부를 계속할 수 있는 길을 찾고자 했다. 슈투트가르트(Stuttgart)에서 그는 장식미술가인 아돌프 로이트너(Adolf Leutner)와 유겐트슈틸 삽화가인 마르쿠스 베머(Marcus Behmer)와 같은 화가들과 친분을 쌓았다. 슈트라스 부르크 예술 공예학교에서 장학금이 나와 카알 발저는 1896에서 1897까지 그곳에서 수업했고 미술 졸업장도 받게 되었다.

로버트 발저는 1901년 뮌헨에 있는 형 카알을 방문하여 그 곳에서 인젤 잡지사의 편집위원들인 리하르트 데멜(Richard Dehmel), 막스 다우텐다이(Max Dauthendey), 오토 율리우스 비어바움(Otto Julius Bierbaum), 프랑크 베데킨트(Frank Wedekind)를 소개받았다. 발저는 이 잡지사에 네 편의 시와 원고를 기고했다. 문인들 외에도 마르쿠스 베머와 인젤 출판사 삽화를 담당했던 하인리히 포걸러와 에밀 바이스 같은 화가들과도 알게 되었다. 그러나 로버트 발저는 한 도시에 정착하지 못하고 여러 도시에서 직업을 바꿔가며 살아가다가 1905년에는 형이 사는 베를린으로 갔다.

카알 발저는 이미 1899년부터 베를린에 살고 있었으며 처음부터 문인들, 화가 그리고 연극배우들과 친교를 가지면서 무대미술과 장식미술가, 삽화가로서 바쁘게 활동하고 있었다. 1903년부터 부르노 카시어(Bruno Cassier) 출판사의 삽화를 담당하면서 서적 삽화가로 유명해져

플로베르, 호프만 슈탈, 토마스 만 작품의 삽화를 그렸고 카시어 출판사의 전문잡지『예술과 예술가(Kunst und Künstler)』에 관여했으며 베를린 극장의 무대미술을 담당하였다. 로버트 발저가 형을 찾아갔을 때 형은 이미 베를린에서 성공한 화가가 되어 있었다.

『프리츠 콕허의 작문』은 1902년 로버트 발저가 쮜리히에 있을 때 썼으며 1904년 3월 베른시의 일간지 분트(Bund)의 일요판에 실렸던 것을 인젤 출판사에서 1904년 카알 발저의 그림을 넣어 한 권의 예술서적 단행본으로 출간했다. 이 책은 죽은 소년이 남긴 유고집을 편찬하는 방법으로 창작되었고 세상을 떠난 어린 소년 프리츠 콕허의 역할을 맡은 26세의 발저는 이 책과 더불어 작가로서의 경력이 시작된 셈이다.

2)『프리츠 콕허의 작문』– 테마와 모티프

(1)『프리츠 콕허의 작문』은 학교작문?

로버트 발저의 첫 작품『프리츠 콕허의 작문』이 1904년 인젤 출판사에서 단행본으로 출간될 때 발저가 쓴 글들이 작은 책자의 크기로 그리고 제목의 글씨체를 카알 발저(Karl Walser)가 제작하였다.

책의 형태와 크기를 정할 때 카알 발저의 삽화도 곁들여지고 글씨체도 고려되었다. 1904년 12월 인젤 출판사에서「프리츠 콕허의 작문」외에도「점원」,「화가」그리고「숲」이라는 제목의 산문들이 카알 발저의 삽화와 함께『프리츠 콕허의 작문』이란 독립적인 큰 제목을 붙인 한

권의 책으로 나오게 되었다. 헤세(H. Hesse)는 책에 대해 다음과 같이
말했다:

　이런 진기한, 반은 소년이 쓴 것 같은 문장들은 〔……〕 연습용 글인 것
　같다. 유난히 마음을 사로잡는 것은 유려한 문체이다. 가볍고, 정다운 그리
　고 사랑스런 문장과 문장을 읽는 기쁨이 느껴지는데, 이런 것은 놀랍게도
　독일작가들에게는 드문 것이다.[10]

　어느 죽은 소년의 유고집 형식으로 쓰인 글 속에 학교생활, 풍경, 숲,
마을 등이 어린 소년의 눈과 자기 성찰을 통해 묘사되어있다. 책의 시
작에서 이 작문을 쓴 아이는 죽고 어머니가 아이에 대한 추억으로 보
관했던 글을 편찬자가 넘겨받아 출판한다는 이야기로 시작된다. 한 아
이를 둘러싼 일상적인 학교생활이 여러 개의 테마로 나누어져 있다.
선생님이 제시한 작문 제목에 따라 학생들이 글을 쓴다. 프리츠 콕허
라는 소년도 글을 썼으며 프리츠가 죽은 후 유고집으로서 한 권의 책
으로 나오게 되었다고 허구의 편찬자인 작가가 머리말에서 언급하고
있다.
　여기서 발저는 글재주가 있는 어린 학생으로 변장하여 귀여운 악동
의 문체를 거의 완벽하게 흉내 내고 있다. 문체와 어법은 어린 소년이
지닐 수 있는 지적인 수준과 일치되어 있고 반짝이는 기지와 사물에
대한 소년다운 판단이 드러난다.

---

10) Vgl. Nachworte von J. Greven Fritz Kochers Aufsätze. In: Robert Wasler: Das
　　Gesamtwerk I. Hrsg. v. G. Greven. S. 117.

글 쓰는 도중 프리츠는 늘 자기 자신이 학생 이상의 즉 자기 자신을 작가로 생각하는 모습이 보인다. 그는 학교작문에 대해 이렇게 쓰고 있다:

문장을 순수하고 읽을 수 있는 필체로 써야 한다. 나쁜 문장을 쓰는 사람은 사고나 정확한 철자에 충실해야 하는 것을 잊어버린다. 쓰기 전에 우선 생각한다. 다듬어지지 않은 생각으로 문장을 쓰기 시작하는 것은 결코 용서받을 수 없는 경박한 것이다.

Einen Aufsatz soll man reinlich und mit leserlichen Buchstaben schreiben. Nur ein schlechter Aufsatzschreiber vergiβt, sich der Deutlichkeit sowohl der Gedanken als der Buchstaben zu befleiβ en. Man denke zuerst, bevor man schreibt.[11]

위의 글에서만 보면 창조성과 쓰는 이의 영감에서 시작되는 것보다는 문법과 문장 작성의 규정에 따라 텍스트재생기로서의 글쓰기를 말하고자 하는 것 같다. 즉 프리츠가 그대로 학교에서 배우는 19세기식 전통에 입각한 교육용 글쓰기에 가깝다.[12] 먼저 쓰기 전에 생각을 다듬어 그 다음 정확한 맞춤법으로 또박 또박 글을 쓰도록 교육받는다. 이곳에 제시된 〈우정〉, 〈직업〉, 〈조국〉, 〈우리 시〉, 〈예의〉 등의 테마는 학

---

11) Walser: Das Gesamtwerk 1. S. 45.
12) Vgl. Kammers, Stephan: Figurationen und Gesten des Schreibens. S. 86.
13) Ebenda.

생들의 순수한 경험세계 이전에 교육적 목적을 꾀하려는 선전용 상투어들의 나열로 볼 수 있다.[13]

그러나 정확한 철자로 문법에 맞게 문장을 지어라는 요구를 발저는 근본적으로 거부하는 듯 보인다. 주인공 프리츠는 선생님이 원하는 글을 처음에는 몇 줄 쓰는 듯 하다가 곧 섬세한 단어들을 취하여 단편적인 생각들을 비유적으로 나열하기 시작한다:

그렇다면 작문이란 무엇인가? 채석장, 산사태, 아주 화려하지만 아주 비극적으로 보이는 분노의 불길이다 [……]작문에는 농담도 등장하는데 이는 경쾌하고 섬세한 기교에서만 나온다. 천성적인 익살꾼은 특별히 주의해야 한다.

Was ist dann ein Aufsatz? Ein Steinbruch, ein Bergsturz, eine wütende Feuersbrunst, die vielleicht sehr prächtig, aber auch sehr traurig anzusehen ist [……] Witz darf in Aufsätzen vorkommen, aber nur als leichte, feine Zierde. Ein von Natur Witziger $mu\beta$ sich besonders in acht nehmen.[14]

그래서 프리츠의 글쓰기는 학교 선생님의 지도아래 사물에 대한 보다 정확한 자신의 생각을 나열해 보려는 교육적인 차원을 넘어서서 쓰는 이의 자유 의사대로 쓰는 발저 특유의 글쓰기인 것이다. 또한 글쓰

---

14) Walser: Das Gesamtwerk 1. S. 46

는 학생 프리츠 콕허는 어디까지나 어른인 작가 로버트 발저의 내면에 내재하는 아이일 뿐이다. 즉 작가 자신이 소년 프리츠 콕허로 변장하여 중. 고생의 작문 시간에 쓴 글처럼 소년의 문체를 흉내 내어 학교의 일상생활을 말하고 있다. 학교생활을 비롯한 일상생활에서 일어날 수 있는 인간적인 것들이 예사롭지 않은 시각으로 새롭게 관찰되고 있다. 한 폭의 그림을 연상시키는 세밀한 그리고 심리적이자 정신적인 것을 다루는 묘사가 단순히 순진하다는 인상을 넘어서고 있다.

카알 발저는 펜으로 11개의 그림을 그렸다. 책 속과 표지에 삽화를 그렸으며 제목의 글씨는 이 책의 기본적인 분위기를 암시하고 있다. 발저가 출판사에 보낸 편지에서 이 책은 그의 형과 공동작업으로서 공통된 아이디어가 창출된 것이라고 했다:

내가 나의 형에게 책 장식을(여러분들의 동의하에) 완전히 맡긴다는 것을 당연한 일이며, 이 책의 장식에 대한 그의 생각들은 처음부터 나의 것이기도 했다.

Es ist ja selbstverständlich, daß, wenn ich meinem Bruder den Schmuck des Buches(durch Ihre Einwilligung) anvertraue, ich ihn auch ganz machen lassen will, und seine Ideen in dieser Richtung von vorneherein auch die meinigen sind.[15]

---

15) Brief Nr. 36 an den Insel Verlag von 17. Juli, 1904. In: Robert Walser: Briefe, S. 33.

당시의 한지에 인쇄된 책의 표지는 흰 바탕에 검정 글씨의 제목이 붙고 다양한 음영의 청록색 그림이 그려져 있다. 책의 윗부분과 측면에 대칭으로 넝쿨손 같은 가는 줄기가 책의 제목, 저자 그리고 그림을 감싸고 있다. 전체적으로 다섯 개의 서체가 유려하게 쓰여 있다. 책의 저자와 출판사 이름사이에 그림이 들어있다: 몇 개의 몸통이 굵은 풍성한 잎을 단 아름드리나무가 작은 산 내지 언덕 위에 자라고 있다. 『프리츠 콕허의 작문』에서 읽을 수 있는 자연, 학교, 우정 그리고 계절 등 어린이다운 테마들이 카알 발저의 낭만적―시적 그림을 통해 시각적으로 형상화되어 있다. 표지의 그림은 책 속의 제목 중 하나인 〈나의 동산〉에 쓰인 내용과 일치하고 있다:

남서쪽에 자리잡고 있는 뵈찡엔 마을에 뵈찡엔 산이 있다. 높은 산이지만 쉽게 올라갈 수 있다. 좋은 놀이터를 찾을 수 있어 나와 동급생들은 자주 산에 올라갔다.

Den Namen Bözingenberg hat er von dem Dorf, das an seinem südwestlichen Fu β e liegt. Er ist hoch, doch kann man ihn leicht ersteigen. Das tun wir oft, ich und meine Kameraden, weil dort oben die schönsten Spielplätze zu finden sind.[16]

책표지에 작은 동산 그리고 그 곳 숲의 모습이 작문에 쓰인 것과 비

---

16) Walser: Das Gesamtwerk I. S. 32 und 로버트 발저: 『프리츠 콕의 작문시간』(박신자 옮김), 2003. 56쪽

숫한 형태로 표현되어 있다. 여러 그루의 나무가 있는 뒷동산 또는 마을 언덕 같은 산이다. 산의 모양이 펜으로 둥글게 스케치되어 있다. 역동적인 필체와 오솔길이 난 작은 산의 형태는 풀밭에서 뛰놀았던 초등학생의 어린 시절의 정다운 기억을 떠올리게 한다. 전체적으로 책 가장자리에 그려진 가는 넝쿨손과 움직이는 듯한 나무 윤곽선의 흐르는 듯한 움직임에서 유겐트슈틸의 전형적인 특징을 볼 수 있다.[17]

그림 1 : 『프리츠 콕의 잡문』

카알 발저는 이 책의 삽화를 그릴 당시 베를린에서 서예가, 책 제작과 삽화가로 그리고 실내 장식을 맡는 등 화가로서 다양한 활동을 하고 있었다. 일반적으로 그의 그림은 1902년에서 1905년 사이에 주로 어두운 색감의 힘있고 섬세한 유겐트슈틸을 사용했는데, 그가 제작한 『프리츠 콕허의 작문』의 표지그림과 제목 글씨체는 동시대의 그 누구도 사용하지 않은 독자적인 것으로 평가되었다. 이 책에 카알 발저는 계속 학교생활을 비롯한 주변의 일상 뿐 아니라 자연에 관한 그리고 화가와 점원에 관한 내용들을 삽화로 장식했다.

---

17) 그림 1.

(2) 자연 묘사

발저는 책에서 사람과 주변의 일상적인 것 뿐 아니라 자연풍경도 세밀하게 묘사하고 있다. 이제 프리츠는 〈환상에서〉라는 제목으로 글을 쓴다. 작가는 학생이고 그가 쓰는 것은 학교 작문임을 작문의 글머리에 소개하고 있다. 점점 고조되어 가는 학생의 감정이 상상의 나래를 펴서 현실을 넘어선 공허한 동경의 세계를 그려내면서 미적 형태를 부여하고 있다.

발저의 환상은 고향의 호수에 투영된다. 호수 위에 작은 배를 탄 귀족부인이 그녀의 시동인 소년으로 하여금 노를 젓게 한다. 고요하고 넓은 호수는 그 속에 하늘을 머금고 있으며 호수 위의 두 사람의 마음은 미끄러져 가는 배보다도 더 역동적인 행복한 순간을 맛보고 있다. 1900년경의 시대에는 없는 중세기풍의 동화 같은 전경이다. 그러나 구전동화의 분위기라기보다는 낭만주의의 서정이 있는 기사시대의 이야기가 복원된 듯한 인상이다. 그래서 귀부인과 시동소년의 이야기는 계급차이 등 사회적인 것보다는 순수 미학적인 것으로 나타난다. 이런 의미에서 귀족부인과 시동의 출현은 호수라는 자연 묘사를 위한 장식적인 부속물로 봐야 할 것이다. 그렇다면 환상을 품는 것 자체도 목적이 아닐 것이며 글쓴이의 관심은 어디까지나 호숫가의 아름다움에 있다:

넓은 호수는 기름 웅덩이처럼 움직이지 않는다. 하늘은 호수 속에 들어 있으며, 호수는 흘러가는 깊은 하늘을 비추고 있다. 호수와 하늘, 둘은 가볍게 꿈꾸는 하나의 푸르름이다.

Der weite See liegt so unbeweglich wie eine Lache Öl. Der Himmel ist in dem See, und der See scheint ein flüssiger, tiefer Himmel. Beide, der See und der Himmel sind ein leichtes träumendes Blau, ein Blau.[18]

무엇보다도 자연에 대한 아름다움은 호숫가의 정경, 특히 호수 속에 반영된 자연의 모습을 재현한 것에서 발저가 느끼는 유토피아적인 아름다움을 보게 된다. 이 부분을 카알 발저는 섬세한 개성이 그대로 드러나는 삽화로 표현했다.[19] 〈환상에서〉의 그림은 숲과 호수, 두 부분으로 나누어 진다: 육지의 숲과 숲 꼭대기 위로 약간 드러나는 발콘이 있는 건물 그리고 호수와 그 안에 반영된 숲의 정경이다. 관찰자의 눈은 좁은 해안선을 지나 그림 정면의 호수에 다다른다, 그 위에 떠가는 배, 배 위의 여자와 노 젓는 소년. 호수 속에 비친 숲의 모습이 더 깨끗하게 그려진 것 같은 착시로 호수표면이 잔잔함을 암시시킨다. 육지의

그림 2 : 삽화 환상에서.

---

18) Walser: Das Gesamtwerk I. S. 27.
19) 그림 2

숲의 모습이 물 속에 그대로 재현되어 있다. 너무 완벽한 대칭적인 그림에서[20] 오히려 모형 같은 장식적인 기능을 느끼게 한다. 작문 〈환상에서〉의 마지막 부분은 이렇게 끝난다:

그녀는 사라진 시대의 귀족인 백작부인이다. 그 소년도 또한 지나간 시대의 인물이다. 시동이란 직업은 더 이상 존재하지 않는다, 우리 시대는 더이상 그들을 필요로 하지 않는다.

Auch ist sie ja eine vornehme Gräfin aus entschwundenen Zeiten. Der Kanbe ist auch eine Gestalt aus früheren Jahrhunderten. Pagen gibt es keine mehr. Unser Zeitalten bedarf ihrer nicht mehr.[21]

이제 지금까지 호수 위에 아기자기하게 묘사된 그림은 사라진 시대의 것이라고 작가는 애석해 하고 있다. 이 부분에서 한 대상에 대해 느끼는 아름다움에 대한 글쓴이의 거리감을 보게 된다. 어떤 대상에 깊이 빠져들다가 다시 곧 현실로 돌아오는 것이다. 즉 아름다움에 몰입

---

20) 오히려 호수 표면은 절대적으로 고른 거울 같은 착시를 일으킨다. 가늘고 섬세한 펜으로 묘사된. 완벽하게 대칭을 이루는 그림에서 하늘과 땅이 서로 반영되는 발저의 서정적 자연묘사는 페르디난트 호트러 Ferdinand Hodler의 회화에서도 그대로 볼 수 있다. 호트러는 이런 자연의 반영을 하늘과 호수가 연출하는 서로의 화답처럼 다양하게 표현하고 있다. 가 표현한 꿈꾸는 듯한 푸르름은 호트러에게 단순한 구성과 푸른 색감으로 표현되어 있다. 이리하여 하늘과 바다 사이의 공간의 배열은 지금까지의 공간에 대한 인식을 깨뜨리고 하나의 평면구성으로 이끈다. 그러나 발저와 호트러는 고향의 자연 대상을 낭만적. 영감적인 물의 반영에서 찾고 있는 점에서 서로 공통점이 있다.
21) Walser: Das Gesamtwerk I. S. 28.

하다 곧 다시 깨어나 그 반대되는 감정으로 대상을 대한다. 그래서 발저가 느끼는 미학적인 감정은 서로 상반된 것이라고 볼 수 있다.

(3) 삶의 주변부에서

주인공 프리츠는 〈직업〉이라는 글에서 여러 가지 직업을 열거해 본 후 광대가 되고 싶다고 썼다. 그러나 부모님이 광대를 마땅치 않게 여기시니 망설이게 되고, 그 자신이 도대체 어떤 직업을 가질 것인지 또는 어떤 직업이 마음에 드는지 말하지 못하고 다음과 같이 작문을 끝낸다:

> 직업이랄 수 있는 모든 직업에 관심이 간다. 그래서 더욱 더 직업을 선택하기가 어렵다. 내가 생각해 낸 것은 만약에 할 수 있다면 맨 먼저 제일 좋은 직업을 잡아 최선을 다해 그 일을 해 보고, 그리고 그 일이 싫증나면 그만 두는 것이다. 어느 한 직업이 어떠한지를 어떻게 알 수가 있겠는가? 우선 그 직업을 체험해 봐야 한다고 생각한다.

> Ich habe zu allen möglichen Berufen Lust. Da ist das Wählen eine schwere Sache. Ich glaube, ich tue am besten, wenn ich irgendeinen, vielleicht den erstbesten ergreife, ihn erprobe, und, wenn ich ihn satt habe, fortwerfe. Kann man denn überhaupt wissen, wie es innerhalb eines Berufes aussieht? Ich denke, das mu β man doch; zuerst erfahren.[22]

우선 프리츠는 자기 자신이 선원, 열쇠공, 목수, 제본공, 의사, 신부
나 법관이 되기에 부적합할 뿐 아니라 관심도 없고, 선생님이란 직업
도 싫다. 하지만 산림지기, 시인, 음악가와 광대는 좋다. 그러나 부모
님이 원하는 상인은 되고 싶지 않다고 썼다.

그러나 프리츠, 실제의 주인공인 발저는 청소년 시절에 부모님의 개
입으로 상인이 되는 실습과 훈련을 받았다. 직업교육을 받았음에도 불
구하고 발저의 현실적인 삶은 직업과 주거지가 자주 바뀌는 그리고 작
가로서의 생활도 보장받지 못한 떠돌이 삶으로 대부분을 보냈다. 한자
리에 머물러 지속적으로 일할 수 없는 그리고 충동적으로 일자리를 잡
는 주인공의 모습은 『타너가의 형제자매』 첫 장에 등장하는 주인공 시
몬의 행동에서도 보인다.[23]

중·고교 시절 발저는 가정의 경제적 파산뿐 아니라 어머니가 일찍 돌
아가시는 바람에 가정형편상 고등학교를 중퇴하고 직업교육을 받았다.
그 후 은행원, 변호사사무실의 비서와 사무직 점원 등 여러 직업을 경험
하면서 일정한 주소도 없이 떠도는 가운데 틈틈이 시를 썼다. 그의 몇
편의 시는 1898년 베른시의 일간지 분트 일요판에 요셉 빅토어 비트만
(Josef Viktor Widmann)의 주선으로 처음 소개되었다. 쥐리히 주립은행
에서 일하던 1904년 그의 첫 번째 책 『프리츠 콕허의 작문』이 라이프찌
히 인젤 출판사에서 출간되었다. 1905년에 베를린의 하인양성학교에서
다녔으며 그리고선 오버슐레지엔의 담브라우 성의 백작의 하인으로도

22) Ebenda, S. 29.
23) 『타너가의 형제자매』 1장에 한 젊은이가 책방에 불쑥 찾아와 서점 점원이 되고 싶다고 장황
한 이유를 대며 조른다. 성가신 주인은 우선 며칠 간 일해 보도록 허락한다. 얼마 후 시몬은
다시 그만 두어야 할 이유를 수다스럽게 설명하면서 책방을 떠난다.

일하였다.[24] 이런 저런 직업들을 경험한 발저는 「점원」이란 글에서 한 점원의 운명과 삭막한 직업의 세계를 냉소적으로 그려내고 있다:

세상에서 멸시받고 사회에서 통용되는 행동을 고독한 다락방에서 접어 버린 시인은 소심할 수가 있겠다. 그러나 점원이 훨씬 더 소심하다. 불만으로 잔뜩 화가 나서, 떨리는 입술에 흰 거품을 물고 있는 그의 상관 앞에 갈 때 점원은 절로 온순해 보이지 않는가?

Schüchtern kann der Poet sein, der, von der Welt verachtet, sich in seinem einsamen Dachkammer die Manieren, die in der Gesellschaft gelten, abgewöhnt hat, aber ein Commis ist noch viel schüchterner. Wenn er vor seinem Chef tritt, eine zornige Reklamation im Munde, weiβen Schaum auf den bebenden Lippen, sieht er da nicht wie die Sanftmut selber aus?[25]

이미 언급한 대로 발저는 실제로 사무직 점원을 비롯한 여러 직업을 경험해 봤지만 어느 것에서도 적응할 수 없는 몽상가로 약간의 돈이 주어지면 다시 방랑길에 오른다. 일정한 직업에 순응할 수 없는 젊은 이의 모습은 카알 발저의 삽화에서도 그대로 암시되어 있다.[26]: 상점 점원이자 회계 부기인 젊은이들의 모습이 상점(상회)의 실내에 묘사되

---

24) 발저의 하인으로서의 이런 경험은 1908년 카지어 출판사에서 출간된 『야콥 폰 군텐(Jakob von Gunten)』의 소재가 되었다.
25) Robert Walser: Das Gesamtwerk I. S. 51~52.
26) 그림 3.

어 있다. 사각의 공간, 즉 상회 사무실인 것 같다. 크게 난 창 밖으로 주택과 나무 그리고 하늘의 구름이 보인다. 실내에는 일하는 몇몇 점원들, 그들 곁에 있는 책꽂이에 회계장부들이 꽂혀 있다. 재질이 나무로 보이는 마루바닥은 교실바닥처럼 온기가 없어 보인다. 그림 가운데 사장인 듯한 중년의 남자가 바지 호주머니에 손을 넣은 채 서 있다. 사장의

그림 3 : 삽화 〈점원〉.

감독 아래 점원들은 고개를 숙인 채 무엇을 기재하고 있다. 모두가 숨죽인 모습이다. 사장의 뒤에 유독 한 남자만이 일과는 무관하게 펜을 손에 쥔 채 창 밖을 응시하고 있다. 이 남자가 동료들과 좀 다르다는 것을 그가 입은 검은 옷으로 구별하고 있다. 현실에 적응하거나 순응하지 못하는 그림 속의 점원은 이렇게 현실과는 무관한 그저 몽상에 잠겨있는 젊은이다. 그럼에도 불구하고 지속적으로 고용될 수 없는 직업의 세계에 대한 불안이 늘 그에게 잠복되어 있다:

일자리를 잃은 대부분의 점원들은 무엇을 해야 하냐? 기다리는 것이다. 새로운 일자리를 기다리고 기다리는 동안 그들을 차갑게 비난하는 후회가 그들을 고문한다. 그들 곁에는 으레 아무도 없다. 그렇게 깨끗하지 못한 천민과 함께 무엇을 하고자 하겠는가? 서글픈 일이다. 나는 6개월 동안 일자리를 갖지 못한 한 사람을 알고 있다. 그는 격앙된 두려움으로 기다려 왔

다. 우체부는 그에게 천사가 되기도 하고 악마가 되기도 했다. 우체부가 그의 집 문에 가까이 올 때 그는 천사이고 그가 무심히 지나치면 악마가 되는 것이었다.

Was tun meistens stellenlose Commis? Sie warten! Sie warten auf neue Anstellung, und während sie warten, martert sie die Reue, die ihnen im kältesten Ton Vorwürfe macht. Gewöhnlich steht ihnem niemand bei, denn wer will etwas mit so unsauberem Gesindel zu schaffen haben? Es ist traurig, ich kenne einen, er war sechs Monate stellenlos. Er wartete mit fiebernder Angst. Der Briefbote war ihm Engel und Teufel; Engel, wenn er seine Schritte seiner Haustür näherte, Teufel, wenn er achtlos vorbeischritt.[27]

위의 글에서 장난기 어린 가벼운 문체와 언어에서 아이다운 표현이 발저의 문체를 독창적으로 만들고 있다. 글 속에는 기지와 유머가 깔려있지만 사무직 점원으로 변장한 작가가 너무 이 세계에 대해 진지하게 이야기하고 있기 때문에 오히려 냉소적인 거리감을 가지고 이 직업의 세계와 이 분야에 종사하는 젊은 점원의 운명에 대해 읽게 된다.

비록 발저가 쓴 비판적인 직업세계에서 사회적인 비판과 약자가 가지는 심각한 불안감은 전달되어 오지만 궁극적으로 발저는 글을 통하여 이 세계에 대한 정치적이나 사회적 편견 같은 것에 대해 고발하고

---

27) Walser: Das Gesamtwerk I, S. 58.

자 하는 것 같지는 않다. 아이로니와 냉소가 섞인 진지함으로 직업세계에 대한 말없는 비판 그리고 직업에 대한 주인공의 불편함과 불안감을 표현하고만 있다.

3. 맺음말

발저는 작가로서 많은 작품을 썼음에도 불구하고 생전에 그의 작품들이 인정받지 못한 채 그를 둘러싼 문인들과 화가들에게서도 소외되어 혼자서의 방랑과 산책을 하면서 수많은 산문을 남겼다. 이 속에 고독한 발저의 내면세계가 여러 테마로 펼쳐지고 있다. 그가 쓴 산문들은 즉흥적이자 아이로니 그리고 어린이 같은 순진함이 이미 그의 초기 작품 『프리츠 콕허의 작문』에 보이고 있었다. 책 속의 각 제목에 맞는 삽화를 로버트 발저의 형이자 화가인 카알 발저가 그대로 그려내었다. 글 속에 있는 서정성과 내용 그리고 테마와 모티프가 삽화가의 손에서 거의 그대로 재현되었다. 이것은 두 형제가 내적으로는 이미 서로 같은 본질임을 보여주고 있었다.

그러나 두 형제의 외적인 삶은 닮았다고 볼 수 없다. 로버트 발저는 베를린에서의 예술가로서의 좌절된 삶을 뒤로하고 고향으로 가서 오직 홀로 산책하면서 수많은 산문작품들을 남긴다. 극도로 고립된 생활과 작가 생활의 계속되는 실패 탓인지 몇 번의 정신적 위기를 겪었고 결국 정신분열증으로 진단 받아 1933년 고향에서 주관하는 해리자우(Herisau)의 정신병동으로 옮겨져 1956년 그곳에서 생을 마감한다.

형인 카알은 베를린 체류시절 동생 발저의 작품뿐 아니라 여러 작가들의 책과 삽화를 제작하였고 또한 장식미술가로서 활약하다 20년대에 접어든 베를린은 더 이상 카알의 예술을 수용하는 시대가 아님을 받아들이며 스위스로 돌아갔다.

이렇게 각자의 길이 달랐던 두 사람이지만 그들의 예술을 통해 동시대의 삶의 감정을 유미적으로 표현했고 예술 창조를 위한 것이라면 극도로 진지했던 점에서 형제는 서로 닮은꼴을 유지하고 있음을 본다. 이것 또한 그 시대 대부분의 예술가들이 걸어갔던 길이기도 하였다. 이런 의미에서 로버트 발저의 글이 후기로 가면서 점차 심리적 병리학적인 징후가 있다는 주장에도 불구하고 발저의 예술성은 어디까지나 동시대의 예술감각에서 발원된 것임을 알 수 있다. 이런 시대감정은 『프리츠 콕허의 산문』에서 이미 나타나고 있었다. 무엇보다도 이 책에서 보이는 어린이다운 문체는 앞으로 그가 쓰는 문학작품에서도 계속 보이고 있다. 긍정적 또는 부정적인 내용들이 섬세하게 또는 혼란스럽게 때로는 자연스럽거나 기교적으로 쓰여 있으며, 앞으로 도래하는 그의 산문작품에 계속 반복되거나 인용된다는 점에서 이 작품은 후일의 작품들에 대한 청사진을 미리 제시한 첫 기획 작품으로서의 의의를 지니고 있다고 볼 수 있다.

발저는 『프리츠 콕허의 작문』에서 어린 소년으로 변장한 것처럼 계속 그 자신이 광대, 예술가, 고독한 산보자 또는 점원으로 변장하여 글을 써갔다. 그래서 발저의 산문 작품을 역할산문 그리고 발저를 변장의 능력을 갖춘 작가라고 말한다. 학교 작문이라고 암시되어 있는 『프리츠 콕허의 작문』은 후일 늘 다시 등장하는 역할산문의 가장 초기단계로 전기적인 배경을 깔고 작가가 소년으로 가장하여 쓴 작품은 그래서 발저의 변장산문의 첫 작품으로 간주된다.[28]

발저의 독창적인 문장은 주인공이 사물에 대해 느끼는 예민한 미학적인 감각도 있는 반면 동시에 작품 전체에 흐르는 냉소와 풍자적인 것도 느낄 수 있다. 그래서 이곳에 깃든 서정성과 더불어 자기 존재감에 대해 느끼는 주인공의 불안감은 어느 시대에도 적용될 수 있는 테마이기도 하다.

또한『프리츠 콕허의 작문』에 1900년경 유명한 화가 카알 발저가 그린 예술적인 삽화가 곁들여져 이 책은 한 권의 소장품으로 변신할 수 있었다. 즉 한 권의 산문집 이상으로 미술적 가치를 지닌 한 권의 예술공예품으로서 그 미술사적인 보존가치를 간과해서도 아니될 것이다.[29]

---

28)『프리츠 콕허의 작문시간』: 서울, 2003, 옮긴이의 글 207 쪽.
29) 프리츠 콕허의 작문에 삽입된 카알 발저의 11점의 원화는 쮜리히 Neuhaus 박물관에 소장되어 있다.

■참고문헌

1차 문헌

로버트 발저: 프리츠 콕의 작문시간 (박신자 옮김). 서울: 이유, 2003.

Walser, Robert: Fritz Kochers Aufsätze. Sämtliche Werke in Einzelausgaben.
    Frankfurt/Main, 1986. (Suhrkamp Taschenbuch 1101)

Ders: Fritz Kochers Aufsätze. Mit Illustrationen von Karl Walser.
    Frankfurt/Main, 1990. (Insel-Bücherei Nr. 1101)

2차 문헌

Echte, Bernhard u. Meier, Andreas (Hrsg.): Die Brüder, Robert und Karl
    Walser. Maler und Dichter. Tothenhäuser, 1990.

Essen, Jürgen: Primat der Typographie. Tendenzen deutscher Buchkunst
    1890~1930. In: Vom Jugendstil zum Bauhaus. 1981 (Katalog
    Westfälischer Landesmuseum, Münster, 28. 6 - 13. 9. 1981).

Geck, Elisabeth : Grundzüge der Geschichte der Buchillustration. Darmstadt,
    1982.

Gees, Marion: Schauspiel auf Papier: Gebärde und Maskierung in der Prosa
Robert Walsers. Berlin, 2001.

Kammers, Stephan: Figuration und Gesten des Schreibens. Zur Ästhetik der
Produktion in Robert Walsers Prosa der Berner Zeit. Tübingen, 2003.

Keel, Daniel (Hrsg.): Robert Walser. Maler, Poet und Dame. Aufsätze über
Kunst und Künstler. Zürich, 1981.

Kellenberger, Irma: Der Jugendstil und Robert Wasler. Studien zur
Wechselbeziehung von Kunstgewerbe und Literatur. Bern, 1981.

Lüthi, Walter: Robert Wasler. Experiment ohne Wahrheit. Berlin, 1977.

Scmidt-Hellerau, Cordelia: Grenzgänger. Zur Psycho-Logik im Werk Robert
Waslers. Zürich, 1986.

Widbolz, Rudolf: Robert Wasler. In: Bürgerlichkeit und Unbürgerlichkeit in der
Literatur der Deutschen Schweiz. Hrsg. v. W. Kohlschmidt. Bern u.
München, 1978.

Zeller, Bernhard (Hrsg.): Buchumschläge 1900~1950. Aus der Sammlung
Curt Tillmann. 1971. (Katalog zur Sonderausstellung des Schiller –
Nationalmuseums. Katalog Nr. 22)

232

9

『젊은 베르테르의 슬픔』과
삽화 속의 인물 분석 *

머리말 | 서적 삽화와 쇼도비에스키 | 『젊은 베르테르의 슬픔』과 삽화들 | 맺음말

1. 머리말

　문학작품과 이에 따르는 삽화의 관계를 연구하고자 할 때 먼저 떠오르는 것은 책의 줄거리를 이루는 여러 장면들이 그림으로 그려진 경우이다. 작품 줄거리 중의 한 장면, 책 겉장과 표제의 그림 나아가 책 제목의 글씨체의 도안들은 단지 책을 장식하고 보여주려고 하는 것 뿐 아니라 책 내용에 대한 이해를 돕거나 보충시키는 역할을 하고 있다. 즉 독자로 하여금 문학작품에 담긴 의미를 그림을 통해 이해를 하게끔 도와준다. 다시 말해 문학작품의 내용이라는 내면의 그림이 다시 개별적인 삽화나 연속적인 그림들로 표현되어 우리의 시각과 마주쳐 각기 나름대로의 독자적인 이해를 동반하게 되는 것이다. 이것은 책과 독자 그리고 작가와의 관계를 이어주는 연결고리가 되는데, 삽화가 비록 다

---

* 이 논문은 독일문학 제 75집 (2000)에 수록되어 있음.

른 면으로는 독자가 그 나름대로 독자적인 작품을 해석하는 것에 방해가 될 수도 있다는 우려도 있지만 아무튼 책에 대한 정보를 미리 갖추지 못한 독자들의 상상력을 돕는 것은 사실이다.

삽화가 글의 회화적인 표현기능이라는 차원을 넘어서서도 그 삽화 속에 묘사된 환경을 감상함으로 특정한 시대에 대한 지식이나 텍스트의 폭넓은 해독에 많은 도움이 된다. 반드시 화가의 도움을 빌려서만이 아니라 작가자신이 그린 그림으로도 보충되기도 하는 삽화의 기능들은 발전되어 이제 문학의 한 모티프로 다루어 질 때, 그 이해된 내용이 바로 주 소재가 되거나 또는 상징화로 되기도 하며 경우에 따라서는 이른바 독자적인 예술품으로까지 승격되기도 한다.

서적 삽화는 18세기 중엽에 개선되기 시작한 서적인쇄와 출판생산의 향상과 더불어 새로운 도약의 역사가 시작된다. 서적 유통의 촉진은 시장이 확장되어 사람들에게 보다 빠르게 책을 제공하기 시작했으며 문학작품의 볼거리를 높이기 위하여 따라서 삽화도 부분적으로 요구되었다. 귀족과 시민계급의 예술에 대한 욕구를 촉진시키기에 중요한 매개가 된 서적의 삽화는 동시에 새로운 독자층을 확보하고자 노력하는 출판업계를 돕게 되었고 1770년 이후로는 책의 수준과는 상관없이 그림이 곁들여진 책은 많은 독자층을 확보하게 되었다.

미술이 이와 같이 문학작품과 관계를 맺고 특히 그 시대 팽창된 감상주의 문학의 동향과 발맞추어 그림에서도 감상적이며 분위기 있는 묘사가 그 주류를 이루었다. 지금까지의 삽화의 내용들도 그리이스, 로마 시대로부터 이어져 온 문화, 예술적인 것에 기반을 두고 반복되던 소재와 모티프들이 18세기경에는 개인의 감상적인 체험을 바탕으로 서술되는 즉 새로운 삶의 환상영역을 첨가하게 되었으며[1] 이러한 현상은 변화하는 삶의 감정과 더불어 문학자체의 내용도 변화하고 있음을 보여주고 있었다. 자동적으로 이러한 경향은 독자층에 맞는 새로운 문학적 동향과 해석을 필요로 하게 되었으며 따라서 문학의 표현대상도 새로운 상상력을 필요로 하게 되었다. 이런 현상에 따르는 책 삽화 예술은 자연 문학과의 교류에 가장 효과적인 수단으로 이해되기 시작하였다.

여기서 다루어질 『젊은 베르테르의 슬픔』이 소설자체와 삽화에서 주인공이 자연을 관조하면서 동시에 겪는 사랑의 설레임과 고통 등 개인의 감상적이고 주관적인 삶의 체험이 주로 표현되는데서 그 시대 독자층의 독서 욕구를 충분히 충족시켰다고 볼 수 있다. 우선 이 소설에 동반되는 삽화들을 그려 일약 유명해진 책 도안가 쇼도비에스키 [Chodowiecki (1726~1801)]에 대해 알아보고자 한다. 그리고 베르테르의 작품의 주요 모티프를 찾아 문학적인 내용과 삽화가의 영감이 서로 어떻게 교류되고 있는지를 관찰해 가면서 작품에 나타난 주인공의 성격과 사회 심리적인 측면이 삽화의 도움으로 어떻게 독자에게 잘 전달되고 있는지 즉 삽화의 기능과 그 영향력을 살펴보고자 한다.

---

1) Vgl. Schlaffer, Hannelore: Klassik und Romantik 1770-1830. Stuttgart, 1986, S. VIII.

2. 서적 삽화와 쇼도비에스키

18세기 독일의 삽화역사를 언급하고자 할 때 먼저 떠오르는 이름은 다니엘 니콜라우스 쇼도비에스키(Daniel Nikolaus Chodowiecki(Scho-do-wiez-ki)]이다. 유럽 18세기 중엽에 프랑스의 궁정문화인 로코코 양식의 삽화가 고전주의 양식과 다시 결합하면서 보다 세련된 서적수공기술을 선보이며 귀족층을 겨냥하고 있을 때 그 당시 아직 수공업상태로만 머물고 있던 독일의 서적인쇄술이 앞서가는 프랑스 삽화를 모델로 하여 증가되는 독자층에 힘입어 그래픽 생산기술에 자극 받게 되었다. 독일 서적산업의 부흥은 라이프찌히, 베를린을 중심으로 서적예술을 촉진시키며 독자층을 늘리고 있을 때 단찌히(Danzig)출신의 서적 삽화가 쇼도비에스키가 프랑스 영향을 받은 그러나 독창적인 삽화로 인정받기 시작했다. 로코코와 낭만주의 예술분위기가 주도하던 시대에 그의 자연스러운 작품에서 독일적인 감정이 잘 표출되어 있다고 오늘날까지 평해진다. 무엇보다도 그가 그린『젊은 베르테르의 슬픔』의 주인공들인 로테와 베르테르의 초상화는 그를 일약 유명하게 만든 작품들이었다. 이것은 괴테의 소설의 인기에 힘입은 덕도 있지만 또한 시대와 부합하는 감상적인 쇼도비에스키의 삽화는『젊은 베르테르의 슬픔』이 더욱 독자들에게 널리 읽히게 하는데 결정적인 역할을 하였다.

그는 1726년 단찌히의 곡물 판매상의 아들로 태어나 처음에는 친척 가게의 도자기에 그림을 그리는 일에 종사하다가 프랑스에서 도입된 탁상용 달력을 책으로 만들면서부터 삽화가로서 이름을 얻게 되었다. 본격적인 예술가로서의 길은 1769년 베를린 역사 계보달력의 동판화를 새로 제작하려는 베를린 아카데미와의 계약에서 시작되었다. 이것을 계기로 계속 고타(Gotha)와 괴팅엔(Göttingen)의 귀족가문의 달력화와 라넨버그(Lanenberg) 영국왕족의 역사화 달력제작에 종사하게 되었다. 1797년부터 1801년까지 베를린 아카데미 관장직을 맡아서 활동하면서 동시에 제작해 온 달력그림에는 주로 그 당시 널리 읽히던 문학작품들의 삽화와 계몽주의적이며 풍자적인 색채를 띄운 연속그림이 주를 이루었다. 특히 그가 그린 달력화의 한 부분인 레싱(Lessing)의 민나 폰 바름헬름(Minna von Barmhelm)은 그 당시 호평을 받았다.

그가 1774년 제작한『젊은 베르테르의 슬픔』의 삽화를 통해서만 그와 이 작품이 독자에게 친숙해지고 알려져 세계 명작의 반열에 세운 것만이 아니라 이후 1798년에 걸친 25년간 다른 작품들을 즉 세르반테스, 루소와 볼테르 등의 작품에서 따 온 테마들을 계보 달력화에 옮겼다. 괴테의 작품들은 물론이고 레싱, 쉴러(Schiller), 골드스미드(Goldsmith), 스틴(Stene), 포스(J. H. Voss)의 작품 테마들을 로코코, 계몽주의, 감상주의, 질풍노도와 그리고 고전주의 양식들이 서로 가미된 장식화, 표제그림, 혹 판화의 형태로 제작하였다.

이러한 그의 삽화 분위기는 그래서 주로 로코코와 고전주의에 걸쳐 있으면서 일반적으로는 로코코 풍이 주를 이루고 있다고 평해진다. 그러나 프랑스 로코코의 사교적이고 우아한 스타일을 추종하기보다는 오히려 질박하고 자연친화적, 감상적이면서도 어느 정도의 해학이 그의 작품에 배어나고 있음을 볼 수 있다. 다시 말해 그는 프랑스 분위기를 수용은 하고는 있지만 그의 특유한 사실적이고도 정확하고 정돈된 묘사로 그의 독자적인 예술세계를 구축해 내고 있었다. 무엇보다도 그의 삽화에 등장하는 인물의 정확한 심리묘사와 세밀하게 추적하는 영혼의 분석력은 18세기 프랑스 삽화가 유럽에서 우세한 가운데서도 독일 삽화의 수준을 지킬 수가 있었으며 동시에 쇼도비에스키를 독일 삽화사의 독자적인 한 장을 열게 하였다.[2]

결정적으로는 그가 1775년『젊은 베르테르의 슬픔』의 삽화에서 그 당시 팽배했던 감상적인 삶의 분위기를 적절히 표현해 낸 후 대중의 공감과 더불어 독일 문학사의 새로운 전환점이 시작되었고 책 도안 예술의 의미가 새롭게 부각되었다고 볼 수 있다.

3. 『젊은 베르테르의 슬픔』과 삽화들

괴테가 베츨라(Wetzlar)에서 그 곳 대심원의 서기 케스트너(Kestner)의 부인 샤로테 부프(Charlotte Buff)를 사랑했던 자신의 체험과 괴테와 케스트너와 친분이 있던 예루살렘(Jerusalem)이 연상의 유부녀를 사랑하다 못해 자살한 이야기들을 토대로 석 달만에 써내린『젊은 베르테르의 슬픔』은 1774년 라이프찌히 미카엘리스 책 박람회에서 첫선을 보인 후 1775년 베를린 서적상인 힘부르크(Himburg)출판사에서 쇼도비에스키의 삽화가 그려져 출간되었을 때 곧 독자들에게 크게 사랑을 받아 독일 뿐 아니라 전 유럽에 급속히 소개되었다.

이 소설의 구조는 주인공의 내적 독백을 친구에게 보내는 편지체로

---

2) Vgl. R. Weinreich: Französiche und deutsche Buchillustration des 18. Jahrhunderts. Berlin, 1978, S. 14.

엮어져 있다. 하나의 큰 줄거리가 다양하게 전개되고 있다기보다는 자연과 일상에 관한 평범한 이야기들을 배경으로 대부분이 주인공의 안타까운 사랑의 감정만이 서간체의 독백으로 서술되고 있다. 인간이 죽어야만 하는 것이 인생사의 필연적인 것처럼 베르테르의 사랑 또한 그에 있어 절대적인 것이었으나 소유할 수 없는 한계에 부딪혀 스스로 죽음으로서 이 세상의 삶이 만든 절대성과 고정관념에서 자유롭고자 한다. 이미 이전의 문학에서도 사랑의 테마를 다루고 있지만, 괴테가 이 소설을 쓴 무렵의 유럽이 시대적으로 인간의 자유와 감성이 존중되기 시작하는 시기에 때맞추어 『젊은 베르테르의 슬픔』이 출간되게 되었다. 괴테 또한 인간의 자유로운 감정을 다룬 이 작품을 통해 절대군주와 기독교의 권위에서 탈출하여 오로지 자기감정에만 충실한 한 인물을 소개하고 있다. 이런 개인의 절대 자유로운 감정을 인정하는 것과 개인주의적인 생활양태 그리고 사랑의 테마는 여전히 오늘날의 우리에게도 그 보편성을 지니고서 낯설지 않게 다가온다.

서정적인 감정과 자연에 대한 환상적인 묘사가 교차되는 가운데 산문의 1. 2부는 모두 주인공 베르테르의 로테에 대한 그리움이 큰 줄기를 이루며 베르테르의 사랑의 시작, 이별의 인사 그리고 2부에는 이룰 수 없는 사랑에 절망하는 주인공의 비참함과 파국을 다루고 있다. 이러한 여러 많은 장면들을 쇼도비에스키는 그림으로 묘사하였다: 「빵을 자르는 장면」, 「로테와 어린이들」, 「로테의 피아노 연주」, 「오시안 낭송 때의 장면」, 「로테가 건네주는 권총」 그리고 「베르테르의 방」 등의 이 모든 모티프는 오랫동안 이 소설 내용에 대한 독자들의 상상력을 결정지었다. 이 모티프들을 쇼도비에스키는 약 12개의 소형 동판화로 제작하였고 이 중 두 개가 로테와 베르테르의 초상화이다. 인물의 심리묘사가 뛰어났다는 쇼도비에스키의 삽화에서 로테와 베르테르의 내적인 특징들을 괴테 작품의 주인공의 모습들과 비교하면서 살펴보고자 한다.

1) 로테(Lotte)의 초상화

쇼도비에스키는 1775년에 출간된 『젊은 베르테르의 슬픔』의 삽화에 머리띠를 두르고 가슴에 리본을 단 로테의 모습을 장미화환이 둘려진 메달 속에 그려 넣었다. 그녀의 초상 아래 또 다른 장면을 묘사했다:

작은 인형극을 방불케하는 무대, 그 위에서 한 소녀가 큰 빵을 가슴에 고인 채 그녀를 둘러싼 어린이들에게 그것을 썰어 나누어 주고 있는 그림이다.[3] 전체적으로 어두운 배경, 그림의 왼쪽에 문이 있고 그 문으로 들어온 듯한 한 남자가 빵을 썰고 있는 여자와 인사를 나누고 있으며 그녀를 둘러싼 채 모여있는 어린이들은 빵을 받으려고 각자 조르고 있다. 그들 오른쪽에는 안락의자가 하나 보일 뿐 아주 간소한 무대에 베르테르, 로테 그리고 어린이들로만 채워져 있다. 한 조각의 빵을 얻기 위해 그리고 얻은 빵을 먹고 있는 어린이들의 왁자지껄함과는 대조적으로 로테는 아주 침착한 태도로 빵을 썰면서 들어온 베르테르에게 다정하게 인사하는 모습에서 소설의 한 단면을 그대로 상상해 낼 수 있다. "제가 댁을 이렇게 들어오시라 하였

---

3) 그림 1.

고 다른 분들을 기다리게 하여 죄송해요.[……]옷을 갈아입고 제가 없는 사이의 여러 가지 집안 일을 하고 나니 아이들에게 저녁 주는 것을 잊어 버렸어요."[4]

그림 1 : 쇼도비에스키, 〈로테가 빵을 나누어주는 장면〉(1775).

베르테르가 법무관의 딸을 무도회에 데려가 달라는 부탁을 받고 로테의 집을 방문하여 그 곳에서 동생들에게 둘려 싸여 빵을 나누어주고 있는 그대로 그림과 일치된 로테의 모습을 소설 속에서도 구체적으로 읽을 수 있다:

나는 마차에서 내렸고, 하녀가 문으로 와서, 로테 아가씨가 곧 올 때까지 잠시 기다려 달라고 요청하였어. 나는 뜰을 지나 잘 지워진 집으로 갔고, 앞에 놓인 계단을 올라 문으로 들어갔을 때, 지금까지 보지 못했던 매혹적인 연극 같은 장면이 내 눈에 들어왔지. 방에 열 한 살에서 두 살까지의 여섯 어린이들이 소박한 흰옷에, 연한 붉은 빛의 리본을 팔과 가슴에 단 예쁜 몸매를 지닌 중간키의 소녀 주위로 빙 둘러 싸 있었지. 그 소녀는 검은 빵 한 덩어리를 가지고 그녀 주위를 둘러싼 어린이들에게 나이와 식욕대로 빵

---

4) Goethe: Werke. Bd. VI. In: Goethe: Goethes Werke in 14 Bänden. Hamburg, 1968, S. 21.

을 썰어 각자에게 상냥스럽게 나누어주었고, 그리고 어린이들은 자연스러이 소리지르더군: 고사리 손들을 길게 위로 내밀면서 빵이 다 썰어지기도 전에 고마워요! 라고 하면서 그들에게 나누어 준 저녁식사에 좋아하면서, 낯선 손님과 로테가 타고 갈 특별석이 있는 마차를 보려고 뛰어나가거나 혹은 성격이 조용한 애들은 뜰의 문으로 천천히 나가더군.[5]

로테가 어린 동생들에게 둘러싸여 그들에게 빵을 나누어주고 있는 따뜻하고 평범한 장면, 전체적으로 이 정다운 광경을 베르테르는 마치 한 편의 좋은 연극을 관람하는 것 같다고 고백한다. 그는 이 순진한 처녀에게서 청년으로서의 호감을 동시에 동생들을 다정하게 대하는 그녀에게서 모성을 느낄 수도 있다. 다른 면으로는 빵을 썰어 나누어주는 로테는 소명 받은 구제자의 상징적인 화신일 수도 있다. 이미 베르테르와 로테의 첫 만남에서 이렇게 로테는 귀한 여인으로 고양되어 있었다. 지금 빵을 어린이들에게 나누어주는 로테는 마치 구제자의 모습을 지닌 거룩한 존재로서 베르테르의 세속적인 사랑의 대상이 아닌, 마치 예언처럼 이렇게 로테의 존재가 신성하게 부각되고 있다.[6] 그러나 베르테르로 하여금 더 이상 로테를 향한 사랑을 발전시킬 수 없는 또 다른 요인처럼 나타나는 것은 빵을 나누는 로테의 모습에서 너무 공정하면서도 확고한 자기주장이 보인다는 점이다.[7] 그러나 쇼도비에스키가 창조한 그 어떤 것도 개입되어 있지 않은 이런 로테의 곧은 태

---

5) Ebenda, S. 21.
6) Vgl. G. Jäger: Die Leiden des alten und neuen Werther, 1984, S. 86.
7) Vgl. Schlaffer: Klassik und Romantik 1770~1830, S. 2.

도는 작품에서도 나타나는 그녀의 본래의 자연스러운 성격으로 풀이될 수 있다.

슐라퍼(Schlaffer)는 쇼도비에스키의 이 그림에 대해 언급하기를 작은 인형극 상자의 작은 구멍을 통해서만 이 장면을 관람해야 할 것 같은 이 그림에서 관람자는 마치 기존의 시민적 질서를 은근히 파괴하고자 하는 성향의 드라마를 몰래 엿보기라도 하는 것 같다고 했다. 그러나 이런 기대와는 달리 무대 위에 꼿꼿하게 서서 아주 공정하게 빵을 분배하고 있는 로테의 단호한 모습에서 이미 관람자는 그들이 처음에 품었던 상상력이 잘못되었음을 알아차릴 것이라고 했다.[8]

빵을 썰어 어린이들에게 나누어주는 로테의 모습을 쇼도비에스키가 제작한 뒤로도 계속 다른 화가들이 잇달아 그렸다. 카울바흐(Kaulbach)가 1859년에 그린 「빵을 써는 로테」의 그림에서 로테는 리본이 달린 무도회복을 입고 머리에 장미화관을 꽂고 외출할 준비를 한 채, 어린 동생들에게 빵을 나누어주고 있다.[9] 이때 로테를 무도회에 데리고 가기 위해 정원에서부터 온 베르테르가 방안을 들여다본다. 그는 이 장면에 약간 놀라워하고 한편으로는 경탄하는 눈빛으로 그들을 바라보고 있다. 로테는 빵을 써는데 열중하여 그가 온 것을 알아차리지 못하고 있다. 로테와 어린이들이 한 묶음으로 연결되어 있고 이 때 베르테르의 출현은 이 시민가정에 속하지 않는 오히려 그림 구성의 한 배경으로서 즉 로테에 속한 배경의 한 구성요소처럼 보인다. 베르테르와 로테의 첫만남을 쇼도비에스키의 그림에서는 친밀하게 합일되는

---

8) Vgl. Ebenda, S. 2.
9) 그림 2.

그림 2 : W. 카울 바하, 〈빵을 자르는 장면〉(1859)

모습으로 표현된 데에 반하여 카울바흐(1836)나 존더란트〔Sonderland(1853)〕 등 다른 화가들이 그린 그림에서는 베르테르가 이와는 달리 배경의 한 부분 내지 주변인물로 나타나고 있다.

실제로 로테의 가정의 일원이 아닌 즉 한 시민가정에 단지 방문객으로만 머무는 그림 속의 베르테르의 모습처럼 소설의 주인공 베르테르는 뚜렷한 사회적인 친교활동이나 친구도 가지고 있지 않다. 귀족들의 모임에서도 소외자 내지 주변인물일 뿐이며, 그는 일정한 직업에도 오래 종사하지 않는 베르테르를 궁극적으로 일상에 충실한 생활인이라고 볼 수 없음을 시사하고 있다.[10] 주인공의 이런점을 착안하여 카울바흐와 같은 화가들이 시민가정에서 소외되어 있는 베르테르를 묘사해 보고자 한 것에 비교하여 쇼도비에스키의 그림에서 보이는 베르테르와 로테의 친밀한 만남은 오히려 베르테르의 입장에 서서 남자 주인공의 감정에 더 깊이, 더 진실하게 다가가려 한 화가의 주관적인 의도로 해석될 수 있다.

---

10) Vgl. Goethe: Werke. Bd.VI. S. 70.

그림 3 : 쇼도비에스키, 〈베르테르의 하인에게 권총을 건네는 장면〉(1777).

　쇼도비에스키가 창조해낸 또 다른 로테의 모습을 그가 다섯장 이상 습작한 그림에서 볼 수 있다: 책 표제 그림 중 하나인 「총을 하인에게 건네주는 로테」(1777)에서 경직되어 있는 것 같은 자세이나 견실해 보이면서도 우아한 그녀의 모습이 나타난다.[11] 알베르트와 로테의 집에 베르테르의 하인이 찾아와 주인이 여행할 때 가지고 갈 총을 좀 빌려 달라는 전갈을 전했다. 그림에서 알베르트의 서재로 보이는 실내공간에 책상과 책장 그리고 의자들이 배열된 가운데 알베르트 로테와 하인의 배치가 삼각구도를 이루고 있다. 책상에 앉은 알베르트가 손으로 턱을 고인 채 묻는 듯이 그의 부인을 쳐다보고 있는 가운데 로테는 머뭇거리며 하인에게 권총을 주고 하인은 이를 공손히 받고 있다. 의자

11) 그림 3.

뒤와 방바닥의 그림자의 명암이 뚜렷한 걸로 밤을 나타내고 있다. 이전에 빵을 나누어주던 로테의 손이 이제 위험한 무기를 건네주고 있는 것이다.

알베르트와 하인의 태도에 비해 경직되어 있고 꼿꼿하지만 견실한 옷차림을 한 로테의 모습에서 머뭇거림과 신중함 그리고 떨면서도 침착한 태도가 자연스럽게 뒤섞여 숨김없이 나타나고 있다. 여기서 로테의 모습이 조심스럽고도 사려 깊은 여자로 그러나 무엇인가 불길한 예감을 부인 특유한 직감으로 알아차리고 있는 듯한 포즈로 묘사되어 있다. 쇼도비에스키의 이 그림은 다음과 같은 내용을 상기시킨다:

베르테르의 하인이 나타남에 그녀는 몹시 당황하였습니다; 그는 알베르트에게 메모지를 건네주었고, 알베르트는 태연히 부인에게 말했습니다: 이 사람에게 권총을 주시오. — 행복한 여행이 되기를 바란다고 전해주시오, 라고 그는 하인에게 말했습니다. 이 때 이것은 그녀에게 청천벽력이었고, 제대로 서기 위해 휘청거렸고, 그녀에게 무슨 일이 일어났는지를 알 수가 없었습니다. 그녀는 천천히 벽 쪽으로 향하여, 떨면서 권총을 아래로 쥐어, 먼지를 훔쳐내며 머뭇거렸고 알베르트가 묻는 눈길로 그녀를 재촉하지 않았더라면 더 오래 주체했을 것입니다. 그녀는 이 불행한 도구를 한마디 말도 못한 채 하인에게 건네주었으며, 하인이 집으로 떠났을 때, 그녀는 일감을 챙겨, 형용하기 어려운 불안감에 싸인 채 방으로 갔습니다.[12]

---

12) Goethe: Werke. Bd. VI, S. 120.

베르테르에 대한 불안한 예감
에 사로잡혀 하인에게 총을 건네
는 로테의 모습이 프랑스어 번역
판에 프랑스 화가의 삽화로 다시
재현되어 있는데, 이 그림은 쇼
도비에스키의 것과는 다른 분위
기로 묘사되어 있다.[13] 쇼도비에
스키의 삽화에서 권총을 베르테
르의 하인에게 건네 줄 때의 불
길함을 예감하는 로테의 모습은
차분하고 내면으로만 감정을 정

그림 4 : S. 아망, 〈권총을 건네는 로테〉(연대미상).

리하려는 모습인데 반하여 이 프랑스판의 그림에서는 로테의 심리상
태기 약간 과장되어 있고 드라마틱한 제스추어에서 오히려 연극적인
교태가 극적으로 전달되어 온다. 소녀다운 순진함이 과장된 몸짓으로
인해 교태가 섞여있고 총을 건네주는 그녀의 손가락은 총을 감히 전혀
잡을 수도 없는 그리고 권총이라는 물건과는 전혀 어울릴 수도 없는
듯 가늘고 섬세하게 묘사되어 있다. 주변의 시선을 집중시키고 싶어하
는 양 예쁘게만 보이려 하는 로테의 호들갑 떠는 과장된 모습은 오히
려 에로틱한 분위기를 자아내고 있다.

　이렇듯 쇼도비에스키가 표현하고자 하는 로테의 본질은 프랑스 예술
가의 표현에서처럼 각 나라마다 그 국민의 취향에 따라 약간씩 다르게

---

13) 그림 4. Farbstich von Morange nach S. Amand.

나타나고 있다.[14] 이런 점에서 더욱 분명해진 것은 쇼도비에스키의 로테의 모습이 프랑스 화가의 애교스러운 화려한 분위기와는 달리 소박하고 겸손하게, 귀족적이기보다는 시민적이고 우직한 인물로 나타나고 있다는 점이다.

2) 베르테르, 사랑의 딜레탕트(dilettante)

베르테르는 로테를 향한 사랑의 감정을 어디에도 호소할 곳 없이 점점 더 격렬해지는 것을 힘들게 체험한다. 로테를 향한 경모와 또 한편으로는 소유하고 싶은 강한 욕구 사이에서 홀로 수렁으로 빠져들고 있다는 환상도 느낀다. 크리스마스 이브가 되기 전 로테도 이런 베르테르에게 두려움을 느낀 나머지 그녀를 방문하는 것을 삼가 해주기를 요청한다. 암담한 마음으로 베르테르는 그녀를 떠나려 하지만 다시 그녀를 방문하고 만다. 실내의 두 사람은 오시안의 노래 집을 들고 낭송하기 시작한다. 이 원고의 정열적인 말들에 공감한 두 사람은 흥분하였고 급기야는 통곡하고 만다. 베르테와 로테는 「오시안(Ossian)」을 읽고 난 후 그들의 열정이 절망적인 것임을 인식하게 되고, 이것은 베르테르와 로테의 마지막 만남을 의미하는 것이기도 하였다. 안타까움과 절망에 몸부림치는 베르테르와 그의 열정에 도망치 듯 피하는 로테의 모습을 괴테가 세밀하고도 극적인 분위기로 묘사하고 있다:

---

14) Vgl. Schlaffer: Klassik und Romantik 1770~1830. S. 7~8.

로테의 눈에서 흘러내린 그리고 그녀의 억눌린 가슴을 터 준 홍수 같은 눈물은 베르테르의 낭송을 멈추게 했습니다. 그는 책을 던져버리고, 그녀의 손을 잡고 비통하게 울었습니다. 로테는 그에게 몸을 맡긴 채 손수건으로 눈을 가렸습니다〔……〕 그는 그녀를 팔로 껴안아, 그녀를 가슴에 누른 채 그녀의 떨고 있는, 말을 더듬거리는 입술에 격정적인 키스를 퍼부었습니다. — 베르테르! 그녀를 몸을 피하며 숨막히는 듯 목멘 소리로 소리쳤습니다. 베르테르! — 그리고 가는 손으로 그녀로부터 그의 가슴을 밀어냈습니다; — 베르테르! 그녀는 고상한 감정이 깃든 침착한 목소리로 불렀습니다〔……〕 그리고 이 가련한 남자를 향해 온전한 사랑의 눈길을 주며 옆 방으로 가서 문을 잠갔습니다.[15]

윗 예문을 쇼도비에스키의 묘사와 비교해보면,[16] 떡갈나무 잎사귀들로 싸인 메달 속의 베르테르의 초상화 아래 베르테르와 로테 사이의 오시안 독서때 밤에 일어난 사건이 그림으로 이야기되고 있다. 「빵을 나누어 주는 로테」의 그림과 흡사하게 인형극을 상연하는 듯 아주 작고 좁은 무대 중앙에 두 사람의 모습이 무대를 가득 채우고 있다. 작은 방에 놓여있는 소파와 왼쪽의 안락의

그림 5 : 쇼도비에스키,
〈베르테르와 오시안 낭송장면〉(1775)

15) Goethe: Werke. Bd. VI, S. 114.
16) 그림 5.

자, 촛불이 놓인 탁자 그 가운데의 키스하고 있는 로테와 베르테르에게 눈이 간다. 베르테르가 로테 왼편에 무릎 꿇고 앉아 그녀를 포옹하고 있다. 로테는 그의 오른편에서 급히 피하는 대신 그에게 이끌리고 있다. 쇼도비에스키는 이렇게 고조되는 열정을, 하지만 수동적이며 머뭇거리는 듯 한 포즈로 받아들이는 로테를 묘사해 내고 있다. 그녀의 의지는 꿈꾸듯이 빠져들어 가는 베르테르의 열정에 두려워하는 듯 한 손으로 베르테르의 포옹을 저지하려 하고 다른 손에는 그 전에 베르테르와 오시안을 읽다가 눈물 딲은 손수건을 들고 있다. 그림 정면에 보이는 탁자 위에 놓인 두 개의 작열 하는 촛불은 이 시간이 밤이라는 것을, 동시에 내적 열정과 외부적인 침잠상태를 상징하는 소도구로 사용되고 있다. 소설에서 묘사되어 있는 전체 장면에 제시된 소도구 또는 가구의 배열들은 생략된 채 그렇지만 한밤 중 방에서 일어나는 일들을 다 상상해 볼 수 있게 만드는 것은 쇼도비에스키다운 창작기법으로 볼 수 있다.

그러나 괴테의 소설에 나타나는 몹시 극적이며 흥분된 여러 장면들이 쇼도비에스키의 그림에서는 꼭 그대로 일치되어 있지만은 않다. 오히려 정열적인 분위기의 암시에만 그친 듯한 인상을 받는다. 그래서 괴테의 소설의 이 장면을 이미 읽고 덩달아 흥분되어 있는 독자에게는 쇼도비에스키의 정지된 이 한 장면의 그림에서 오히려 진정될 수 있는 휴식공간을 느낄 수 있다. 그러나 고요하고 자제된 사랑의 외적인 장면은 내부의 작열하는 정열과 대비를 이루며 소설의 흥분과 열정을 손상시키지 않은 채 베르테르와 로테의 안타까운 감정을 충분히 전달하고 있다. 이렇 듯 쇼도비에스키에게 궁극적으로 더 중요했던 것은 직

접적인 극적인 장면의 묘사보다는
분위기 전달일 수가 있다.

다음 그뤼너(Grüner)가 그린 「오
시안」 독서 장면에서 보면 실내배경
묘사는 제외된 채 두 남녀의 모습만
크게 크로즈 업 되어 있다. 소파에
앉아 눈물 흘리는 로테와 그녀 곁에
바닥에 무릎 꿇고 앉아 그녀의 손에
정열적인 키스를 하는 베르테르의
모습이다. 베르테르의 로테를 향한
혼신의 정열을 쏟는 그의 뒷모습에
서 그가 얼마나 정열적으로 로테의

그림 6 : R. 그뤼너, 〈오시안 낭송장면〉(1809)

손에 얼굴을 묻고 키스하고 있는지 보일 것 같다.[17]

베르테르가 로테를 향해 구부린 무릎 옆 왼편 바닥에 그들이 읽던 책
이 펼쳐진 채 놓여있다. 오른팔을 베르테르에게 맡긴 채 고개 돌려 손
수건으로 얼굴을 감싼 채 우는 로테에게서 그녀의 베르테르를 향한 숨
길 수 없는 감정을 고요한 중에 읽게 된다. 어떠한 요동하는 장면도 격
앙된 감정도 나타나지 않는 가운데 격한 정열이 오히려 정적과 고요라
는 시점에서 은폐되어 있다. 절제된 깨끗한 윤곽선으로 극적인 장면을
절도 있게 처리하면서 요동하지 아니하는 두 사람의 정지된 행위가 정
적속에 시적인 분위기로 고양되어 있다. 이런 분위기에서 옆에 팽개친

---

17) 그림 6.

책은 오히려 전체의 침묵의 분위기를 깨고 있는 인상을 준다. 베르테르와 로테의 모습에서 지극히 밀착된 관계를 표현해내는 쇼도비에스키의 삽화와 비교하여 그뤼너의 것은 남녀의 밀접한 관계가 고요와 침묵의 분위기 속에서 오히려 시적으로 승화되어 있다. 두 사람의 의복 즉 로테의 리본으로 장식된 간소한 앙피르 스타일의 의상, 특히 베르테르의 연미복 그리고 무릎까지 오는 그의 바지와 장화는 이 소설의 유명세와 더불어 그 당시 젊은이들 사이에 널리 알려졌던 패션이 되었다.

이미 감상한 쇼도비에스키의 로테의 「빵을 써는 장면」 그리고 「오시안 독서장면」은 쇼도비에스키가 1787년까지 약간은 변형을 거듭하면서 계속 그려내었고 그 후로 수십년이 지나서도 다른 예술가들에 의해 이 모티프들이 계속 반복되면서 삽화로 그려져 왔다. 이미 언급한 카울바흐나 존더란드의 그림에서 장르화 성격에 목가적인 분위기가 가미되어 여전히 예전의 쇼도비에스키의 형태를 답습하고 있음을 어렵지 않게 볼 수 있다. 그리고 로테와 베르테르의 호감 가는 초상화와 감상적인 모티프들로 이루어진 삽화들은 그 당시의 독자들에게 매우 친근해져서 독일에서는 삽화 속의 인물들을 실제 로테와 베르테르의 외모로 단정해 버릴 정도였다. 이리하여 『젊은 베르테르의 슬픔』의 시각적인 효과는 동시대와 후일의 독자층과 예술가들에게 쇼도비에스키의 작품들은 소설의 표준그림들로 수용되기에 이르렀고 나아가 독일문학 작품의 삽화들을 계속 발전시키는 초석이 되었다.[18]

---

18) Vgl. G. Jäger: Die Leiden des alten und neuen Werther. 1984. S. 80.

3) 추모와 기억의 공간 - 빈방

베르테르는 그에게 있어 절대적인 것을 종교가 아닌 사랑에서 추구했으며 이제 그 사랑이 절망적인 것을 알았을때 죽음으로 현실을 도피해 버리려고 한다. 그러나 파국에 이른 베르테르의 자살과 죽음은 이 소설의 전환점이 된 것이 아니라 더 이상 영향력 없는 빈울림에 불과하다는것 이외에는 별다른 의미를 부여받지 못하고 있다. 다음은 베르테르의 자살 직후의 장면이다:

아침 6시 하인이 등불을 가지고 들어왔습니다. 그는 바닥에 있는 주인과 권총 그리고 피를 봤습니다. 하인은 주인을 부르며 붙잡았습니다; 주인은 대답이 없었고, 아직 골골거릴 뿐이었습니다. 그는 의사들과 알베르트에게로 달려갔습니다. 로테는 초인종이 울리는 것을 들었고, 전율이 그녀의 온 사지를 사로잡았습니다.[19]

쇼도비에스키는 괴테의 소설내용과는 완전히 일치하지 않는 가운데 베르테르의 마지막 방을 그려내었다. 베르테르가 이 세상에 이미 없다는 사실은 그의 실체가 없는 빈 방의 묘사로 종결짓고 있다. 쇼도비에스키가 그린 「베르테르가 죽은 방」은 죽음과 이별의 분위기를 완벽하게 구현해 내고 있는 데서 18세기 독일 최고의 삽화들 중의 하나에 속한다는 평가를 받고 있는[20] 몇 장의 방 그림들 중에서 대표적인 두 개

---

19) Goethe: Werke. Bd. VI, S. 123.

의 그림을 살펴보기로 하자.

1776년 에칭 판화(6.4×8.7cm)로 이루어진 베르테르의 보잘것없는 방 내부를 들여다보면[21] 커텐이 드리워진 침대에 죽은 베르테르의 신체의 일부분인 손을 볼 수 있고 커텐이 길게 내려 늘어뜨려진 창문, 책상과 의자, 침대 그리고 침대 앞에 안락의자가 배치되어 있다. 벽에는 로테의 실루엣이 걸려있다. 전반적으로 몹시 어두운 방에 그림에서는 왼쪽 창으로부터 새어 들어오는 빛이 책상 위의 편지, 책과 권총을 부분적으로 비추면서 이어지는 가는 빛줄기는 방의 어두운 부분을 더욱 어둡게 강조하고 있다. 이 어두움이 그림 전체의 분위기를 상징적으로 이끌어 가고 있다. 책상 위의 책은 (소설대로라면 아마 레싱의『에밀리아 갈로티 Emilia Gallotti』일 것이다) 베르테르가 마지막으로 읽은 것으로 마치 독자에게 시민계급에 대항하여 스스로 희생하는 베르테르의 삶과 죽

---

20) Vgl. Lanckoronka u. Oehler: Die Buchillustration des 18. Jahrhunderts in Deutschland, 1986, S. 109.
21) 그림 7.

그림 8 : 쇼도비에스키, 〈베르
테르의 마지막 방〉(1778).

음을 이해해야 할 것처럼 강요된다.[22] 그가 마지막으로 로테에게 편지
를 쓸 때 사용한 펜은 이제 권총으로 바뀌어 베르테르의 손에 들려 이
소설의 끝을 낸 셈이다.

또 하나의 다른 그림은 쇼도비에스키가 1778년 제작한 것으로 바이
마르 궁정박물관에 소장된 그림인데 먼저 언급한 그림에서와 마찬가지
로 단지 가구의 배열만 바뀌었을 뿐 빈약한 가구들로 이루어진 간소한
방을 들여다 볼 수 있다.[23] 왼쪽 그늘진 침대에 길게 누워있는 베르테르
의 주검이 보인다. 침대 앞 방안쪽에 안락의자 하나가 놓여 있고 창문
곁에 열고 닫을 수 있는 가구책상이 있다. 그 위에 필기도구가 있다. 바
닥에 놓인 총은 이전에 무슨 일이 일어났었는지를 말해주고 있다.

두 장의 방의 그림에서 방주인 자체가 어떠한 사람이었으며 또한 그
가 어떠한 삶을 살았는지를 짐작하게 만든다. 간소한 가구 몇 개가 놓

---

22) Vgl. G. Witkowski: Chodowiekis Werther-Bilder. In: Zobeltitz, Fedor von (Hrsg.):
   Zeitschrift für Bücherfreunde. 1, 1897, S. 159.
23) 그림. 8.

여있는 어둡고 보잘것없는 방의 주인은 외부사람들과의 그리 잦은 접촉이 없었을 것이며 오로지 이 어두운 방 책상에 앉아 자기 속에 갇혀 내면으로만 몰입하는 타입일 것이다. 벽에 붙어있는 실루엣은 죽은 자의 유일한 추억물로 남아있다. 이 실루엣은 로테의 것으로 베르테르가 외출하거나 외출에서 돌아왔을 때마다 눈인사를 했으며 몇 번이나 입맞추었다고 한다.[24]

쇼도비에스키의 그림에서는 괴테의 소설묘사에 따른 정확한 장면이 꼭 그대로 재현되지는 않고 있다. 아마 화가 나름대로 느낀 인생무상을 빈 방과 연결시켜 표현하고자 한 것처럼 보인다. 소설내용에 따른 즉 의자에 앉아 이마에 총을 쏘는 베르테르의 과격한 자살 장면과 같은 마지막 극적인 장면을 쇼도비에스키는 회피하면서 묘사하는 것 같다. 쇼도비에스키의 의도는 오히려 빈 방에서 느껴지는 주인공의 보다 깊은 본체에 접근하고자 하는 즉 주인공의 심리를 심층적으로 연구하여 인간의 본질을 표현해 보고자 하는 어떤 미학적인 것이 화가인 그에게 관심사가 될 수 있다. 이런 의미에서도 실내의 간소한 도구들은 그에게 있어 정물스케치에 필요한 일반적인 도구가 아니라 어느 특정한 죽은 사람이 남긴 낯익은 유물로 간주된다. 결국 쇼도비에스키는 보잘것없는 몇 개의 가구로 배치된 어두운 실내공간의 묘사를 통해 베르테르라는 인물을 나타내어 보고자 한 것이다. 그래서 여기서의 빈 방은 주인공 생전의 존재를 보여주는 기능처럼 나타난다.[25]

소설내용에 따라 책상 곁의 의자에 앉은 채 권총으로 이마를 쏘아 바

---

24) Goethe: Werke. Bd. VI. S. 122.

닥에 피를 흘리며 죽어 가는 주인공의 극단적인 모습을 쇼도비에스키가 회피하고 이렇게 빈 방만 남긴 간접적인 표현에서 베르테르의 죽음은 소설의 클라이막스가 아니라 과장된 인간의 감성 그 자체가 소설의 주제가 된다는 작가의 의도와 근본적으로 일치하고 있다. 이런 의미에서 젊은 베르테르의 슬픔에서 괴테가 표현해 보고자 했던 한 다정다감한 젊은이의 격정적인 감정의 고양, 열정과 사랑의 표현에 있어 쇼도비에스키의 연속화에서도 결코 그 대립적인 것은 찾아 볼 수 없다. 다만 쇼도비에스키는 직접적인 묘사를 회피하면서도 죽은 사람의 빈 방은 한 사건의 일어난 주변환경이자 한 인간의 초상이라는 점에 초점을 맞추고 있다.

괴테도 한때 프랑크푸르트에 있는 그 자신의 방을 스케치했는데 그의 그림에서 화구와 병이 놓인 탁자와 그림 전면의 안락의자 부분을 볼 수 있다. 무엇보다도 커텐이 드리워진 길고 높은 창 앞에 놓인 책상에 앉아 글쓰기에 열중하는 괴테 자신의 모습을 볼 수 있다.[26] 괴테는 그의 인간적인 활동이 나타나는 방에 있는 그의 자화상을 그렸던 것이다.

또 하나의 방 그림은 괴테가 슈톨베르크(Stolberg) 백작부인에게 보내는 편지에(den 10. März, 1773) 동봉된 그림인데 이 그림에서도 이미 낮익은 화구와 방의 문으로 보아 괴테의 방이다.[27] 악보대 뒤에 벽쪽에 책들이 놓여있는 책상이 보인다. 벽에 붙여져 있는 종이 조각들은

25) Vgl. Chapeaurouge: Das Milieu als Porträt. In: Wallraf-Richartz-Jahrbuch. Bd. XXII. Köln, 1960, S. 138: "Die Stilleben, von denen hier die Rede ist, sind einerseits nur als persöhnliche Andenken gemalt. Zum andern schildern sie auch nur einen ganz bestimmten Menschen, dessen Lebensbereich aus der Zusammenstellung von Utensilien erkennbar wird".

26) 그림 9.

그림 9 : 괴테, 〈서재의 괴테 자화상〉(연대미상).

메모지, 그림 등으로 추측된다. 괴테가 백작부인에게 손수 그려 보낸 이 방의 그림에서는 방안에 있는 사람, 주인공의 모습은 보이지 않는다. 방 주인이 없는 복면의 공간이지만 관찰자는 이 방에 거주하는 사람이 무슨 활동을 하며 어떻게 살고 있는지를 추측할 수 있다. 주인공 자신이 그려져 있지 않아도 이 공간은 관찰자에게 방주인의 생활 습관, 취미까지도 알려주기에 이미 충분한 것이다. 괴테가 그린 빈 방은 이전에 언급한 쇼도비에스키가 그림 베르테르의 빈 방의 의미 즉 그 방에 연출된 분위기로도 방주인의 본질을 나타낼 수 있다는 점에서 일치하게 되는 것이다.

거의 모든 괴테 작품의 삽화를 쇼도비에스키가 맡았음에도 괴테와 쇼도비에스키는 서로 듣고 알고는 있지만 개인적인 친분은 없었다.[28] 그러나 그들이 묘사한 주인공이 부재된 빈 공간이 하나의 초상화처럼 나타나는 점에는 서로 공통적으로 일치하고 있다. 이것은 19세기 중반까지 이어져 온 공간에 대한 인식 즉 실내의 빈 공간이 사건이 생긴 환

---

27) 그림 10.
28) C. Brinitzer: Die Geschichte des Daniel Chodowieki. Stuttgart, 1973, S. 286.

그림 10 : 괴테, 〈프랑크푸르트에 있는 괴테의 방〉(1773).

경이자 한 인간의 본질을 나타낼 수 있는 상징이 될 수 있다는, 다시 말해 "빈 공간이 삶 그 자체를 의미 한다"[29] 는 그 시대 정물표현에 대한 공통된 인식이 서로 상통하고 있음을 단편적으로 보여주는 예이다.

4. 맺음말

『젊은 베르테르의 슬픔』의 주인공 베르테르는 꿈꾸는 청년이지만 마음에서 원하는 것을 제대로 한 번 실현시켜 보지도 못하고 계획도 한 번 세워 보지 못한 채 스스로의 고통에 겨워 파멸하는 한 시대 젊은이의 대변자처럼 나타나고 있다. 그래서 베르테르라는 이름은 사랑의 열정을 그대로 소모시켜 버린다는 수동적인 인물의 대변자로서 '사랑과

---

29) Chapeaurouge: Das Milieu als Porträt, S. 158.

예술의 아마추어'라는 대명사를 남겼다.

그러나 고조된 감성에서 유발된 주인공의 자살은 실존의 문제로만 그친 것이 아니라 오히려 그 어떤 미학적인 것으로까지 확대되어 그 당시 죽음, 자살에 대한 동경이 열병처럼 번져 나갔다. 그리고 소설 속에 묘사된 주인공의 자연과 사랑에 대한 체험은 그 당시의 문학에서 흔하지 않았던 개인의 주관적인 경험을 묘사한 것으로 독자에게 실제 그들의 삶을 그렇게 살고 싶어 하는 충동을 일으켰다. 이런 새로운 삶의 감정은 개인의 자유로운 감성을 중시하는 경향이 일었으며 쇼도비에스키의 감상이 풍부하게 표출된 그림들은 독자들에게 더욱 생생한 의미로 다가갔다. 이리하여 베르테르와 로테에 관한 삽화는 개인의 주관적인 삶의 의미를 맛보는데만 그치지 않고 소설에 첨부된 아름답고 감상적인 쇼도비에스키의 연속화를 보는 즐거움 그 자체에서도 이미 『젊은 베르테르의 슬픔』 파급효과는 컸다.

때마침 18세기 인쇄술의 발달에 따른 서적의 대량보급으로 많은 독서층이 증가되었고 특히 로코코 스타일의 세련된 책 수공기술에 익숙한 귀족층을 만족시키기 위해 그 당시 유행했던 소설에 그림이 곁들여진 이른바 서적 예술은 새로운 언어감각과 감성을 창출하는데 기여했다. 이에 따라 주도적인 화가 쇼도비에스키의 삽화는 『젊은 베르테르의 슬픔』이 유럽 전역으로 급속히 소개되는데 한 몫을 하였다.

1774년에 발간된 괴테의 이 작품은 첫번째와 두번째 판의 삽화를 이미 예술가로 명성을 날리고 있던 쇼도비에스키가 맡았고 영국에서는 1779년 『The Sorrow of Werther: A German Story』로 발간된 이 후 80년대에는 이탈리아, 러시아, 네덜란드, 스웨덴에서 발간될 때[30] 각국

그림 11 : B. A.
둔케, 〈베르테르
낭독〉(1775).

의 국민적 취향에 따라 쇼도비에스키의 삽화가 약간 변형되거나 달라
져도 이 소설에 대한 열광은 식지 않았다. 오히려 많은 젊은이들이 주
인공 베르테르의 열정에 공감하고 그의 고통을 함께 나누어 보려는 즉
주인공과의 자기 동일화까지 유행되어 정열적인 사랑과 실연에 따른
자살을 동경하거나 또는 주인공들의 옷차림까지 모방하게 되었다. 어
느 곳을 가나 베르테르의 이야기와 그의 소설이 베스트셀러가 되었음
을 여러 삽화에서 이미 나타내어 수고 있었다.[31]

　일부에서는 소설과 더불어 독자에게 널리 사랑을 받았던 책 삽화는

---

30) Schlaffer: Klassik und Romantik 1770~1830, S. 6.
31) 그림 11. 이 삽화에서 노인, 남자, 군인, 아가씨와 여인들이 함께 모인 자리에 "젊은 베르테
르의 슬픔" 낭송을 들으며 때로는 감동하여 눈물 흘리거나 아니면 생각에 잠겨 있는 여러 계
층의 사람들을 묘사하고 있다.
32) M. Lanckoronka/ R. Oehler: Die Buchillustration des 18. Jahrhunderts in
Deutschland. 3 Bd., 1932-34, S. 109.

어느 특정한 소설에 대한 독자의 상상력을 제한시킬 수 있다는 우려도 있지만 쇼도비에스키 같은 화가에 의해 소박한 환경을 배경으로 그려진 베르테르와 로테의 감상적인 모습은 지금까지는 없었던 개인의 주관적인 체험이 무한정 다루어지는 만큼 "감상주의의 승리"[32]라는 새로운 해석을 달고 괴테의 소설과 더불어 널리 독자들의 심금을 울렸다. 그리고 그에 의해 창조된 일련의 삽화들은 『젊은 베르테르의 슬픔』에 나오는 핵심적인 모티프를 결정짓는데 기여했는데, 그 후 많은 화가들이 쇼도비에스키가 만든 그림의 형태와 모티프를 거의 그대로 답습하면서 재창조하고 있다. 특히 쇼도비에스키가 창조한 로테의 자연스럽고도 단아한 자태는 『젊은 베르테르의 슬픔』에 나오는 여주인공의 모습에 대한 독자의 상상력을 미리 결정짓게 되어 이 소설을 기억하는 독자에게는 이미 쇼도비에스키가 만든 로테의 자태가 먼저 떠오를 정도였다. 그래서 주인공들의 모습 특히 쇼도비에스키가 만든 독일적인 로테의 자태는 모든 사람들이 기억하는 공인된 인물이 되었다. 다시 말해 쇼도비에스키의 베르테르와 로테의 초상화는 이제 전세계 예술가와 독자들에게 표준적인 그림이 되었던 것이다. 이리하여 『젊은 베르테르의 슬픔』은 괴테의 문학적인 열정과 쇼도비에스키의 독창적인 그림이 결합되어 독일문학이 세계문학으로 발돋움한 첫 번째의 성공적인 작품이 되었다.

■참고문헌

1차 문헌

Goethe, Johann Wolfgang von: Werke. Romane und Novelle. Bd., VI. In:
　　Goethe: Goethes Werke in 14 Bänden. Hamburg, 1968.

2차 문헌

Blessin, Stefan: Die Romane Goethes. Königstein, 1979.

Brinitzer, Carl: Die Geschichte des Daniel Chodowiecki. Ein Sittenbild des 18.
　　Jahrhunderts. Stuttgart, 1973

Chapeaurouge, Donat de: Das Milieu als Porträt. In: Wallraf-Richartz-
　　Jahrbuch. Westdeutsches Jahrbuch für Kunstgeschichte. Band
　　XXII. Köln, 1960.

Fischer, Anita: Die Buchillustration der deutschen Romantik. Berlin, 1933.

Goethe, Johann Wolfgang von: Goethe Handbuch in vier Bänden/hrsg. von
　　Bernd Witte - Stuttgart, Weimar, 1997.

Herrmann, Hans Peter (Hrsg.): Goethes 'Werther'. Kritik und Forschung.
　　Darmstadt, 1994.

Jäger, Georg: Die Leiden des alten und neuen Werther. München, 1984.

Krüger, Renate: Daniel Chodowiecki als empfindsamer Illustrator. In: Die Buchillustration im 18. Jahrhundert: Colloquium d. Arbeitsstelle 18. Jh., Gesamthochschule Wuppertal, Univ. Münster, Düsseldorf vom 3.~5. Okt. 1978 – Heidelberg, 1980 (Beiträge zur Geschichte der Literatur und Kunst des 18 Jhs.; Bd. 4), S. 53 ~ 64.

Lanckoronka, Maria/Oehler, Richard: Die Buchillustration des 18. Jahrhunderts in Deutschland, Oesterreich und der Schweiz, 3 Bde., Leipzig, 1932 ~ 34.

Schlaffer,Hannelore: Klassik und Romantik 1770~1830. Epochen der deutschen Literatur in Bildern. Stuttgart, 1986.

Weinreich, Renate: Französiche und deutsche Buchillustration des 18. Jahrhunderts. (Katalog zur Ausstellung der Kunstbibliothek Berlin Staatliche Museen. Preuβischer Kulturbesitz. Feb. bis April 1978). Berlin, 1978.

G. Witkowski: Chodowieckis Werther-Bilder. In: Zobeltitz, Fedor von (Hrsg.): Zeitschrift für Bücherfreunde. 1. Berlin, Leipzig, 1897. S. 153~162.

264